KB055873

폭식의
Berserk of Gluttony
베르세르크 VII
나만 레벨이라는 개념을 돌파한다
잇시키 이치카 지음
fame 일러스트
천선필 옮김

『그래. 너 같은 반 기아상태와는 다르지. 마인은 완전히 이끌어 냈다.』
갑자기 대죄 스킬을 다 끌어낸 건가…….
『마인은 행동으로 보여줬다. 온 힘을 다하겠다는 마음을 말이야.』
신이 말한 대로 주어진 시간이 끝나버렸다는 뜻이다.

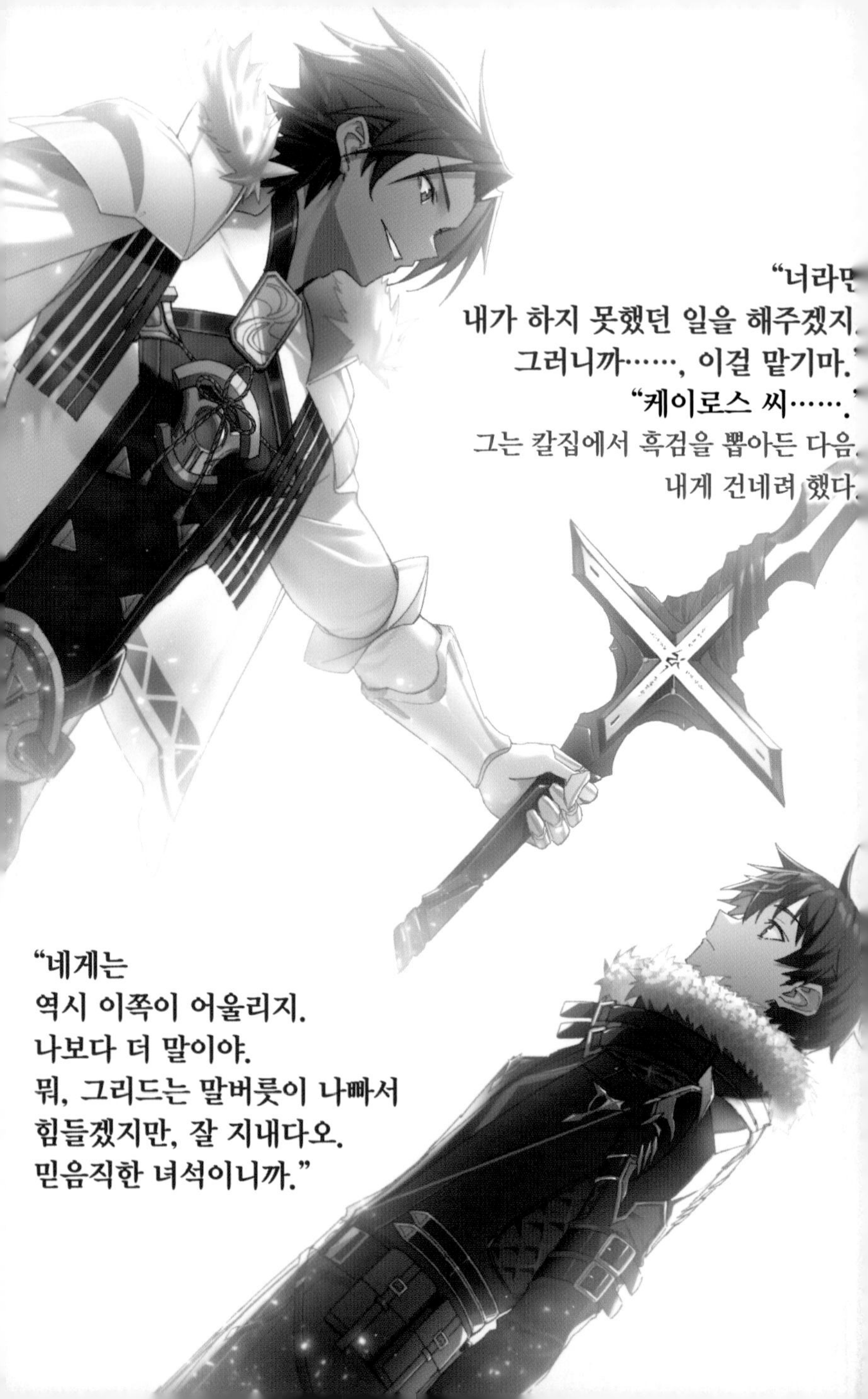
"너라민
내가 하지 못했던 일을 해주겠지.
그러니까……, 이걸 맡기마."
"케이로스 씨……."
그는 칼집에서 흑검을 뽑아든 다음,
내게 건네려 했다.
"네게는
역시 이쪽이 어울리지.
나보다 더 말이야.
뭐, 그리드는 말버릇이 나빠서
힘들겠지만, 잘 지내다오.
믿음직한 녀석이니까."

폭식의 베르세르크

Berserk of Gluttony

나만 레벨이라는 개념을 돌파한다

VII

잇시키 이치카 지음

fame 일러스트

천선필 옮김

Contents

Berserk of Gluttony
VII
Story by Ichika Isshiki
Illustration by fame

제1화 하우젠의 부흥

마물의 소굴이 되어 폐허로 변해버렸던 도시——, 하우젠.
하지만, 지금은 그렇지 않다.
우리 눈앞에 보이는 것은 왕도에서 기술 제공을 받아 크게 발전하려 하고 있는 도시다.
내가 떠난 뒤로 정말 크게 변한 것 같다.
마도 바이크를 운전하는데도 무심코 힘이 들어가 버렸다.
어서 하우젠으로 돌아가고 싶다.
그런 생각만 들었다.
"페이, 안절부절못하네요. 하우젠으로 돌아와서 기쁜가 봐요."
"그래, 맞아. 여기가 내 고향이니까."
마도 바이크 뒤에 타고 있는 록시가 그렇게 말하자, 자연스럽게 웃음이 나왔다.
"나도 얼른 저기 가고 싶어!"
내 앞에서 등을 기대고 기운차게 소리친 사람은 스노우다.
그녀는 나이 어린 인간처럼 보이지만, 인간이 아니다. 성수인이라 불리며 강력한 힘을 지니고 있다.
지금은 그 땅으로 통하는 문으로 인해 억지로 되살아난 영향 때문인지, 생전의 기억을 잃은 상태다. 그래서 외모와 더불어 말과 행동까지도 어린아이 그 자체다.
처음에는 낯을 많이 가려서 나와 메밀만 따랐다.

하지만 딱딱했던 표정이 변했고, 미소도 보여주게 되었다.
그리고 주위 사람들에게도 조금씩 마음을 열어가고 있는 것 같았다.
뭐……, 왠지 모르겠지만 록시에게는 거리를 두고 있는 것만 제외하면…….
아버지는 그런 스노우와 과거에 뭔가 인연이 있는 것 같았다.
자세한 건 모른다.
그렇게 생각하게 된 이유는 폭주한 스노우와 싸울 때, 아버지가 그녀를 죽이려 했기 때문이다.
그때, 나는 처음으로 아버지의 살기로 가득 찬 눈을 봐버렸다. 그렇게 눈이 무서운 아버지는 어릴 적 기억을 더듬어봐도 떠오르지 않는다.
내가 모르는 아버지의 일면을 엿보게 된 순간이었다.
아버지와 싸우게 되더라도 확실하게 맞서겠다고 아론에게 말해놓고 이런 꼴이다.
내 마음을 아는지 모르는지, 스노우는 내게 어서 하우젠으로 가자고 보챘다. 정말 천진난만하다.
"알았다니까, 날뛰지 마. 운전할 수가 없잖아."
"으으으으. 얼른 가고 싶어! 그럼, 이렇게 할래!"
"이봐?!"
핸들을 잡고 있던 손에 스노우가 자신의 손을 겹쳤다.
그리고 그녀의 넘쳐나는 마력을 단숨에 보내왔다.
마도 바이크는 마력을 추진력으로 변환한다.
다시 말해……, 내 마력 + 스노우의 마력으로 타이어의 회전수가 높아져 버렸다.

"페이! 너무 빨라요! 꺄아아아아아악."

"위험해, 위험하다고."

"즐거워!"

""즐겁지 않아!""

억지로 스노우의 손을 떼어놓고, 마력 공급을 멈췄다.

하지만 이미 늦은 상태였고――, 터무니없는 속도에 도달한 상태였다.

함부로 브레이크를 잡는다면 그 반동으로 마도 바이크가 넘어질 것이다.

속도를 늦추지 않는다면 그대로 하우젠에 대격돌하게 된다.

부흥을 다시 시키게 될 수도 있다.

영주인 내가 앞장서서 파괴하는 일은 있어선 안 된다.

"록시……, 미안한데."

"네, 저도 알아요."

그래서 우리가 선택한 방법은……, 하우젠을 지나치는 것이었다.

아마 뒤에서 쫓아오고 있는 에리스와 메밀은 우리를 보고 뭐 하는 거냐는 생각을 하고 있을 것이다. 돌아오면 에리스에게 잔소리를 들을지도 모른다.

뭐, 그래도 왕국을 다스리는 여왕님이니 감사히 들어야겠다.

그렇게 생각하고 있던 와중에 하우젠을 지나쳤다.

"작별이다……, 하우젠이여."

"뭘 그렇게 감상적인 목소리로 말하는 건데요! 속도가 떨어지면

바로 돌아가요. 에리스 님께 무슨 말씀을 듣게 될지 모르니까요."

"신기한 우연이네. 나도 그렇게 생각했거든."

"정말, 그런 말 하지 말고요."

뒤에서 뺨을 잡혀버렸다. 나를 본 스노우가 크게 웃어댔다.

"이상한 얼굴이 더 이상해졌어."

"뭐라고?!"

그렇게 말하면 내 얼굴이 평소에도 이상한 것 같잖아?

"혹시……, 이건……."

"음, 그 정도로만 해 두고……. 속도가 떨어지면 하우젠으로 가죠."

그녀는 말을 더듬으며 대답하고는, 하우젠으로 가자고 재촉했다.

으으음, 신경 쓰이잖아. 답답한 심정으로 한번 지나쳐버린 하우젠으로 돌아가게 되었다.

바깥쪽 문에는 에리스와 메밀이 이미 도착해 있었고, 마도 바이크에서 내린 채 우리를 기다리고 있었다.

"정말! 또 폭주해서 가버리신다니까."

"아니야, 메밀. 우리를 내버려 두고 하우젠을 지나쳐서 어디론가 가려고 했던 거야. 도망치는 줄 알았다고."

"그럴 리가 있겠냐!"

나는 마도 바이크에서 내리며 메밀과 에리스에게 말했다.

"스노우가 들떠서 말이야. 하마터면 하우젠에 들이박을 뻔했어. 뒤에서 봤으니 대충 알겠지만."

"아하핫, 허둥대는 페이트의 얼굴은 웃겼지."

"그랬죠. 에리스 님."
"이 녀석들이……."
내 그런 모습을 보고 즐기다니……, 취향도 참 특이하네.
에휴……, 이런 이런.
여자 일행들에게 주눅이 들어 있자니 내 어깨에 손을 얹은 사람이 있었다.
"오랜만이야, 페이트"
"세트!"
돌아보자 깡말랐던 예전과 비교하면 약간 살이 찐 세트가 서 있었다.
그 옆에는 딸인 앤이 방긋방긋 웃으며 이쪽을 보고 있었다.
"페이트, 어서 와!"
"다녀왔어!"
달려든 앤을 받아주고 있자니 빤히 바라보는 사람이 있었다.
스노우였다.
"나도 할래! 페이트, 어서 와!"
"너는 아니지! 같이 여기까지 왔잖아!"
그녀는 내 말 같은 건 듣지도 않고 앤을 따라 하고 있었다.
"페이트! 어서 다녀왔다고 해!"
"……다녀왔어."
에휴~. 앤과 스노우에게 잡혀서 쩔쩔매고 있자니 세트가 재미있다는 듯이 말했다.
"이 애는……, 페이트의 딸이야?"
"아무리 봐도 그건 아니지."

"그렇겠지. 페이트하고 전혀 안 닮아서 나중에는 미인이 될 것 같으니까."
"쓸데없는 말이 섞여 있는 것 같은데."
"그럼 누구 아이인데?"
세트는 나와 스노우를 번갈아 가며 보고는 고개를 갸웃거렸다.
"이 아이는 멸망의 사막에서 보호했습니다."
록시가 스노우에게 미소를 짓고는 당황한 세트에게 말을 걸자.
"록시 님! 하우젠에 오신 것을 환영합니다!"
"그렇게 예의를 차리실 필요는……, 없어요. 지금은 가문의 권한을 반납하고 평범한 무인이 되었으니까요."
"아뇨, 그럴 수는 없습니다. 그 유명한 록시 하트 님을 뵙게 될 줄이야, 정말로 영광입니다."
스노우에 대한 관심은 어디로 갔는지, 세트는 얼굴을 붉히며 어쩔 줄 몰라 했다. 뭐, 이렇게 대단한 미인이 바라보면 그렇게 되는 건 이해가 된다.
나도 익숙해질 때까지는 세트 같은 느낌이었다.
그런 세트의 발을 밟으며 불쾌한 듯한 표정을 보이는 여왕님이 있었다.
"세트, 내가 일부러 왔는데도 무시하다니, 정말 대단하구나."
"에리스 님! 그게 아닙니다."
"뭐가 아니라는 거야? 우선 내게 예의를 차려야 할 것 같은데?"
"정말 죄송합니다."
세트는 곧바로 무릎을 꿇었다.
이건……, 예의를 차린다기보다는 납작 엎드린 것 같은데…….

의기양양해진 에리스는 정말 만족스러워 보였다.

심지어 그 모습을 본 앤과 스노우가 내게서 물러나서 두 사람을 관찰하기 시작했다.

정말로 교육에 안 좋을 것 같다. 무릎을 꿇은 아버지의 모습을 보게 된 앤에게는 특히 안 좋을 것 같다.

"그런 건 됐고, 하우젠 안으로 들어가자고."

"뭐어? 나는 아직."

"안 돼!"

에리스의 팔을 잡고 바깥쪽 문을 지나 안으로 들어갔다.

"록시하고 메밀도 가자. 세트도 얼른 와. 이것저것 이야기할 게 있으니까."

"그래, 잠깐만. 자, 앤, 스노우도 이리 오렴."

마도 바이크는 병사들이 보관 장소까지 이동시켜준다고 한다.

우리는 하우젠에서 가장 전망이 좋은 곳――, 바르바토스 성으로 걸어가기 시작했다.

관마물인 [죽음의 선구자], 리치 로드와 전투를 벌였던 폐성은 완전히 달라진 모습이었다. 새하얀 외벽이 아름다운 하우젠의 랜드마크가 되어 있었다.

큰길을 오가는 사람들은 활기가 넘쳐서 예전에 스켈레톤이 우글거리던 곳이라는 생각이 들지 않을 정도였다. 왕도에서 가지지 못한 자들이 이주해 온다는 계획은 세토의 보고를 듣지 않더라도 순조로워 보였다.

제2화 바르바토스 성

깔끔하게 개축된 문을 지나 성안으로. 활기가 넘치는 거리의 모습을 제대로 봐두고 싶긴 하지만, 그보다 먼저 이곳에 온 이유를 확인해두어야 한다.

손질이 잘 된 정원수를 바라보며 걸어갔다.

세트가 씨익 웃었다. 보아하니 내가 뭘 찾고 있는지 눈치채버린 모양이었다.

"페이트가 심은 나무도 잘 자라고 있어."

"정말로?"

아주 잠깐 다른 길로 빠져서 분수 근처에 심어두었던 나무를 보러 가기로 했다.

"오오, 그렇게 작았는데! 이게 그 묘목이라고?"

"맞아. 나도 여전히 믿기지 않지만 말이지."

"큰 나무가 되었네요. 느낌으로 봐서……, 10년 정도는 걸렸을 것 같아요."

옆에 나란히 서 있던 록시도 깜짝 놀란 모양이었다.

메밀은 처음부터 믿지 않았는지, 의심하는 듯한 눈초리로 우리를 보고 있었다.

"아무리 그래도 이건 거짓말이잖아요. 페이트 님께서도 농담하지 마시고요."

"메밀, 내가 거짓말을 할 리가 없잖아. 정말로 작은 묘목이었다고."

오빠를 의심하다니, 그게 무슨 짓이야! 그런 눈초리로 보지 말라고.

"정말이라니까! 안 그래? 세트."

"그렇습니다, 여러분. 이유는 잘 모르겠지만, 페이트가 하우젠을 떠난 뒤로 믿기지 않는 속도로 성장했거든요."

메밀과 록시에게 눈앞에서 벌어진 일에 대해 말해보았지만 표정은 미심쩍었다.

하지만, 에리스와 스노우는 큰 나무를 빤히 바라보고 있었다.

"대단해! 저 나무에서 페이트의 힘이 느껴져!"

스노우는 그렇게 말하며 큰 나무 쪽으로 뛰어갔다.

"왜 그래? 스노우."

내 목소리도 들리지 않는지, 그녀는 기분 좋다는 듯이 눈을 감았다.

매미처럼 달라붙은 스노우를 떼어내려 하고 있자니.

"그렇구나. 그녀 말이 맞아."

내 옆에 선 에리스가 큰 나무에 살짝 손을 댄 채 뭔가 느끼고 있는 것 같았다.

"그게 무슨 소리야?"

"이 나무는 네 영향을 받아버린 거라고."

기분 나쁜 예감이 들었다. 지금까지는 사람만을 바꾼다고 생각했기 때문이다.

"그럼……, 설마."

"나도 거짓말이라고 하고 싶지만, 보아하니 네가 생각하는 대로일 거야."

에리스가 한 말을 믿는다면, 폭식 스킬로 인한 영향은 식물에게까지 미치는 것 같다.

"너는……, 특별하구나."

"특별하다고? 에리스에게는 이런 힘이 없는 거야?"

"없어. 내 색욕 스킬로 바꿀 수 있었던 건 백기사 두 명뿐이었으니까. 하물며 식물을 바꿔버리는 재주는 더더욱 없지."

"이건……, 좋은 일인가?"

나는 이 나무를 심을 때 그냥 더 커지라고 원했을 뿐이다. 폭식 스킬을 통해 호응했다는 건가?

폭식 스킬의 힘이 내가 생각했던 것 이상으로 강해져 버린 건가?

"좋은 일인지, 나쁜 일인지는 아직 모르지. 적어도 이 나무는 의지를 지니고 있는 게 아니라 그냥 커졌을 뿐이야. 해롭지는 않을 것 같아."

그 말을 듣고 안심한 내게 에리스가 계속 이야기했다.

"하지만, 지금까지는 그렇다는 말이야. 앞으로는 다른 것들에 강한 마음을 불어넣지 마. 나중에 이 나무처럼 이상하게 되어버리면 곤란하잖아?"

"그래……, 알겠어. 음~, 그렇게 마음을 강하게 주었나……?"

정말로 대죄 스킬의 힘인가? 나는 할 수 있고, 에리스는 하지 못한다. 그런 부분에서 납득이 되지 않는 것도 있다. 하지만 결과만 본다면 에리스가 말한 대로 강한 마음을 불어넣는 건 그만두는 게 좋을 것 같다.

록시는 그런 나를 걱정하는 듯이 보고 있었지만, 금방 다른 표정을 지었다.

"페이는 정원사를 목표로 삼았던 시기도 있었으니까요. 그 힘을 잘만 쓰면 정원을 마음대로 가꿀 수 있겠네요."

"긍정적으로 생각하자면 그렇겠네."

"맞아요, 맞아요. 하트 가문에서 포도를 재배하기 위해서 보낸 묘목들도 눈 깜짝할 새에 자라겠네요."

"그거 좋네요. 저도 어서 하우젠산 와인을 마시고 싶어요! 와인은 피하고 똑같은 색이라 맛있거든요."

메밀이 이야기에 끼어들면서 방긋 웃으며 말했다. 그리고 내 목덜미를 보며 입술을 핥았다.

나도 모르게 목덜미를 가리면서 록시 뒤로 도망쳐버렸다.

"정말, 메밀! 그 정도로만 해두세요. 오늘 밤에는 제가 확실하게 감시할 거예요."

"네에? 그럴 수가……, 유일한 즐거움인데……."

"참 큰일이구나. 메밀은 다른 즐거움을 찾아야겠어."

에리스가 마치 남 일인 것처럼 메밀의 어깨에 손을 얹으며 말했다.

하지만 록시가 그 손을 잡고 살짝 화를 냈다.

"에리스 님께서도 마찬가지예요. 당신은 이 나라의 여왕님이시죠. 그런데도……, 그렇게 망측한 모습으로 페이 옆에서 주무시는 게 가당키나 한가요?"

"어……, 그건……, 그게, 나는 색욕 스킬 보유자니까 툭하면 다른 사람이 그리워지거든. 이런 느낌으로!"

"으앗!"

두 사람의 이야기에 끼어들지 않고 듣고만 있었는데……, 갑자기 에리스가 나를 끌어안고 커다란 가슴을 들이댔기에 깜짝 놀라서 소리를 질러버렸다.

"뭐 하시는 거예요! 그런 행동이 잘못된 거라고요!"

록시가 따지면서 에리스를 떼어내려 했다.

하지만 상대는 E의 영역이다. 꿈쩍도 하지 않았다.

나는 지금 참견을 하게 되면 쓸데없이 불똥이 튈 것 같았기에 조용히 있기만 했다. 이 여자 일행들과 여행을 하면서 배운 것이다.

번듯하게 팔짱을 낀 에리스는 록시의 가슴 쪽을 보면서 씨익 웃었다.

"아, 그렇구나. 그래, 그래……, 그런 거였어."

"뭐, 뭐가요?!"

에리스의 시선이 자신의 몸 일부에 쏠렸다는 것을 눈치챈 모양이었다.

록시는 곧바로 가슴 쪽을 손으로 가리는 시늉을 했다.

"나처럼 할 수가 없으니까, 질투하는 거지?"

"무, 무슨 말씀을 하시는 거예요!"

"뭐, 진정하라고. 아직 희망은 있으니까."

뭐 하자는 위로인지. 이런 부분만큼은 거만하게 깔보는 여왕님이었다.

이런 부분에 승패는 없다고 생각하는데……, 등을 돌린 록시에게서 애수에 잠긴 분위기가 느껴지고 있었다.

뭐라고 말을 걸어야 할까.

인생 경험이 별로 없는 나는 그럴싸한 말이 떠오르지 않았다.

결국 나는 에리스의 이마를 살짝 찔러준 다음 한마디 하기로 했다.

"그런 권위는 다른 곳에 써줬으면 하는데."

"어머나, 페이트, 혹시 화난 거야?"

"딴짓은 이제 그만하고, 슬슬 성으로 가자."

"나도 안다고."

내 팔을 놓은 에리스는 혼자서 성을 향해 걸어가기 시작했다.

나 참. 그럼 큰 나무 주위를 뛰어다니고 있는 스노우를 붙잡아 볼까.

그런 와중에 메밀은 풀죽은 록시에게 말을 걸고 있었다.

"록시 님도 가시죠! 자, 기운 내시고요."

"네……."

"정말, 가슴이 조금 작은 것 정도는 아무것도 아니에요!"

"확실하게 말하지 말아주세요! 메밀은 제 마음을 이해하지 못한다고요."

"앗, 록시 님! 잠깐만요!"

록시는 울상을 지으며 성으로 뛰어가기 시작했다. 그 뒤를 메밀이 쫓았다.

이쪽도 큰일이네.

붙잡은 스노우를 안아 들었다.

"여기서 더 놀래!"

"나중에 또 올 거야. 성으로 가자! 저쪽에 더 좋은 게 있을지도 모르잖아."

"그래? 그럼 갈래!"

제일 어린 스노우가 말을 제일 잘 들어주고 있을지도 모르겠다.

겨우 성에 들어갈 수 있겠다. 그렇게 생각하고 있자니 딸인 앤과 손을 잡은 세트가 내 옆에 서서 말했다.

"너도 힘들겠구나. 처음에는 아름다운 여자들을 데리고 와서 부러웠는데……, 여왕님, 전 성기사님들. 잘 생각해보니 어지간한 남자는 에스코트도 못하겠어."

"내가 얼마나 고생하는지……, 이해해주는 거야?"

"그래, 나는 아무것도 못 해주겠지만, 힘내라고."

유부남이었던 세트에게 동정을 받아버렸다.

"야! 아무것도 안 해줄 거냐고!"

"당연하지, 나도 목숨이 아깝거든. 휘말릴 수는 없어. 소중한 딸이 있으니까."

"목숨까지 걸려 있나……, 뭐 다들 정말 강하니까."

"그렇지. 무인이 아닌 나와는 세계가 다르니까. 페이트에게 전부 걸려 있는 거라고. 하우젠을 덮치려 하는 재앙을 물리치기도 전에 연애 문제로 도시가 붕괴되는 건 웃기지도 않은 일이야. 그리고 딸 앞에서 그런 짓은 하지 말아줄래? 교육에 안 좋으니까."

"네……, 명심하겠습니다."

딸을 걱정하는 아버지의 날카로운 눈빛에 주눅이 들어서 그렇게 약속할 수밖에 없었다.

평소에는 자상한 세트도 딸이 걸리면 확 바뀌게 된다. 아직 나를 노려보고 있다.

나를 그다지 믿지 않는 것 같다. 말도 안 돼. 나는 그녀들을 확실하게 에스코트할 수 있다고.

"자, 가자. 먼저 간 에리스가 신경 쓰이니까."

"하긴, 자유분방하신 에리스 님께서 성안에서 무슨 짓을 하실지……, 모르니까."

"서두르자."

생각해보니 에리스는 씨익 웃으면서 걸어간 것 같다.

그 표정은 터무니없는 생각을 할 때 보여주던 표정이다. 그러고 보니 내 방의 문을 잠가두었던가? 그냥 열어두었던 것 같기도 하다.

정말로 서둘러야 할 것 같다.

제3화 **페이트의 방**

내 불안한 예상은 들어맞아 버렸다.

성안으로 들어가서, 그럴싸한 곳을 돌아다니며 에리스를 찾아 보았지만……, 보이지 않았다.

그녀뿐만이 아니라, 록시와 메밀조차 보이지 않았다.

초조해하던 내게 그리드가 《독심》 스킬을 통해 말했다.

『이제 그곳밖에 없잖아. 정리는 제대로 해두었냐?』

"그때는 급하게 왕도로 갔으니까……."

성의 메이드들이 방 청소 정도는 해주었겠지.

그렇게 생각하며 방 앞에 도착하자 안에서 목소리가 들렸다.

잘 알고 있는 여자의 목소리였다.

"흐음, 흐음, 이곳이 페이트의 방인가."

"안 돼요! 에리스 님. 밖으로 나가시죠."

"이제 막 들어왔잖아. 탐색은 지금부터 아닌가? 메밀도 그렇게 생각하지?"

"네, 이 성에서 메이드 활동을 하는 데 있어서, 가장 우선시할 사항입니다."

"그러니까 록시는 바깥에서 기다리게나."

"어째서! 그렇게 되어버리는 건데요!"

안에서는 대소동이 벌어지고 있다. 점점 들리는 목소리가 커지고 있다.

어서 내 방에 들어가서 말려야지! 문의 손잡이에 손을 댔을 때.
"록시도 페이트의 방을 탐색해보고 싶잖아."
"그렇지는."
"뭐어~? 아니, 계속 방 안을 힐끔거리고 있으면서."
"네?!"
그렇게 멋지게 에리스의 소행을 막아주려 했는데……, 록시는 당황해버렸다.
그리고 에리스와 메밀은 록시에게 나에 대한 것들을 이것저것 캐묻기 시작했다.
일부러 내 방에서 그런 이야기를 할 필요는 없잖아.
"들어가기 껄끄럽네……."
『느림보 같은 녀석이군. 얼른 들어가면 될 것을. 실망했다, 그러고도 이 몸의 사용자냐?!』
"시, 시끄러워."
완전히 타이밍을 놓쳤다. 내 방 앞에서 멍하니 서 있는다는, 누가 봐도 이해가 잘 안 될 것 같은 행동을 해버렸다. 가끔 오가는 메이드가 사정을 모른 채 나를 보고는 고개를 갸웃거렸다.
이래 봬도 영주로서 오랜만에 돌아온 건데……. 나는 인사도 받지 못할 정도로 곤란해하는 표정을 짓고 있었던 모양이다. 지금은 바쁜 것 같으니 나중에 하자고 판단한 것 같다.
『이제 슬슬 들어가는 게 어떠냐.』
"나도 안다고."
마음을 굳게 먹고 문을 열자, 좀 전까지 꺅꺅대며 이야기를 하던 그녀들이 일제히 나를 바라보았다.

"어머나……, 본인이 등장하셨네."
"페이트 님, 어쩐 일이세요?"
"어쩐 일이고 자시고, 여긴 내 방이야."
"그랬구나. 몰랐어."
"뻔뻔하기는."
에리스와 메밀은 당당한 태도를 보였다. 내 방에 멋대로 들어와서 마구 뒤지려 했던 주제에.
그와 대조적으로 록시의 얼굴은 점점 붉게 물들었다.
"페이, 방금 한 이야기……, 혹시 들렸나요?"
"……그래."
"으으으……."
나와 눈을 마주치지 못하게 된 록시는 방에서 뛰쳐나가 버렸다.
말릴 틈도 없었다.
열려 있던 문을 바라보고 있자니 에리스가 내 어깨에 손을 얹었다.
자기와는 상관이 없다는 듯이 새침한 표정을 짓고 있다.
"훔쳐 듣는 건 바람직하지 못한 짓이잖아."
"네가 그런 말을 할 상황이야?"
"무슨 소린지."
"내 방에 멋대로 들어왔잖아."
"그거라면 문제없어."
뭐라는 거야! 여긴 내 방이라고.
에리스는 신경 쓰는 낌새조차 보이지 않은 채 당당하게도 침대에 앉았다.

"꽤 괜찮은 침대잖아. 오늘 밤에는 푹 잘 수 있겠어."

"너……, 설마."

"아하하, 정답! 페이트 주제에 눈치가 빠르구나. 메밀도 그렇게 생각하지?"

"정말 그렇네요."

고개를 끄덕이는 메밀. 호흡이 척척 맞네. 하우젠으로 오는 여행길에 에리스와 사이가 꽤 좋아진 것 같다.

"좀 봐달라고."

록시가 밤에 보디가드를 맡아준다는 것 같으니까.

보아하니 내 침대 위에서 에리스 일행과 큰 소동을 벌일 것 같다.

나는……, 오늘 밤에 잘 수 있을까…….

"왜 그러는 거야? 안색이 안 좋은데."

"어머나, 그거 큰일이네요. 오늘 밤에는 페이트 님을 확실하게 간병해드려야겠어요."

"원인은 너희라고! 진짜, 얼른 내 방에서 나가!"

""어어어?""

에리스와 메밀은 불만스러운 듯한 눈초리로 나를 보았다.

아니, 아니, 그건 내가 할 행동이지.

그녀들의 등을 떠밀면서 방 밖으로 데리고 나가려 했다. 하지만 갑작스러운 파괴음과 함께 기운찬 목소리가 들렸다.

"페이트! 찾았다! 나도 놀래!"

"내 방이!!"

넘쳐나는 스테이터스로 문을 날려버리고 스노우가 등장했다. 문은 곧바로 내 볼을 스친 뒤 창문을 뚫고 저편으로 날아갔다.

이럴 수가……, 나는 돌아오자마자 내 방을 잃게 되어버렸다.

멍해진 나를 좀 전까지 떠들어대던 에리스와 메밀도 동정하는 듯한 눈초리로 바라보았을 정도였다.

"아하하……, 이거 바람이 잘 통하겠는데. 나는 슬슬 객실로 갈까."

"……빗자루와 쓰레받기를 가지고 올게요."

두 사람은 나와 스노우를 남겨두고 재빨리 방에서 나갔다.

대가를 치르긴 했지만, 이제 조용해졌구나. 그렇게 생각하고 싶다.

"스노우, 문을 부수면 안 되지. 저번에 욕탕 벽을 부쉈을 때도 말했잖아."

"앗! 깜빡했네……, 미안해."

이 덜렁이 녀석! 그렇게 말하면서 머리를 쓰다듬어주고 싶지만, 이런 행동을 봐줬다간 성이 구멍투성이가 될 것이다. 모처럼 깔끔하게 개수된 성이 붕괴될 위기다.

하지만 풀 죽은 스노우에게 더 이상 뭐라고 할 수는 없었다.

이 아이는 흥미가 있는 것에 집중하다 보면 터무니없이 깜빡깜빡할 때가 있다.

처음에는 기억을 잃은 것과 관련이 있는 줄 알았다. 하지만 계속 함께 지내면서 그녀를 알아가다 보니 원래 성격이 그렇다는 사실을 알게 되었다.

아마 이번에 문을 부수지 말라고 주의를 주더라도 또 깜빡 잊을 것이다. E의 영역이라 힘이 엄청나게 강하기 때문에 한눈을 팔 수가 없는 아이다.

그런 힘을 지닌 스노우가 내 팔을 잡아당기며 떼를 썼다.
"저기, 저기, 성을 모험하고 싶어!"
"세트하고 이야기를 해야 하는데, 나중에 하면 안 될까?"
"지금 할래! 지금, 지금!"
에휴~, 보아하니 세트와 이야기를 하더라도 스노우가 옆에서 떼를 쓸 테니 안 되겠다. 지금은 순순히 스노우를 안내해주고 지쳤을 때 낮잠이라도 재워야겠다.
"알았어."
"앗싸! 가자!"
이런, 이런, 파괴된 입구를 통해 방 밖으로 나갔다.
그러자 복도 끄트머리 모퉁이에 금발이 슬쩍슬쩍 보였다.
스노우에게 조용히 하라고 작은 목소리로 말한 다음, 살며시 그녀가 있는 곳으로 다가갔다.
그리고 그녀가 고개를 내밀고 우리를 엿보려 할 때, 살짝 놀라게 해주려는 생각으로 '와악'이라고 말했다.
"꺄악!!"
생각했던 것보다 더 크게 놀라버렸다.
본인은 숨어있다고 생각했는지, 내가 바로 옆에 와 있다는 걸 눈치채지 못한 모양이다.
"페이, 놀라게 하지 마세요."
"그러는 록시는 이런 곳에서 뭐 하는데?"
"그, 그건……."
말문이 막힌 록시. 잠시 바라보고 있자니 그녀는 눈을 피했다.
"에리스 님하고 메밀이 신경 쓰였을 뿐이에요. 그리고 엄청난 파괴음도 들렸고……, 신경 쓰이지 않는 게 이상하죠."

"그렇긴 하지."

이미 소란스러운 소리를 들은 성의 하인들이 모여들고 있었다.

나는 바로 사정을 이야기하고 방 수리를 부탁해두었다. 문과 창문을 새로 맞추는 정도니까 며칠 정도면 고칠 수 있다고 한다.

"그 전까지는 나도 객실에서 쉬도록 할까."

"그러면 제 방에 남는 침대가 하나 있으니까 딱 좋겠네요."

"정말로 같은 방에서 자려고?"

"물론이죠! 에리스 님하고 메밀을 내버려 두면 큰일이 날 수도 있으니까요! 그리고 잊으신 거 아닌가요?"

"응? 뭘?"

"공부 말이에요. 예전에 맨투맨으로 가르쳐드린다고 했잖아요. 이런저런 일이 있어서 미뤄지긴 했지만, 뒤처진 부분까지 확실하게 해야죠."

어어어어? 공부?! 완전히 잊고 있었다. 나도 스노우에게 깜빡한다고 지적할 상황이 아니네.

어깨를 축 늘어뜨리고 있자니 스노우가 옷소매를 잡아당겼다.

"성 안내!"

"그랬지. 록시도 같이 어때?"

"어쩔 수 없네요. 하지만 밤에는 확실하게 가르쳐드릴 테니까 각오하세요."

"……알았어, 선생님."

"좋아요!"

스노우와 록시를 안내해준 다음, 세트와 이야기를 나눈다. 그리고 밤에는 록시 선생님이 딱 붙어서 공부를 가르쳐준다고 한다.

응, 정말 바쁘고 힘들 것 같다.

제4화 정신세계

새하얀 세계가 펼쳐져 있었다.

지금은 익숙해진 경치. 이곳은 루나가 마련해준 정신세계다.

보아하니 세토 일행하고 이야기를 나눈 다음, 록시가 공부를 봐주고 있던 와중에 잠들어버린 것 같다.

책상에 엎드려서 푹 자버린 걸까. 그렇다면 록시에게 폐를 끼치고 있을지도 모르겠는데.

깨어나야 하겠다는 생각이 들어서…….

"루나."

이 세계의 관리자를 불러봐도 전혀 반응이 없었다. 조용하고 한없이 하얀 공간뿐이었다.

"그리드."

루나와 마찬가지로 내 수행을 함께 해주고 있는 파트너의 이름도 불러보았다.

결과는 마찬가지였다. 귀에 익은 빈정대는 소리가 들리지도 않았다.

설마 정신세계에 갇혀버린 건가?

아니, 아니, 그럴 리는 없을 텐데.

왜냐하면 여기는 루나가 폭식 스킬로부터 내 마음을 지켜주기 위해 만들어낸 세계이기 때문이다. 분명히 루나가 어딘가에 있을 것이다.

몇 번이고 그녀의 이름을 불렀지만, 모습을 드러내지는 않았다.
"어떻게 된 거지……."
지금까지 겪어보지 못한 상황에 한동안 멍하니 서 있었다. 문득 발치를 보니 내 까만 그림자가 나타나 있었다.
이상하다……, 여기는 정신세계다. 현실과는 달리 그림자는 나타나지 않는다.
"어째서……, 내 그림자가?"
몸을 숙이고 그림자를 만지려 했지만.
"피했어!"
그 그림자가 일그러지며 내 손에서 도망쳤다.
그뿐만이 아니었다. 내 발치에서 떨어져 나와서 멀어져갔다.
마치 의지를 지닌 것처럼, 그림자는 형태를 이루기 시작했다.
"너는……."
내가 잘 아는 사람으로.
마치 거울을 보는 것 같았다.
하지만 그 녀석은 나와는 결정적으로 다른 부분이 있었다.
바로 꺼림칙할 정도로 새빨간 두 눈이었다.
그 녀석은 추악한 미소를 지으며 내게 손을 뻗었다. 그러자 그림자가 손에서 뻗어 나왔고, 본 적이 없는 무기가 나타났다. 대검이라고 하면 되는 걸까.
날이 손잡이 부분까지 뒤덮은 형태였다. 내가 보기에는 칼자루가 없는 대검 같았다.
공격력에만 특화된 듯한 칠흑의 대검. 그 모습은 그리드나 슬로스, 엔비 같은 대죄무기와 비슷했다.

척 보기에도 내게 적의를 드러내고 있다. 저 눈에는 내가 걸리적거려서 어쩔 줄 모르겠다는 듯한 증오가 느껴졌다.

꽤 위험한 건지도 모르겠다.

이유는 간단하다. 내게는 무기가 없기 때문이다. 맨손으로 싸우기에는 너무 버거운 상대다.

그림자는 짐승처럼 이상한 소리를 내고는 나를 덮치려 했다.

첫 번째 공격을 겨우 피했다. 흑대검이 새하얀 지면에 파고들었다.

"뭐?"

갑자기 흑대검에서 새까만 색이 넘쳐흘렀다. 그렇게 새하얗던 지면이 눈 깜짝할 새에 덧칠되어갔다.

그와 동시에 몸이 찢어지는 듯한 통증이 스쳐 지나갔다.

"대미지를 입은 건가……, 대체 무슨 짓을 한 거지?"

그림자는 내가 한 말에 대답하지도 않고 다음 참격을 날리려 하고 있었다.

피하기에는 간격이 너무 좁은 상태다. 하지만 막으려고 해도 무기가 없다.

베인다…….

『오래 기다리게 했군.』

"그리드!"

내 손 근처에 빛을 머금고 나타난 파트너.

힘찬 목소리가 내 등을 떠밀어 주었고, 그림자가 날린 참격을 막아냈다.

『고전하고 있었던 것 같군그래.』

"이 녀석은 대체 뭐지?"
『이미 알고 있을 텐데.』
"……."
내 그림자에서 생겨났다. 그리고 나와 똑같이 생겼다.
『너다. 또 하나의 자신……, 폭식 스킬에 침식된 부분. 그 녀석이 드디어 힘을 지니고 루나가 만든 세계에까지 들어와 버렸다.』
"그렇다면."
『지금까지는 네가 폭식 스킬에 삼켜지는 걸 가만히 기다리기만 했지. 하지만 녀석은 자신의 힘을 지니고 너를 삼키려 하고 있다. 예전에도 말한 적이 있다만, 이곳에서의 죽음은 마음의 죽음으로 이어진다.』
"다시 말해서 저 그림자가 나를 죽인다면……."
『폭식 스킬이 너를 가로챈 다음, 현실 세계에서 폭주할 거다.』
젠장, 흑대검을 밀쳐냈다.
이대로 당해버리면 폭주한 내가 하우젠을 붕괴시켜버릴 것이다.
그림자에게서 거리를 벌리기 위해 크게 뒤로 뛰었다.
『저것의 영향으로 루나가 이 정신세계를 제대로 컨트롤하지 못하게 되었다. 이 몸은 루나가 구원을 요청해서 여기로 왔다만, 이 꼴이다.』
그리드는 내 손에 흑검으로 존재하고 있다. 정신세계에서는 항상 인간 모습이었는데도 불구하고.
『그만큼 저것의 힘이 강해진 거다. 무슨 뜻인지는 알겠지?』
"그래, 내가 어떻게든 하라는 거잖아?"
『잘 아는군그래.』

흑검이 내 손에 있는 것만으로도 더할 나위 없이 든든하다.
"가자, 그리드."
『그래.』
덤벼드는 그림자의 참격을 흘려냈다. 그로 인해 생긴 빈틈에 혼신의 일격을 때려 넣었다.
비스듬히 베어서 해치울 생각이었다. 하지만 그림자는 몸을 비틀어서 치명적인 대미지를 피했다.
내 발치에 떨어진 그림자의 한쪽 팔.
이제 저 흑대검을 제대로 다루지 못할 것이다.
그렇게 소리를 지르며 끈질기게 덤벼들던 그림자가 처음으로 물러났다.
나는 그 틈을 놓치지 않았다.
"몰아치자."
『오의로군. 여기에는 리미터가 없으니까.』
"그래, 온 힘을 다해 날리자."
흑궁으로 형태를 변화시킨 다음, 제2위계의 오의, 《블러디 터미건》을 발동시켰다.
이곳은 정신세계다. 스테이터스를 바칠 필요는 없다.
오의를 100퍼센트 끌어낼 수 있다. 그리고 오의를 변화시켜 《블러디 터미건 크로스》로 날렸다.
보통은 죽음으로 직결되는 스테이터스 100퍼센트를 그리드에게 바침으로써 날린 거친 기술이다.
터무니없이 거대하고 까만 번개가 이중 나선이 되어 그림자를 덮쳤다.

그림자는 이상한 소리를 지르며 흑대검을 겨누고 맞서려 했다. 하지만 압도적인 힘 앞에서는 아무것도 하지 못하고 삼켜져 갔다.

그 뒤에 남은 것은 너덜너덜해져서 형태를 유지할 수 없게 된 그림자뿐이었다.

다가간 내게 그림자가 처음으로 이해할 수 있는 말을 했다.

"너는……, 내 것……이다."

그 말을 들었을 때, 나도 모르게 그림자의 숨통을 끊었다. 그 밉살스러운 얼굴을 보고 견딜 수가 없었던 것이다.

그림자는 완전히 형태를 잃고 새하얀 지면에 검은 얼룩이 되어 갔다. 잠시 후, 그 얼룩도 사라졌다.

"겨우 쓰러뜨린 모양이로구나."

그리드의 목소리가 내 뒤에서 들렸다. 손 근처에 있는 흑검이 아니었다.

그걸 느끼며 돌아서자 인간 모습인 그가 있었다. 루나도 그리드 옆에 서 있었다.

"잘 풀려서 다행이야. 한때는 어떻게 되나 싶었으니까."

"루나, 이제 그 그림자는 다시 습격하지 않는 거야?"

그림자가 마지막으로 남긴 말이 계속 머릿속에 남아 있었다.

"아니. 그건 네 폭식 스킬에서 생겨난 거니까. 네가 폭식 스킬을 가지고 있는 이상, 벗어날 수는 없어. 지금은 침식당한 마음이 아직 많지 않으니까 페이트가 우위에 있어. 하지만……."

"조만간 역전되어버린다고."

"그래, 이 세계는 내 힘으로 폭식 스킬과 페이트 사이에 만든 벽. 그것을 폭식 스킬이 넘어오려 하고 있는 거야. 미안해……."

루나를 보니 더 이상 그녀에게 할 수 있는 게 없는 것 같다는 낌새가 보였다.

"시간은 아직 있고, 네가 우위에 서 있다."

그리드가 그렇게 말하며 내 어깨에 손을 얹었다.

나는 고개를 끄덕이고는 루나에게 말했다.

"그런 표정 짓지 마. 지금까지 해올 수 있었던 건 루나가 지켜준 덕분이니까."

"고마워, 페이트."

"감사해야 할 사람은 나지. 고마워, 루나. 그런데 한 가지만 물어봐도 될까?"

"그래, 상관없어."

"만약에 내가 폭식 스킬에 삼켜지게 되면, 루나는 어떻게 되는 거야?"

그녀는 방긋 웃고는.

"이 아래에 있는 무한지옥에 떨어지지."

아무렇지도 않다는 듯이 말했다. 옆에서 듣고 있던 그리드도 입을 떡 벌린 채 놀랄 정도였다.

마인도 그렇고, 진짜 이 자매는……, 자기 일에는 너무 무관심하구나.

뭐가 어찌 됐건, 그 그림자에게는 질 수 없다.

"자, 슬슬 아침이 될 거야. 페이트는 원래 세계로 돌아가도록 해. 싸우면서 망가진 부분은 내가 수복해둘 테니까."

루나는 그렇게 말하며 나를 현실 세계로 보내주었다.

제5화 깨어난 아침

"좋은 아침이에요! 페이!"

부드러운 목소리가 매우 기분 좋게 들린다. 그 정신세계에서 벌인 전투로 상처 입었던 마음이 치유되는 것 같았다.

천천히 눈을 떠보니 아침 햇빛을 받으며 미소짓는 록시의 얼굴이 보였다.

"좋은 아침이야."

"푹 주무시던데요. 볼을 몇 번이나 찔렀는데 깨지도 않고. 혹시 밤에 공부를 해서 그런가요?"

"절반은 정답이려나."

"에잇."

그 맨투맨 공부……, 그런 와중에 록시 선생님의 엄한 지도를 생각해보면 당연한 결과일 것이다.

솔직하게 말해보았는데, 록시는 마음에 들지 않았는지 이마에 딱밤을 날렸다.

아프지는 않았고, 그녀답게 부드러운 딱밤이었다.

"미안."

"사과할 필요는 없어요. 어제는 저도 너무 신났던 것 같으니까요. 페이는 배우는 게 빨라서 가르치는 보람이 있어요. 이대로만 하면 금방 성에서 중요한 직책을 받을 수 있을 거예요!"

"아하하……, 내게는 그런 게 어울리지 않을 것 같은데."

"무슨 소릴 하는 거예요. 페이는 바르바토스 가문의 당주잖아요. 5대 명가의 일원이라는 자각을 해야죠. 그리고 걱정할 필요는 없어요. 제가 확실하게 가르쳐드릴 테니까요!"

"……살살 부탁드립니다."

아침부터 신이 난 록시. 주먹을 쥐고 들어 올리며 선언하고 있었다.

이렇게 된 그녀를 말릴 수 있는 사람은 없다. 보아하니 오늘 공부는 어제보다 더 힘들 것 같다.

또 지쳐서 책상 앞에서 잠들지도 모르겠네. 아, 그렇지!

"어제는 고마워."

"응? 뭐가요?"

"아니, 책상 앞에서 잠들어버린 것 같은데, 이렇게 침대에 누워 있었으니까. 록시가 나를 옮겨준 거지?"

"그거 말인가요? 저는 이래 봬도 힘이 세니까요."

알고 있다. 록시는 성기사니까.

하트 가문의 하인이었던 시절을 떠올렸다. 분명……, 성 아랫마을 시찰에 동행했을 때, 평소에 신세 진 데 대한 보답으로 선물했던 보석 원석을 맨손으로 깨기도 했고. 물론 강한 마물과 전투를 벌이는 것도 단독으로 가능할 정도다.

내 몸무게 정도는 한 손으로 간단히 옮길 수 있을 것이다.

록시가 나를 옮기는 모습을 상상하고는 쓴웃음을 지었다.

"그러고 보니까, 록시는 어제 어디서 잤어?"

"물론! 여기죠!"

"뭐어어어어?? 정말로?!"

"네. 정말 힘들었다니까요!"

"음……, 설마."

곧바로 내 머릿속에 에리스와 메밀의 얼굴이 떠올랐다. 게다가 둘 다 씨익 웃고 있다.

"페이 예상이 맞아요. 심야의 전투는 정말 치열했죠."

잘 살펴보니 내 방이 어지러워진 상태였다. 그걸 둘러보고 있자니 록시가 급하게 치우기 시작했다.

"죄송해요. 페이의 방을 어지럽힐 생각은 없었는데……."

나도 나서서 바닥에 떨어진 것들을 선반이나 책상에 되돌려놓게 되었다. 그때 그 안에서 낯익은 꼬리가 나타났다. 이……, 전갈 꼬리는……, 설마?!

잡아서 들어올려 보니 스노우가 나타났다.

그녀는 졸린 듯이 눈을 뜨고는 하품을 한 번 했다.

"좋은 아침!"

"너……, 왜 여기 있는 거야?"

"다들 즐겁게 놀고 있길래, 나도 꼈어."

"그건 논 게 아니에요!"

록시의 이야기에 따르면, 중간부터는 삼파전이 되어서 힘들었던 모양이다. 그러던 와중에 스노우가 몰래 방 안으로 들어온 것 같다.

"그런데 페이트는 자고 있었고, 다들 놀아주지 않길래 여기서 자기로 했어."

"그래서 파묻혀 있었던 거구나. 용케도 안 깼네……."

스노우의 볼을 만지작거리면서 놀라고 있자니 록시가 뭔가 하

고 싶은 말이 있다는 듯이 바라보고 있었다.

"저기, 왜?"

"그렇게 따지면 페이도 마찬가지예요. 아무리 지쳤다지만 그렇게 큰 소동이 벌어졌는데도 전혀 깨어나지 않았으니까요."

"그렇긴……, 하지. 아하하하……."

정신세계에 갇혀서 그림자와 싸우고 있었다. 깨어날 수 있을 리가 없다.

"응? 왜 그래요?"

"아니……, 정말 피곤했구나 싶어서."

그녀는 지금 고민거리를 떠안고 있다. 나 때문에 부담을 주고 싶지 않았다.

그렇기 때문에 곧바로 둘러대 버렸다.

"하우젠에 오는 동안 이런저런 일이 있었으니 어쩔 수 없죠. 특히 페이는 아버님 일도 있고요."

"아버지라……, 원래는 살아난 걸 기뻐해야겠지만."

"그 마음은 저도 조금 이해가 돼요. 저도 아버님께서 살아나셨으니……, 기쁘긴 하지만, 정말 잘된 일인 거냐는 생각이 들곤 하니까요. 페이의 아버님 같은 경우에는 행동에 알 수 없는 부분도 많고요."

"라이네를 유괴하고 현자의 돌을 강탈했지……, 완전히 마음대로 저지르고 있어."

그런 내게 록시는 손가락을 좌우로 흔들며 말했다.

"하지만, 사막에서 저희를 구해주셨잖아요."

"……응."

그때는 어렸을 때부터 알고 있던 아버지였다. 하지만, 그 땅으로 통하는 문을 열려 하고 있으니 우리에게는 적이 되어버린다.

"마인과 목적이 같으니까 아버지도 하우젠에 와 있을지도 몰라."

"그렇죠……, 그리고 오아시스에서 만났던 라이브라도 신경 쓰이고요."

어제 세트와 이야기를 나눴을 때, 아버지나 라이브라와 비슷하게 생긴 사람이 보이면 보고해달라고 이야기를 해두긴 했다. 하지만 부흥 작업이 순조롭게 끝나고 발전하기 시작한 하우젠에는 많은 사람들이 찾아오고 있는 상황이다.

그렇기 때문에 일손도 부족해서 검문이 허술해졌다.

마인과 비슷하게 생긴 사람을 보았다는 보고가 들어온 것은 운이 좋았던 것에 불과하다.

스노우를 침대 위에 앉힌 다음, 다시 정리를 시작했다.

"이제 좀 깔끔해졌나?"

"괜찮은 느낌이네요. 그럼 저희는 옷을 갈아입고 올 테니까 페이도 몸단장을 마치면 아침 식사를 해요."

"그래……, 응? 혹시 록시가 해줄 거야?"

"물론이죠. 후후후……."

스노우를 옆구리에 끼고 윙크하는 록시.

상당히 자신이 있는 모양이다. 이렇게 된 이상 각오를 다지고 아침 식사를 해야겠다.

"페이, 그럼 이따 봐요."

"바이바이, 페이트!"

"아침 식사를 할 때 말이지."

스노우는 록시에게 안긴 채 기운차게 손을 흔들고 있었다. 보아하니 하우젠으로 오면서 록시에게도 익숙해진 것 같았다. 어느새 록시는 그녀를 '스노우'라고 부르게 되기도 했고.

이제 에리스와 사이좋게 지냈으면 하는데……, 역시 힘들지도 모르겠다.

그런 생각을 하면서 방에서 나가는 그녀들을 배웅했다.

스노우는 성수인이라는 특별한 종족인 듯하다.

에리스는 그런 성수인들에게 심한 짓을 당한 과거가 있다.

특히 라이브라와의 악연이 크다.

동족인 스노우를 보면 그가 떠올라버리는 모양이다.

어제 저녁 식사 때 있었던 일이다.

스노우가 달라붙자 에리스는 태연한 척하고 있었지만, 얼굴에는 식은땀을 엄청나게 흘리고 있었다. 아마 트라우마가 발동되었기 때문일 것이다.

항상 종잡을 수 없는 얼굴이던 에리스의 신기한 표정이 머릿속에 떠올랐다. 여전히 그런 상황인데 라이브라와 싸울 수 있을지 불안한 마음이 남았다.

재빠르게 옷을 갈아입고 방을 나섰다. 흑검 그리드도 확실하게 챙겼다.

『어제는 힘들었지?』

"한때는 어떻게 되나 싶긴 했어."

『루나가 지금까지보다 더 견고하게 방어하겠다고 하니까 당장 오늘내일 습격하진 않을 거다.』

"그 말을 들으니 안심이 되네. 날마다 그러면 힘들 것 같으니까."

그럼 아침 식사를 마친 다음에는 거리로 나가볼까.

마인으로 보이는 사람을 목격했다는 장소로 가볼 생각이다. 가는 김에 도시의 발전 상황도 봐둬야겠다.

제6화 발전하는 도시

손에는 방금 산 빵. 그것을 가끔 먹으면서 걸어가고 있다.

"이거 맛있네요."

"응, 맛있어!"

록시와 스노우는 단 음식을 정말 좋아하는 것 같다. 에리스와 메밀도 하우젠으로 오는 도중에 자주 단 음식을 먹곤 했고. 여자들은 이런 걸 좋아하는 건지도 모르겠다.

"응? 페이는 이런 걸 별로 안 좋아하나요?"

생각을 하다가 표정이 굳었는지도 모르겠다. 록시에게 쓸데없이 걱정을 끼쳐버렸다.

"아니야. 이 빨간 잼이 맛있는 것 같거든. 음, 이 잼은……."

"라즈베리 말이죠?"

"맞아, 맞아. 하트 영지의 지원을 받고 포도와 함께 재배 방법을 배웠지."

내가 과일 이름을 기억하지 못하자 록시가 볼을 부풀리며 불만이라는 표정을 지었기에 급하게 변명했다.

그리고 듣고 있던 그리드에게 비웃음당했다.

너무 크게 웃길래 흑검을 살짝 찔렀다.

"덕분에 포도하고 라즈베리도 완전히 하우젠에 뿌리를 내렸어. 이것도 록시의 협력이 없었다면 힘들었겠지. 정말 고마워."

"아뇨, 아뇨, 저는 별다른 일을 하지 않았어요. 칭찬해야 할 건 하우젠으로 와준 영지의 주민들이죠."

"그렇구나."

과수원은 이곳에서 조금 떨어진 곳에 있기 때문에 오늘은 인사하러 갈 수 없을 것 같다.

마음속으로 감사의 인사를 하고는 라즈베이파이를 베어 물었다.

록시는 하우젠에 온 뒤로 하트 영지와는 다른 거리를 보고 흥미진진한 모양이었다.

"페이, 저건 뭔가요?"

그녀가 신이 나서 바라본 곳에는 가게의 벽에 매달려 있는 간판이 있었다.

하지만 자주 보던 것과는 달랐다. 거기 그려진 여관을 나타내는 마크가 예쁘게 빛을 내고 있었기 때문이다.

"마도 기술을 응용한 거야. 대기에 있는 미량의 마력에 반응해서 빛을 내는 도료를 사용했다던데."

이건 세트에게 들은 이야기를 그대로 해준 것에 불과하다. 그는 하우젠에 새로운 기술이 도입될 때마다 편지로 알려주었다.

눈앞에서 빛나는 간판을 바라보고 있자니 스노우가 손을 잡아당겼다.

"왜 그래?"

"저 사람이 계속 보고 있어."

""뭐?""

그 말을 듣고 스노우가 손가락으로 가리킨 곳을 보니 여관 주인이 손을 비비며 다가왔다.

"묵고 가실 겁니까? 싸게 해드리죠. 젊으신 두 분께 딱 좋은 방도 있습니다.”

““네에에에?!””

나와 록시는 지나가던 사람이 돌아볼 정도로 큰 목소리를 내버렸다. 그리고 당황해서 어쩔 줄 몰라 했다.

“그런 의미로 보고 있던 게 아니에요! 실례합니다!”

“록시!”

그녀는 허둥대며 비어있던 내 한쪽 손을 잡고 걸어가기 시작했다.

그리고 여관이 보이지 않게 되자 쿡쿡대며 웃었다.

“아……, 깜짝 놀랐어요. 이런 아침부터 그런 말을 듣게 되다니…….”

“그렇지……. 혹시 우리가 그렇게 보이나……?”

한동안 서로 바라보고 있자니.

“……안 돼요. 지금은!”

농담을 할 생각은 없었다. 록시는 방긋 웃으면서 내 이마를 손가락으로 살짝 튕겼다.

“마인의 행방을 조사해야지. 그런데 이 노점 거리에서 비슷한 사람을 봤다고 했거든…….”

“사람이 정말 많네요.”

“잔뜩! 잔뜩!”

골목을 조금 들어갔는데 이 정도로 바뀔 줄이야…….

스노우는 사람이 이렇게 많이 모인 것을 처음 봤는지 뛰어대며 흥분했다.

하지만 하얀 로브 밑으로 전갈 꼬리가 슬쩍슬쩍 보이기 때문에 급하게 진정시켰다.

그녀는 성수인, 우리와는 다른 존재다. 척 보기에는 인간과 똑같은 모습이지만……, 그 꼬리만큼은 분명히 이질적이다. 사람에 따라서는 겁을 먹고 소동을 벌이게 될지도 모른다.

그래서 스노우에게는 최대한 다른 사람들과 똑같이 행동하게 했다.

"이봐, 이 녀석! 날뛰지 마!"

"싫어! 나도 저기서 놀래."

길거리 재주꾼들은 평소에 연습한 성과를 선보이고 있었다. 그 모습을 본 스노우는 즐겁게 놀고 있다고 착각한 모양이었다.

"저건 노는 게 아니야."

"으으으~."

믿기지 않을 정도로 강한 힘으로 내게서 도망치려 하는 스노우.

역시……, E의 영역에 이른 스테이터스 값은 한다. 이 파괴의 화신 같은 아이를 노점 거리에 풀어놓으면 분명히 유린당해버릴 것이다.

그 멸망의 사막에서 에인션트 스콜피온의 모습으로 우리를 고전하게 만든 힘이 떠올랐다.

그녀는 애벌레처럼 재주도 좋게 몸을 꿈틀대면서 내 팔에서 벗어나려 했다.

"이 녀석."

"아하핫."

안 되겠다! 이대로 가다간 길거리 재주꾼들에게 돌격해버릴 거야!

그렇게 생각했을 때, 록시가 무언가를 스노우 입 안으로 집어 넣었다.

"응?!"

"어때요?"

"…………맛있어!"

나와 스노우가 몸싸움을 벌이는 동안, 록시는 근처 노점에서 꼬치에 끼운 달콤한 튀김빵을 사온 것이다.

스노우는 그것을 먹는 데 정신이 팔린 상태였다. 보아하니 길거리 재주꾼은 완전히 잊은 것 같았다.

록시의 재치로 겨우 노점 거리가 유린당하는 건 피한 모양이다.

나는 냠냠 먹어대는 스노우의 목 근처를 잡아서 들어 올렸다.

"덕분에 살았어, 록시."

"아뇨, 아뇨. 이 정도는 아무것도 아니에요! 저는 이래 봬도 아이들을 돌볼 수 있게끔 공부해왔으니까요!"

허리에 손을 얹고 당당하게 말하는 록시.

들어보니 내가 하인이었을 때 얘기였다. 왕도를 시찰하러 둘이서 나갔을 때, 미아가 된 아이를 도와주려고 다가가서 울린 적이 있었다. 그 이후로 몰래 아이들과 사이좋게 지내는 법을 공부한 모양이었다.

스노우와 사이좋게 지내게 된 것이 록시에게 자신감을 주었다.

스노우는 처음 만났을 무렵에 록시와 거리를 두고 있었다. 다가가려 해도 도망칠 때마다 록시가 어깨를 늘어뜨리던 모습을 기억하고 있다.

그때를 생각하면 스노우와 거리가 많이 가까워졌구나. 록시의 노력을 보니 정말 존경스럽다.

"자자, 하나 더 있어요."

"오오오!"

사이좋게 지낸다고 해야 하나……, 먹이로 길들였다고 하는 게 더 정확한가?

그래도 록시의 만족스러워하는 표정을 보고 있자니 한 발짝, 한 발짝 초조해하지 않고 나아가는 것도 그녀답다는 생각이 들었다. 나는 뭐든지 급하게 해버리는 성격이라 록시 곁에 있으면 안심이 된다.

훈훈한 두 사람을 지켜보고 있자니 갑자기 뒤쪽에서 날카로운 시선이 느껴졌다.

그것은 내게만 향한 시선이었다. 왜냐하면 오가는 사람들, 그리고 록시와 스노우는 전혀 눈치채지 못했기 때문이다.

이런 재주를 부릴 수 있다니, 상당한 솜씨다.

"그리드……."

『그래, 이건 틀림없는 것 같군.』

그리드 말대로 우리는 이 시선을 알고 있다. 아니, 머릿속에 새겨졌다고 해도 과언이 아니다.

황야의 오아시스에 숨어 있던 도시 포식자를 없앤 남자. 그 마물의 은혜를 받으며 살아가던 주민들을 내쫓아서 길바닥에 나앉게 만든 남자다.

도시 포식자는 멋진 환경을 주고 사람들을 꼬드긴다. 그리고 먼 미래에 그들의 자손들을 먹는다고 한다.

따라서 그 녀석이 한 짓에 덮어두고 비난만 보낼 수는 없다.

하지만 마인과 함께 갔을 때, 그녀가 가르쳐 주었다. 그 도시 포식자가 움직이기 시작하는 시기는 수백 년 이상 뒤였다. 시간은 아직 많이 남아있었다. 그동안 그곳에 사는 사람들을 설득하고 이주할 곳을 찾을 수도 있었을 것이다. 당장 도시 포식자를 쓰러뜨릴 필요는 없었다.

그럼에도 그 남자는 거기에 사는 사람들은 신경 쓰지도 않았다.

그 눈에서는 이 세계의 악이라면 용납하지 못한다는 강한 의지가 느껴졌다.

뒤를 돌아보니 그곳에는 부드러운 미소를 짓고 있는 라이브라가 서 있었다. 하지만 그의 눈은 무시무시할 정도로 싸늘한 색이었다.

"여, 페이트. 또 만났구나."

그는 성직자 같은 옷의 소매를 펄럭이며 내게 다가왔다. 록시와 스노우도 눈치채고 경계하듯 자세를 취했다.

"어라, 혹시 내게 겁을 먹은 거야?"

"당연하지. 오아시스에서 있었던 일을 잊지는 않았을 텐데."

"응? 오아시스……, 아, 그거 말이구나. 딱히 별것 아니잖아. 그런 것보다, 이렇게 느긋하게 지내도 되는 거야?"

그는 내게 더욱 다가와서 귓가에 속삭였다.

"어서 그 땅으로 통하는 문을 닫지 않는다면, 이곳도 그 오아시스처럼 되어버릴지도 모르는데."

제7화 라이브라의 제안

터무니없는 말을 듣고도 잠자코 있을 수는 없었다.
라이브라를 노려보면서 말했다.
"까불지 마! 그런 짓이 용납될 리가 없잖아."
하지만 그는 여전히 종잡을 수 없는 표정을 짓고 있었다.
그것은 나……, 아니, 여기 있는 모든 사람보다 상위인 존재라는 듯한 여유를 느끼게 만들었다.
"뭐……, 그렇게 화내지 말라고. 어라, 어라, 거기 두 사람도 노려보고 있네. 아……, 나는 언제나 악역이 되어버린단 말이야."
"당연하지. 하우젠을 파괴한다고 했잖아."
"그렇게 될 수도 있다는 말이지. 그리고 생각해보라고, 세계의 위기를 하우젠만으로 막아낼 수 있는 거야. 전체로 놓고 보면 별것 아니지."
"라이브라……, 너."
"그리고, 유예 기간을 줬을 텐데? 아직 마인을 찾아내지 못한 건가?"
라이브라는 새하얀 옷을 펄럭이며 도발적인 눈초리로 바라보고 있었다. 거기에 곧바로 반응한 것은 스노우였다.
록시가 급하게 막으려 했다. 하지만 그녀의 힘으로는 막을 수가 없었다.
나도 막으려 했지만, 스노우는 나를 피해서 라이브라에게 달려

들었다.

"너는 싫어!"

스노우는 힘을 전혀 조절하지 않았다. 지금 그녀가 지니고 있는 모든 스테이터스가 담긴 일격.

라이브라는 그것을 쉽사리 막아냈다. 게다가 그렇게 강한 일격을 막아냈는데도 아무런 충격음도 울리지 않았다.

"불필요한 감정을 지니게 되어버린 모양이군. 안타까워……, 하지만."

라이브라가 스노우의 머리를 움켜쥐었다. 그녀는 도망치려고 발버둥 쳤다. 아무리 그래도 이건 위험하다.

나는 흑검에 손을 가져다 댔다. 하지만 그보다 먼저 라이브라가 우리를 말리려는 듯이 입을 열었다.

"해를 끼칠 생각은 없어."

그 말과 함께 스노우를 잡고 있던 손이 빛났다.

"잊어버린 기억을 그녀에게 주었을 뿐이야. 이제 좀 쓸 만해지겠지."

그는 방긋 웃으며 조용해진 스노우를 내게 던졌다.

그 모습은 마치 사람이 아니라 물건을 다루는 것 같았다.

"스노우?!"

받아낸 다음, 스노우의 상태를 확인했다.

의식을 잃은 것뿐인 모양이었다.

"봐, 다치지 않았지? 그녀와는 오랫동안 알고 지낸 사이라서. 이래 봬도 정중하게 다룬 거라고."

여전히 싹싹한 듯한 표정을 짓고 있는 라이브라에게 록시가 나

대신 말했다.

"방금 기억을 주었다고 하셨죠. 그게 무슨 뜻인가요?"

"이거, 이거, 록시 하트 님 아니십니까. 이렇게 위험한 곳은 당신에게 어울리지 않는데요."

라이브라는 그렇게 말하며 고개를 저었다. 록시에게만은 비꼬는 듯한 말투였다.

하지만 록시는 그 말을 흘려넘기고 계속 말했다.

"힘이 부족하다는 건 이미 알고 있습니다. 그건 됐고, 가르쳐주세요. 기억이란 대체 뭐죠?"

"너는 그런 아이였지. 좋아. 가르쳐주지. 우리는 성기사에게 약한 구석이 있으니까……."

성기사에게는 약하다……, 혼잣말 같았다. 그렇기에 이유를 설명할 생각은 없는 모양이었다.

그래도 그는 록시의 부탁은 들어주었다.

"이걸 이야기해두지 않으면 너희는 계속 여기에 머물러버릴 것 같으니까."

라이브라는 방긋 웃은 다음 계속 말했다.

"그녀에게는 내 기억의 일부를 나누어 주었어. 이곳, 하우젠이 생기기 훨씬 전 기억이지."

"그건……, 혹시."

"눈치가 빠르군. 이야기하기 편해서 좋아. 맞아. 가리아가 이 세계를 지배하던 시대의 기억이야."

그는 자신의 머리를 손가락으로 가리켰다. 그런 다음, 천천히 스노우의 머리를 가리켰다.

"라이브라……, 너……."

무슨 짓을 한 거야……, 나는 라이브라를 붙잡으려 했지만, 쉽사리 피해버렸다.

"왜 그러지? 페이트. 뭘 그렇게 두려워하는 거지?"

"그건……."

나는 여전히 의식을 잃고 있는 스노우를 힐끔 보고는 곧바로 라이브라를 노려보았다.

"그래……, 알고 있어. 기억을 잃은 스노우가 원래 자신을 되찾으면 적이 되어버릴지도 모르니까. 지금은 E의 영역을 지니고 있으면서도 어리고, 해롭지 않은데 말이야. 그게 덤벼들지도 모른다고 생각하면 두려워해도 어쩔 수 없지."

"……."

"그렇군, 정곡을 찌른 모양이야."

맞받아치지 못하는 나를 보고 라이브라는 만족스러운 모양이었다.

그런 모습을 보다 못한 록시가 내 손을 잡았다.

"그럴 일은 없을 거예요! 기억을 잃었다면, 그렇기에 더욱 지금의 그녀가 진짜 스노우겠죠. 그러니까 페이트도 그녀를 데리고 가겠다고 결심했다면 믿어주세요."

"록시……, 미안해."

에인션트 스콜피온과 벌였던 전투의 여운이 아직 내 마음속에 남아있던 모양이었다. 그 모습으로 하우젠에서 날뛴다면 어떻게 하나, 그런 생각에 무의식적으로 겁을 내고 있었던 것 같다.

그런 우리에게 라이브라가 말했다.

"그걸 결정하는 건 스노우지. 그것만은 잊지 말아줬으면 하는데. 오래 살면 살수록, 많은 족쇄가 생기고, 그것으로부터는 벗어날 수가 없어지게 되는 법이니까."

스노우와 마찬가지로 성수인이라는 라이브라.

방금 한 이야기를 들어봐도 그들은 가리아가 번영했던 시절부터 살아온 것 같다.

사실인지 여부는 지금도 아직 확실하지 않다. 마인도 그 무렵부터 살아왔다고 하니 그녀의 의견을 들어보는 것도 괜찮을 듯하다.

어찌 됐든, 라이브라가 한 말을 믿는다면 스노우는 잃어버린 기억의 일부를 주입당하거나 되찾은 모양이다.

그것을 얻은 그녀가 우리에게 어떤 행동을 할지는 미지수다.

라이브라는 한동안 스노우를 바라보고 있다가, 볼일은 끝났다는 듯이 등을 돌려 걸어가기 시작했다.

"도움은 줬다. 다음은 네 차례야. 실패는 용납되지 않는다."

"라이브라……."

"그럼 또 보자고."

그리고 라이브라는 손을 살짝 흔든 다음 큰길을 오가는 사람들 속으로 사라져갔다.

그 순간, 라이브라와 만났을 때부터 느꼈던 이질적인 압박감으로부터 해방된 것 같은 느낌이 들었다.

록시도 똑같은 느낌이 들었던 모양이다.

"페이……, 라이브라가 있었을 때, 사람들이 이상하지 않았나요?"

그 말을 듣고 정신이 번쩍 들었다. 록시 말이 맞았기 때문이다.

큰길에서 벗어난 곳이긴 하지만, 사람이 꽤 오가는 길이다.

라이브라와 내가 그렇게까지 아슬아슬한 상황이었는데도 지나가는 사람들은 관심이 없었다.

게다가 라이브라는 어린 모습인 스노우의 머리를 움켜쥐었고, 손에서 빛을 빛내며 그녀에게 기억을 주기도 했다.

그럼에도 불구하고 전혀 소동이 벌어지지 않았다.

"그건 라이브라의 스킬이었을까?"

"잘 모르겠어요. 알아보고 싶다면 페이의 감정 스킬을 써야겠지만……."

"아마 막히겠지."

그 방법은 예전에 아론에게 배웠다.

감정 스킬을 발동시킬 때는 독특한 안구 운동을 하게 된다. 그 타이밍에 맞춰서 마력을 뿜어내면 시각을 일시적으로 빼앗을 수 있는 것이다.

그리고 그 마력이 E의 영역이라면 너무 강력하기 때문에 실명될 수도 있다.

"뭐……, 감정 스킬은 매우 간단히 상대방의 정보를 얻을 수 있으니까, 너무 편리한 스킬이라 그런 거겠지."

"대책도 세우기 쉽고요. 그건 그렇고, 라이브라는 오아시스에서 생명력을 빼앗기도 했고. 이번에 사용한 힘도 그렇고……, 능력의 끝이 안 보이는 느낌이네요."

록시가 한 말에 나도 동감했다.

평소에는 표연해 보이는 모습이다. 하지만 화가 나면 무슨 짓을 할지……, 예상할 수 없는 두려움이 있다.

그리고 라이브라는 우리를 압도할 수 있는 힘을 지니고 있다는 느낌이 든다. 그런 독특한 분위기가 있었다.

우리는 여전히 라이브라가 떠나간 방향을 바라보고 있었다.

잠시 후, 그가 준 기억을 받은 스노우가 천천히 깨어났다.

우리는 깜짝 놀랐다.

그녀를 믿는다고 했는데도 불구하고 긴장해버렸다.

왜냐하면, 깨어난 스노우는 E의 영역에 도달한 마력을 내뿜기 시작했기 때문이다.

제8화 스노우의 성각

스노우의 얼굴에는 붉은 문신──, 성각이 드러나 있었다.

테트라에서 라이브라가 말했었다.

이것은 신이 내려준 하늘의 계시라고……. 그렇다면 스노우에게 지금 일어나고 있는 일은 신이 인도한 건가?!

"페이!"

"이게 되찾은 건가?"

깜짝 놀란 우리에게 그리드가 말을 걸었다.

『무슨 일이 일어날지 모른다. 이 몸을 마순으로 변형시켜라.』

그 말을 듣고 정신이 번쩍 들어서 곧바로 흑검을 칼집에서 뽑아 들었다. 그리고 흑순으로 변형시킨 다음 록시 앞에 섰다.

"거리가……."

이 막대한 마력이 방출되면 우리가 지금 있는 곳을 중심으로 큰 피해가 생겨버린다.

스노우가 뿜어낸 마력은 예상대로였다.

너무 강해서 시야가 가려질 정도. 만약에 흑순 뒤에 있지 않았다면, 정신을 잃었을지도 모른다.

"괜찮아?"

"네, 머리가 약간 어지러울 뿐이에요."

"다행이야……. 거리의 피해도."

그렇게 말하며 주위를 둘러봤다.

"페이, 보세요!"

록시가 손가락으로 가리킨 곳을 보니 지면에 구멍이 뻥 뚫려 있었다.

깔끔하게 정비된 돌바닥인데도……. 들여다보니 꽤 깊은 것 같았다.

"아래로 파고 들어간 것 같네요."

"하우젠 지하로 갔다는 건가……."

"그런 곳이 있나요?"

"들어본 적은 없어. 있다면 하수도가 뚫린 곳 정도밖에."

아론은 하우젠의 역사가 천년 정도라고 했다.

그 역사 중에는 지하에 대해 언급하는 게 없었을 텐데.

"그냥 땅속으로 파고 들어가진 않았을 텐데요……."

"가리아는 4천 년 이상 이전에 있었으니까. 혹시나."

우리는 서로 마주 보며 어떤 가능성에 대해 생각했다.

"어찌 됐든, 거리에 있는 사람들이 마력 멀미를 일으키지 않았는지 확인해야 해요."

"그거라면 괜찮아. 이미 온 것 같으니까."

나는 록시와 이야기하면서 다가오는 많은 기척을 느끼고 있었다.

"이래 봬도 하우젠을 지켜주고 있는 무인들은 다들 실력이 뛰어나거든. 그러니까 나는 항상 떠넘기기만 하지만 말이지."

내가 돌아보자 뒤쪽에는 차례차례 달려오는 무인들이 보였다.

한 남자가 대표라는 듯이 앞으로 나섰다.

"형씨, 터무니없는 마력이 방출된 것 같던데, 대체 무슨 일이 있었던 겁니까?"

사정을 설명하기 전에 우선 록시에게 그를 소개했다.

이름은 바르도. 예전에 멸망의 사막에서 샌드 골렘과 싸우던 도중에 구해줬던 파티의 리더였던 사람이다.

그는 원래 아론의 부하였다. 아론이 은거해버린 뒤로 동료들과 함께 용병으로 각지를 돌아다닌 모양이지만, 하우젠이 부흥한 것을 알고 달려온 것이다.

그리고 내 부하로서 거리의 치안 유지에 협력해주고 있다.

"페이에게도 신뢰할 수 있는 부하가 생겼군요."

그 이야기를 들은 록시는 기뻐하는 것 같았다.

내게는 검(그리드)밖에 없다고 생각했던 건가…….

뭐, 기뻐해주니 나도 기쁘다.

우리는 스노우가 저질러버린 일을 적당히 이야기했다.

그들에게도 항상 하던 임무를 하면서 마인을 수색해달라고 부탁했었다. 그래서 이번 일은 그것과 관련이 있다는 사실을 금방 이해해주었다.

"그렇군요……, 주민들은 저희에게 맡겨주십시오. 그리고, 라이브라라는 남자는 어떻게 하실 겁니까?"

나는 고개를 저으며 손대지 말라고 말했다. 실력 차이가 너무 크다. 함부로 손을 댔다가는 역린을 건드려서 라이브라의 생각이 바뀌어버릴지도 모른다.

아마 그가 온 힘을 다하면 하우젠을 소멸시킬 수도 있을 것이다. 그런 생각이 들 정도로 정체를 알 수 없는 힘이 느껴졌다.

"우리는 지금부터 스노우를 쫓아갈 거야. 바르도하고 다른 사람들은 만약을 대비해서 세토하고 의논한 다음에 하우젠에서 주민들을 피난시켜줘."

"그렇게 일이 커질 것 같은가요?"

불안한 듯이 말하는 바르도. 나는 그 말에 고개를 천천히 끄덕일 수밖에 없었다.

"좀 전에 느낀 마력의 크기로 이해했을 거야. 지금부터 싸우려 하는 건 그런 영역에 있는 녀석들이고."

"이야기를 듣긴 했습니다만, 제게는 너무나도 커다란 마력이라……, 정말 곤란하네요. 그럼 바로 시작하겠습니다."

바르도는 쓴웃음을 짓고는 큰 목소리로 동료들에게 척척 지시를 내리기 시작했다.

"자, 저쪽도 슬슬 올 것 같네."

"그렇네요."

록시도 눈치챈 모양이었다.

바르도 일행이 왔을 때는 라이브라와 재회하고 스노우가 폭주해서 다른 곳을 신경 쓸 여유가 없었다. 하지만 지금은 마음이 차분해져서 주위 상황을 파악할 수 있게 되었다.

그녀는 마음씨가 착하니까, 스노우에게 일어난 일 때문에 동요하는 게 아닐까 걱정되었다. 그것도 내 기우였던 모양이다.

달콤한 목소리와 함께 나타난 사람은 에리스였다. 파트너인 흑총검, 엔비를 허리에 차고 있어서 언제든지 싸울 수 있는 상태였다.

"어라, 스노우가 본성을 드러낸 줄 알았는데."

역시 그녀는 스노우……, 아니, 성수인이라는 존재를 탐탁지 않게 여기고 있었던 모양이다.

나는 지면에 뚫린 구멍을 손가락으로 가리키며 말했다.

"라이브라야. 그 녀석이 마인을 찾아내는 걸 돕는다고 하면서 스노우에게 무슨 짓을 했어. 그걸 계기로 그녀의 성각이 발동되었고."

"그렇게 된 거구나. ……마음에 안 드는데. 손바닥 위에서 놀아나는 건."

"나도 마찬가지긴 한데 말이지."

"지금은 스노우를 쫓아갈 수밖에 없어요."

이 너머에 진짜로 마인이 있는지는 가봐야만 알 수 있다.

"그럼 가보자. 자, 페이트부터 먼저!"

"어? 나부터?"

"그래. 이런 건 남자가 먼저 가야지. 연약한 우리보단 말이야. 안 그래? 록시."

"아……. 페이가 싫다면 제가……"

"알았어, 알았다고. 내가 먼저 갈 테니까."

그리고 나는 화염탄 마법을 쓸 수 있다. 조명 담당이 먼저 가는 게 나을 것이다.

"잠깐만 기다려, 조명을 준비할 테니까……, 으아아아아아!"

우물쭈물하고 있자니 기다리지 못한 에리스가 걷어차서 떨어뜨려 버렸다. 무슨 짓을 하는 거야! 네가 사람이냐!

에리스는 곧바로 뛰어내렸다.

"아하하, 꼴 좋네. 요즘은 록시만 챙겨줬잖아. 반성 좀 하라고."

"뭐?! 이런 타이밍에 할 일은 아니잖아!"

너무하다. 역시 여왕님이다. 하는 짓이 폭군이다.

나는 그제야 화염탄 마법을 발동시켰다. 에리스가 칭찬해주었지만, 무시해야겠다.

그러자 그녀가 공중에서 나를 끌어안았다.

"너……, 무슨 짓을 하는 거야. 착지할 수가 없잖아."

"그렇지. 큰일이네!"

"그러고 있을 때냐!"

"앗, 나는 괜찮아. 왜냐하면 페이트라는 쿠션이 있으니까. 근육이 우락부락해서 충격을 얼마나 경감시켜줄 수 있을지 조금 걱정되긴 하지만."

어떻게든 벗어나려 했지만……, 이 여자, 진심이다.

꽉 붙잡고 있어서 움직일 수가 없다.

"장난치는 거지?"

"아하하하하……, 나는 가끔 진심을 보여주거든. 괜찮아, E의 영역이니까."

"싫어! 그래도 충격은 받는다고."

"만약에 기절하면 돌봐줄게!"

횡포다! 그렇게 말했지만 그녀는 놓아주지 않았다.

안타깝게도 나는 에리스의 쿠션으로 이용당해버렸다.

기절하지는 않았지만, 충격이 꽤 심해서 한동안 차가운 땅바닥에 누워있었다.

"영차, 한심하네, 페이는."

"누구 입으로 하는 소리야? 너 때문이잖아……."

"이 입이지."

그녀가 그렇게 말하며 내 얼굴에 입술을 가져다댔다.

"잠깐?!"

내가 움직이지 못하는 걸 노리고 자기 마음대로 행동하고 있다.

그런 와중에 위쪽에서 비명이 들렸다.

"꺄아아아악."

목소리를 낸 사람은 록시. 생각보다 구멍이 깊어서 깜짝 놀란 건지도 모르겠다. 괜찮을까. 그렇게 생각하고 있자니 그녀가 내 위로 떨어졌다.

"끄억?!"

"미, 미안해요."

"아하하, 꼴 좋다."

에리스는 계속 웃어댔고, 록시는 사과했고…….

너무 운이 안 좋아서 불안해지는데.

"정말 미안해요. 페이 위에 올라타 버려서."

"괜찮아. 록시가 다치지 않았다면 나는 신경 쓸 필요 없어."

"어어어? 좀 이상하잖아. 나하고 대우가 너무 달라! 거의 하늘과 땅 차이인 것 같은데."

"가슴에 손을 얹고 아까 한 짓을 생각해봐."

에리스는 새침한 표정으로 가슴에 손을 얹었다.

그리고 방긋 웃으며 말했다.

"페이트가 잘못했네!"

"너, 진짜……."

역시 안정적인 폭군이다.

나는 록시와 함께 어쩔 줄 모르고 곤란해했다.

제9화 하우젠의 지하

당당하게 가슴을 펴고 있던 에리스는 생각났다는 듯이 입을 열었다.

"아, 그렇지! 메밀이 나를 따라오려 했는데, 성을 지키라고 했어. 잘한 거겠지?"

"그렇겠지."

메밀은 성기사 스킬을 지니고 있다. 하지만 왕국에서 그 힘을 행사하는 것을 금지시켰다.

예전에 고블린 샤먼이 습격했을 때, 어쩔 수 없는 긴급 사태였지만 규칙을 어기고 싸운 것이 큰 문제가 되기도 했다.

그때는 여왕인 에리스의 권한으로 겨우 처벌을 면할 수 있었다.

하지만 두 번째는 힘들 것이다.

그리고 나도 그녀가 앞으로 성검을 쥐는 것을 원하지 않았다.

"그러니까. 세트를 보조해달라고 부탁해두었어."

"잘했네."

"에헤헤. 페이트에게 칭찬받아버렸다. 이건 점수가 높겠어!"

지금부터 스노우를 쫓아가며 지하 탐색을 해야 하는데…….

마음 편한 사람이다.

"정말……, 느긋하게 있을 때가 아니라고."

화염탄 마법을 사용해서 조명을 켰다.

내게는 암시 스킬이 있기에 어두운 세계라도 상관없다. 하지만 에리스와 록시가 그럴 수 있을지는 몰랐기 때문이다.

그러자 에리스가 기뻐하며 나를 끌어안았다.

"괜찮네. 눈치가 빠르잖아. 암시는 보이는 느낌이 별로거든."

"그렇긴 하죠. 저도 조명 쪽이 더 좋아요."

으응? 반응을 보아하니 그녀들은 이미 어둠을 극복하는 방법을 지니고 있는 것 같다.

쓴웃음을 짓고 있자니 록시는 품속에서 작은 마도구를 꺼내서 보여주었다. 손바닥 크기인 그것은 표면에 마법 술식이 빼곡하게 그려져 있었다.

"암시 스킬과 똑같은 효과를 얻을 수 있게 해주는 거예요. 꽤 희귀하죠."

가리아 대륙에서 가끔 발굴되는 물건인 모양이다.

"에리스도 이 마도구를 가지고 있어?"

"아니, 나는 여러 가지 마안이 이식되어 있거든. 암시도 가능한 거지."

"마안?"

"미리 말해두지만, 이 힘은 색욕 스킬이 아니야. 먼 옛날에 살던 마물 중에는 마안을 가진 녀석들이 많이 있었어. 그 인자를 이식한 거지."

누가……. 그렇게 물어보려다가 곧바로 짐작 가는 사람의 얼굴이 떠올랐다. 그 녀석은 좀 전에 우리 앞에 나타났다.

그리고 에리스와 악연이 있는 남자다.

"라이브라야?"

"……맞아. 테트라에서 말했지? 라이브라가 나를 길렀다고."

록시는 그 이야기를 처음 들었다. 자기도 모르게 목소리를 내버렸다.

"길렀다뇨……."

"아하하, 그런 표정 짓지 마. 그것에게 우리 인간 같은 건 굴러다니는 돌멩이나 마찬가지니까."

"하지만……."

"나……, 왕도에 있는 백기사들도 포함이려나? 생존자는 우리만 남아버렸지만 말이야. 보기에는 사람 같은 모습이라도 알맹이는……, 말이지. 아무튼, 라이브라는 대죄 스킬에 강한 관심을 가지고 있었거든."

그녀는 라이브라에게 연구라는 명분으로 실험을 잔뜩 당한 모양이었다. 그때, 마물의 인자를 몸에 심기도 했다.

"나쁘기만 한 건 아니야. 마안은 좋거든. 꽤 쓸만한 것도 있고."

"그렇구나……. 그런데 왜 지금까지 가르쳐주지 않았던 건데."

"이유는 간단해. 마안은 별로 쓰고 싶지 않아……, 쓰지 못하니까."

이상한 말을 하는 에리스를 보고 나는 고개를 갸웃거렸다.

"응? 실제로 지금 암시 마안을 쓰고 있잖아?"

"맞아. 이건 간단한 거니까."

"그게 무슨 뜻이야?"

"예를 들자면, 페이트의 폭식 스킬 같은 거야."

내 폭식 스킬? 비슷하다면…….

"위험하다는 거야?"

"정답! 원래 이건 내 것이 아니야. 그러니까, 강력한 마안일수록 쓰면 큰 부담이 되거든."
"최악의 경우에는 어떻게 되는데?"
"실명하겠지. 그럼에도 불구하고 계속 쓰면 아마 죽을 거야."
방긋 웃으며 그렇게 말한 에리스가 어디까지 진심인지 알 수가 없었다.
"너무 무리하지 말라고."
"네게 그런 말을 듣고 싶진 않은데. 그렇게 생각하지? 록시도."
"맞아요! 페이는 잠깐만 한눈을 팔면 위험한 짓만 하니까요."
"그건……."
뭐라 할 말이 없었다.
나는 곧바로 이야기를 되돌리기로 했다.
"라이브라는 에리스를 잡아서 이런저런 실험을 한 거지."
"정확히는 내가 태어나기 전부터지."
"응? 그렇다면."
"그, 엔비가 가리아에서 하려던 짓이 있었잖아."
에리스가 걸어가면서 미안하다는 듯이 록시를 보고 있었다.
"혹시 저를 가리아에서 죽이려고 했던 일 말인가요?"
"응, 그때는 미안했어. 엔비도 반성하고 있고."
에리스는 그렇게 말하며 흑총검을 두들겼다.
내 입장에서는 정말로 엔비가 반성하고 있는 건지 수상쩍다. 그때 가리아에서 전투를 벌인 이후로 나는 엔비의 목소리를 듣지 못했기 때문이다. 항상 에리스를 통해 전해 듣기만 했다.
내 생각을 눈치챈 에리스는 웃으며 말했다.
"엔비는 자존심이 강하거든. 그만큼 까불어대다가 마지막에는 네게 흠씬 두들겨 맞아버렸으니까. 그런 상황에서 네 앞에 있는 것만으로도 벅찬 거야."

"흐음~, 나는 그 사건을 아직 용서하지 않았는데."

"자자, 저는 괜찮아요. 저보다는 천룡이 폭주해서 피해를 입은 사람들을 생각해 주세요."

록시는 그렇게 말하고 있으나……, 그녀의 아버지인 메이슨 님은 돌아가셨다.

그 땅으로 통하는 문이 열려서 지금은 살아났지만……. 나는 이 일에 대해 메이슨 님에게 들은 말이 있다. 대답은 역시 록시와 마찬가지였다.

그리고 그는 이렇게도 말했다. 상황이 그렇게 되어버린 것이니 어쩔 수 없다고.

"그래서, 록시를 죽이려 했던 거하고 무슨 관계가 있는데?"

"페이트, 엄청난 살기를 뿜어내고 있어. 록시만 걸리면 금방 발끈하는구나."

"얼른!"

내가 재촉하자 에리스는 포기했다는 듯이 계속 말했다.

"이런, 이런, 성격이 급하네. 엔비는 성기사들의 횡포를 계속 모른 척 해왔어. 국민들의 증오가 쌓이는 걸 보고도 못 본 척한 거야. 이유가 뭔지 알겠어?"

"분명히……, 가리아에서 만났을 때, 관마물을 인간으로 만들기 위해서라고 했지."

"잘 기억하고 있네! 착하다, 착해!"

내 머리를 쓰다듬던 에리스의 손을 쳐냈다.

그녀는 뾰로통한 표정을 지었다. 하지만 곧바로 진지한 표정을 지으며 록시를 보았다.

"메이슨이 죽고, 당시에 록시는 국민의 방패 역할을 맡은 유일한 성기사가 되었지. 그리고 록시가 사지로 떠나게 되었을 때, 국민들의 증오는 한계에 도달하려 하고 있었어."

"만약에 그때 제가 죽었다면 어떤 인간이 생겨났을까요?"

록시가 묻자 에리스는 잠깐 뜸을 들인 다음, 천천히 대답했다.

"우리야."

"설마……."

"그래, 대죄 스킬 보유자. 우리는 사람들의 증오로부터 태어나거든."

그 말을 듣고 나는 충격을 받았다.

증오로부터 태어나다니……. 그와 동시에 왠지 이해가 되기도 했다.

그 모습을 본 에리스는 의아하다는 표정을 짓고 있었다. 그 옆에서는 록시가 걱정된다는 듯이 나를 보고 있었다.

"좀 더 당황할 줄 알았는데."

"지금 생각해보니 짐작이 가는 부분이 있어서. 그리고 에리스가 말했었지? 엔비는 나를 대신할 것을 얻기 위해서 그 사건을 일으켰다고."

"아……, 그랬지. 그때 힌트를 줘버렸네."

"그래도 가르쳐줘서 기뻐. 고마워."

에리스는 깜짝 놀라고 있었다.

"고맙다는 인사를 할 줄은 몰랐어. 자신의 출생에 대해 알고서 그런 말을 할 줄이야…….”

“예전의 나였다면 비관적으로 받아들여 버렸겠지. 하지만 지금 나는 혼자가 아니니까.”

흑검 그리드에 손을 가져다 대고, 록시를 바라보았다.

그리고 지금까지 만나온 사람들을 떠올렸다.

“거기에, 과거를 바라보면서 살아가는 건 그만두었거든. 록시 덕분에.”

출생 같은 건 자기 힘으로 어떻게 해볼 수 없는 문제다.

과거도 마찬가지다. 그때 이렇게 했으면 좋았을걸……, 저렇게 했으면 좋았을걸, 그런 건 결과를 알고 나서 하는 고찰에 불과하다. 안타까워해봤자 시간을 되돌릴 수는 없다.

라팔과 싸우고 나서 록시에게 배웠다.

과거를 돌아보는 것보다 지금을 살아가는 것의 소중함을. 그 온기는 평생 잊을 수 없을 것이다.

“그러니까 말이지. 록시처럼 잘 해낼 수 있을지는 모르겠지만, 마인에게도 가르쳐주고 싶거든.”

“페이…….”

“그렇구나……, 전해지면 좋겠네, 네 마음이……. 하지만 그건 매우 힘든 일일 거야. 마인은 강해, 네가 생각하는 것 이상으로. 막을 수 있겠어?”

“나도 알아. 이야기를 하려면 우선 막는 것부터 해야겠지.”

어둑어둑한 지하를 나아가보니 탁 트인 곳으로 나왔다.

척 보기에도 인공물이었다. 그것은 왕도의 지하시설에서 본 건물과 비슷했다.

제10화 고대의 대문

천장 곳곳에서 지하수가 새어 나왔고, 그것들이 모여서 발치에 개울이 되어 흐르고 있었다.

참방참방, 물을 밟으며 앞으로 나아갔다.

처음에는 마물이 나타날지도 모른다고 생각하며 신경을 곤두세우고 있었다. 하지만 기척은 전혀 느껴지지 않았고, 조용히 흐르는 물소리만 들렸다.

나는 에리스가 좀 전에 가르쳐준 것들을 떠올리고 있었다.

대죄 스킬 보유자는 사람들의 증오가 형태를 갖추어 태어났다는 것.

그걸 알게 된 지금, 예전에 내가 했던 행동이나 생각에 맞춰서 돌아보았다. 어이가 없을 정도로 짐작 가는 부분이 많았다.

가끔씩, 정체를 알 수 없는 어둠이 내 마음을 침식하려 하는 느낌이 있었다. 특히 심했던 것은 왕도에서 라팔과 전투를 벌였을 때일 것이다. 해골 마스크로 얼굴을 가리고 있던 나는 마치 또 하나의 자신 같았다.

옥좌의 방에서 성기사 란체스터를 죽이려 했다. 그리고 군사시설에서는 지독한 짓을 하던 무인들을 비슷한 수단으로 죽여버렸다. 그때 나는 신기하게도 죄책감이 들지 않았다.

해서는 안 되는 짓이라는 것을 분명히 알고 있다. 하지만 무언가가 등을 떠밀어준 것처럼 족쇄에서 벗어나 감정이 폭발해버린 때가 있었던 것이다.

그래도, 록시 덕분에 지금은 극복해냈다. 그 증거로 나는 해골 마스크를 쓰지 않게 되었다.

그런 생각을 하고 있자니 그리드가 《독심》 스킬을 통해 말했다.

『그 무렵은 폭식 스킬의 안 좋은 영향을 가장 크게 받았던 시기였지. 이 몸의 목소리도 거의 듣지 못했고.』

"미안하다고……, 너무 지독한 상태였으니까……."

『대죄 스킬 보유자라면 누구나 거쳐 가는 길이다. 이것만큼은 경험으로 극복할 수밖에 없으니까. 해내지 못하면 끝장이다만, 페이트라면 괜찮을 거라 생각했다.』

"호오~, 오늘은 꽤 띄워주네."

『이 몸의 사용자니까. 그 정도는 해내야지.』

나는 그리드에게 칭찬받고 들뜬 기분이었다. 하지만 이런 말 다음에는 보통 이어지는 말이 있었다.

"고마워. 그래서, 또 뭔가 있는 거지?"

『눈치가 빠르군.』

"너하고 얼마나 오랫동안 함께 지냈는데."

『하하하, 그렇긴 하지. 그러고 보니 록시보다 더 오랜 시간을 함께했을지도 모르겠군.』

한참 웃은 다음, 그리드가 진지한 목소리로 말했다.

『한 가지 다른 게 있다.』

"……뭔데."

『네 그 충동은 폭식 스킬뿐만이 아닌 것 같다는 느낌이 든다.』

"그게 무슨 소리야?"

『이건 이 몸의 감이다. 왜냐하면 예전 사용자와는 다르니까. 네 경우에는…….』

그리드가 말을 이으려던 순간 에리스와 록시가 목소리를 냈다.

보아하니 이야기에 너무 집중해버린 모양이었다.

그녀들이 보고 있는 쪽을 보니, 그곳에는 왕도의 바깥쪽 문보다 더 큰 문이 자리 잡고 있었다.

"이건……, 튼튼해 보이네."

베어버릴까 생각했지만, 그리드가 말렸다.

그리고 이 금속은 왠지 본 적이 있는 것 같았다.

"이건 아다만타이트네요. 세계에서 제일 단단하다는 금속이고, 방어도시 바빌론의 외벽에도 사용했죠."

"록시 말이 맞아. 이건 대죄무기로도 간단히 파괴할 수가 없거든. 페이트가 검술의 달인이라면 모르겠지만."

에리스는 나를 곁눈질로 보면서 씨익 웃었다.

"그래, 그래. 나는 아직 그 영역에 도달하지 못했어. 에리스는 어떤데?"

"나는 지원 계열이니까. 원래 그런 거에는 적합하지 않거든."

"흑총검의 칼날이 울겠다. 잘 베일 것 같은데."

"그 말은 그대로 돌려줄게."

"……그렇겠지."

받아칠 말도 없다.

아론에게 계속 검술 지도를 받았다. 그리고 정신세계에서는 그리드에게도 배우고 있다.

그들이 본 내 숙련도는 아직 멀었다는 수준이었다.

그런 나를 보다 못한 록시가 나서서 변호해 주었다.

"페이는 실전에서 힘을 발휘하는 타입이니까요."

"……고마워."

"뭐, 그럴지도 모르지. 천룡하고 싸웠을 때, 나는 틀렸다고 생각했으니까. 페이는 싸우는 도중에 진화하는 건지도 몰라. 기대할게."

"그러지 마! 그렇게 싸움을 원하는 건 아니라고."

"결과적으로 그렇게 되어버리는 게 너지만 말이야."

이제부터 미지의 장소로 가려는 참인데……, 불길한 소리 하기는. 뭐……, 그런 예감이 들긴 하지만 말이야.

그건 그렇고, 이 대문을 어떻게 열어야 하는지가 문제다.

에리스가 시험 삼아 밀어보았지만, 꿈쩍도 하지 않았다.

"휴우~, 이거 안 되겠는데."

"너무 빨리 포기하는 거 아냐?"

"아니, 나는 못 여니까. 안 그래? 록시."

"그렇죠……, 에리스 님께서 열지 못하신다면, 저도……."

풀 죽어버리는 록시.

신경 쓸 필요 없다고 한 다음, 대문을 바라보았다.

"스노우는 여기를 지나갔을까?"

"아마도. 성수인이니까 특별한 권한을 지니고 있겠지."

"특별……."

나는 별생각 없이 대문에 손을 대 보았다.

"어?!"

"말도 안 돼……, 어째서."

"페이?!"

에리스와 록시도 놀라고 있었다.

새까만 문에 푸른 빛줄기가 생겨나기 시작했다. 어디선가 본 적이 있는 문양이 드러났다. 그리고 꿈쩍도 하지 않았던 문이 조용히 열리기 시작했다.

나도 깜짝 놀랐을 정도다. 이유는…… 아마 아버지와 관계가 있을지도 모르겠다.

"내게도 자격이 있었던 모양이네."

"네 아버지는 조디악 나이츠였지."

"그래, 라이브라가 그렇게 말했어. 아버지가 멸망의 사막에서 했던 말이나 행동을 봐도 틀림없을 거야."

"그렇구나……, 네 절반은 그런 거구나."

에리스는 잠깐 아래를 내려다보고 있다가 곧바로 미소를 지었다.

그녀는 라이브라 때문에 강한 트라우마를 떠안고 있다. 그래서 동류인 조디악 나이츠에게도 비슷한 마음을 품고 있을 것이다.

하지만 지금 짓고 있는 표정을 보니 괜찮을 것 같다.

"스노우 덕분에 꽤 익숙해졌으니까. 봐, 페이트하고는 계속 이런 느낌이고."

"이봐."

"좋아, 좋아."

툭하면 이유를 들이대면서 곧바로 끌어안는 에리스.

어쩌면 계속 조디악 나이츠의 트라우마를 극복하기 위해서 그랬던 건지도 모르겠다.

"너도 힘들겠다."

"아니, 아니. 그럴지도 모르겠지만, 이것도 나름대로 괜찮은 느낌이니까."

몸을 더욱 들이대는 에리스를 떼어내려 했다.

"이런 걸로 E의 영역의 힘을 쓰지 말라고."

"준비운동이야."

"그런 운동이 어디 있어!"

에리스에게 꽉 붙잡혀버렸다.

곤란해하고 있자니 뒤에서 등골이 오싹해지는 듯한 시선이 느껴졌다.

조심조심 돌아보니 록시가 이쪽을 빤히 보고 있었는데?!

"사이가 좋으시네요."

"아니, 아니, 아무리 봐도 그건 아니지!"

"적어도 에리스 님께서는 신이 나신 것 같은데요."

"에리스도 뭐라고 좀 해봐!"

"이건 트라우마 치료니까, 신경 안 써도 돼. 다른 마음은 없으니까 안심하고."

록시는 전혀 납득하지 못한 것 같았다.

에리스는 지금까지 있었던 일들을 좀 떠올려봤으면 좋겠다.

알몸으로 내 침대에 누워있거나, 남탕에 들어오거나……, 그것도 트라우마 치료라는 건가?

응, 설득력이 전혀 없는데.

"한 가지만 여쭤봐도 될까요?"

"뭔데?"

"지금 기분이 어떠신가요?"

"최고지!!"

항상 자상하고 얌전한 록시.

지금도 그런데, 부드러운 표정을 짓고 있는데…….

내 눈의 착각일까.

뒤쪽에 천룡과도 같은 생물이 꿈틀대는 것처럼 보인다.

지금까지 느껴보지 못했을 정도로 엄청난 압박감이 느껴진다.

지금은……, 아론이 직접 전수해준 줄행랑이다!

내 힘으로 어떻게 해볼 수 없는 상황일 때는 이것밖에 없다.

"좋아, 일단 문이 열렸으니까. 가보자."

"앗, 페이. 기다리세요!"

"안 들리거든요."

"안 들리는데 대답을 어떻게 해요! 에리스 님께서도 언제까지 페이에게 달라붙어 계실 건데요. 떨어져 주세요!"

우리는 더욱 안쪽으로 나아갔다.

제11화 그리드의 소원

고대의 대문 너머에는 약간 푸르스름한 빛을 내는 천장이 이어져 있었다.

"이건 군사시설에 있는 연구소하고 비슷하네."

내가 올려다보며 그렇게 말하자 록시도 고개를 끄덕였다.

"그렇네요. 굳이 말하자면 명도가 높다는 느낌이에요."

"당연하지. 이건 진짜 가리아의 기술이니까. 왕도에 모방해서 만든 것과는 달라."

에리스는 그렇게 말하며 벽에 손을 가져다 댔다.

"그런데, 설마 하우젠 지하에 이런 유적이 잠들어 있을 줄이야. 나는 전혀 몰랐어. 이래 봬도 전 세계를 여행하고 다녔는데."

"전 세계라……, 나는 아직 그렇게 멀리 가본 적이 없어."

내 마음속의 가장 먼 곳은 가리아였다.

에리스는 예전에 엔비와 갈라선 다음 여행을 떠났고, 그보다 먼 곳을 알고 있다고 한다.

나도 언젠가 세계의 끝을 보고 싶다.

"있지, 페이트는 바다를 본 적 있어?"

"그게 뭔데?"

내가 고개를 갸웃거렸다. 하지만 록시는 그렇지 않았다.

"책에서 본 적이 있어요. 가리아보다 훨씬 남쪽으로 가면 있다는……, 믿기지 않을 정도로 커다란 호수죠?"

"뭐, 그런 느낌이지. 전부 끝나고 나면 데리고 가줄게. 페이트는 바닷물을 마셔줘야겠어."

심술궂은 느낌으로 씨익 웃는 에리스.

이건 십중팔구 안 좋은 거다.

"또 무슨 꿍꿍이인데."

"아니, 세상 물정을 모르는 페이트를 가지고 놀까 해서."

"그러지 마."

"아하하."

한참 웃던 에리스는 걸어가면서 계속 이야기했다.

"너희는 그 바다 너머에 뭐가 있는지……, 알아?"

"아뇨, 모르겠어요. 제가 읽은 어떤 책에도 바다 너머에 대해서는 적혀 있지 않았거든요."

"나도 모르겠어."

"페이트는 바다의 존재조차 몰랐으니까 알고 있었다면 내가 깜짝 놀랐겠지."

"그래, 그래, 미안하게 됐네."

세상 물정을 모르는 나를 위해 에리스가 가르쳐주었다.

"신대륙이야. 개척되지 않은 땅이 펼쳐져 있지. 아마 왕국보다 넓은 대륙이 말이야."

"그게 정말이야?!"

"응, 나는 거기를 여행했으니까. 그런데 너무 넓어서 전부 다 돌아다니진 못했어."

"그렇구나……. 저기, 그 대륙에도 강한 마물이 있어?"

그 질문을 듣고 에리스는 어이가 없다는 표정을 지었다.

"너는 역시 아무것도 모르는구나. 그리드는 성격이 그러니까 대충 짐작하고 있긴 했지만."

"폭식 스킬의 진정한 힘이 깨어나기 전에는 정말로 아무것도 몰랐지만 말이야. 그 이후로는 이것저것 노력하고 있는데……."

"그런 표정 짓지 마. 알았어. 신대륙에는 말이지. 마물은 없어. 있는 건 평범한 동물뿐이야."

""어어어어?!""

나와 록시는 마물이 없다는 사실에 놀라고 있었다.

왜냐하면, 마물은 있는 게 당연한 존재이기 때문이다. 철이 들었을 때부터 마물은 위험하다는 걸 배웠고, 그것은 살아가는 데 있어서 피할 수 없다고 생각했기 때문이다.

"그렇게 평화로운 세계가 있어?"

"응, 있어."

"그럼 왜 사람들이 바다를 건너서 그곳으로 가려 하지 않는 거야?"

"모르니까. 또 하나의 이유는, 가리아 대륙을 넘어야만 하니까. 이제 알겠지?"

"그래……, 잘 알겠어."

에리스의 이야기에 따르면, 가리아 대륙이 방해하고 있기 때문이다.

그곳에는 강한 마물들이 넘쳐난다. 무인이라고 해도 횡단하는 건 어렵다고 해야 하나……, 거의 불가능할 것이다.

가리아 대륙의 최남단에는 오크의 콜로니가 있다. 그곳에서 발생하는 상상을 초월한 숫자의 오크를 넘어서야만 한다.

나는 그 근처에서 수련한 적이 있다. 그 모습은 그야말로 살아

있는 해일이었다. 방어도시 바빌론에서 공방을 벌이는 스탬피드 같은 건 작은 파도 같게 느껴질 정도였다.

무인조차 그것을 넘어서는 것은 힘들기 때문에, 싸우기 위한 스킬을 가지지 못한 자들은 가리아 대륙에 발을 내디디는 것만으로도 죽음으로 이어진다.

"원래는 가리아가 지금 왕국까지 포함해서 넓은 땅을 다스리고 있었거든. 하지만 그건 바다 건너편까지는 닿지 않았을 거라 예상했어. 나는 그 사실을 확인하기 위해서 바다를 건너갔고, 확신을 얻었지."

"가리아의 영향이 없는 세계가 있다는 거야?"

"응, 맞아. 반응을 보니 너는 아직 이게 얼마나 중대한 의미를 지니고 있는지 눈치채지 못한 것 같네."

"미안하다……."

"그렇게 삐지지 말고. 너는 지금 그대로도 좋아. 우선 마인……, 그리고 그 땅으로 통하는 문을 닫아야지."

"에리스 님 말씀이 맞아요. 저도 모든 것을 이해하지는 못해요. 하지만 전부 끝나고 난 뒤에는 에리스 님께서 데려다주실 것 같으니까 그때 알게 되겠죠."

"바로 그거야!"

이야기를 잘 알아듣는 록시를 보고 에리스는 매우 만족했다.

가리아의 영향이 없는 세계라……. 방금 들은 내용으로는 마물이 없는 세계라는 것밖에 모르겠다.

그것만으로도 평화롭다. 왜냐하면 마물은 이유를 알 수 없지만, 인간을 먹는 것을 선호하니까.

그건 예전에 그리드에게 물어본 적이 있다. 하지만 항상 그랬듯이 이유는 가르쳐주지 않았다.

그리드가 입을 다물 때는 거의 대부분 좋은 일이 아닐 때다. 아니면 그냥 귀찮을 때라거나.

나는 기분파인 파트너를 살짝 찔러보았다. 좀 전부터 계속 입을 다물고 있었기 때문이다.

『뭐냐?』

“에리스는 바다 건너편에 가본 적이 있대.”

『여기에도 엄청난 괴짜가 있었군그래.』

“뭐야, 그게 다야?”

『이게 다다. 이 몸은 도저히 할 수 없는 일이니까.』

왠지 자포자기한 듯한 말투였다.

“혹시 부러운 거야?”

『뭐?! 그렇지 않다. 그저 이 몸은 검에 불과하니까. 자유라는 것이 없을 뿐이다.』

“그렇다면, 내가 데리고 가줄게.”

그렇게 말하자 그리드는 살짝 웃고 있었다.

기뻐하는 건지, 아니면 바보 취급하는 건지 알 수는 없었다.

그리고 그는 ‘마음대로 해라’라고 하고는 입을 다물어 버렸다.

에리스는 내 혼잣말 같은 그리드와의 대화를 듣고 있었던 모양이다.

“그리드는 뭐래?”

“엄청난 괴짜라는데.”

“아하하, 그리드라면 그렇게 말할 것 같네. 그래도 말이지……,

신대륙을 제일 보고 싶어 했던 건 말이야, 네가 가지고 있는 그리드였어."

그렇게 말하자 갑자기 그리드가《독심》스킬을 통해 끼어들었다.

『이제 됐잖아! 서둘러라! 라이브라가 협박한 걸 잊었냐?』

"알았으니까, 그렇게 소리 지르지 말라고!"

입을 다물고 있던 주제에 급하게 소리를 지르기는, 머리에 마구 울려서 괴롭다.

그건 그렇고 뜻밖이네. 그리드가 바다 건너편에 있다는 신대륙을 보고 싶어 하다니.

발이 없으니까 자기 힘으로는 마음대로 움직일 수 없다고 했었지. 언젠가는 데려다줘야겠다.

이러쿵저러쿵하면서도 항상 도움을 받고 있으니까.

"그리드."

『뭐냐?』

"이 싸움이 끝나면, 신대륙을 보여줄게."

『……마음대로 해라.』

"그래, 내 마음대로 할 거야."

자기 이야기를 좀처럼 하지 않으려 하는 그리드에 대해 알 수 있어서 기뻤다.

그리드와 단둘이 있을 땐 이런 이야기를 잘 하지 않는다. 그래서 에리스와 록시가 있어주면 이야기의 폭이 넓어진다.

역시 파티는 좋은 것 같다.

긴 통로를 걸어가다 보니 그 앞에 밝은 빛이 보였다.

출구다.

그녀들도 눈치챘는지 나중에는 거의 뛰어갈 정도로 발걸음이 빨라졌다.

그리고, 우리는 보았다.

"이건……."

왕도와 규모가 거의 비슷한 도시가 지하에 펼쳐져 있었다.

지하인데도 불구하고 지상에 있는 것 같았다.

왜냐하면, 위쪽에 태양처럼 빛을 내뿜는 구체가 떠 있었기 때문이다.

제12화 지하도시 그란돌

위를 올려다보고 있던 내게 그리드가 말했다.

『인공 태양이다. 기동되고 있는 걸 보니…….』

"누군가가 살고 있다는 거구나."

『그렇다. ……페이트, 저 건물 쪽을 봐라!』

나는 마인과 신을 생각하고 있었는데…….

그리드가 말한 쪽을 본 나는 말문이 막혔다. 록시와 에리스도 마찬가지였던 것 같다.

둘 다 입을 벌린 채 굳어버렸다.

"저건……, 사람인가요?"

"왠지 비쳐 보이는 것 같은데. 유령……인가?"

우리는 인간처럼 생긴 그 사람 쪽으로 다가갔다. 그리고 말을 걸어보았지만, 전혀 반응이 없었다.

그들의 외모는 마인과 비슷했다.

갈색 피부, 하얀 머리카락……, 마치 먼 옛날에 멸망했다는 가리아인의 특징 같았다.

"우리를 전혀 눈치채지 못하네."

"인식하지 못하는 느낌이에요."

"그 이전에, 이 사람에게 의식이 있는 것 같지도 않아."

정해진 동작을 반복할 뿐, 에리스의 말대로 목적은 없어 보였다.

『그건 희미한 생전의 기억만을 의존해서 움직이고 있을 뿐이다.』

그리드는 조용하게 말하며 한숨을 쉬었다.

『어설프게 되살아난 자들이군.』

"그게 무슨 뜻이야?"

『성불하던 도중이었겠지. 그럼에도 불구하고 억지로 이 세계로 불려와 버린 거다. 그래서 유령처럼 되어버렸겠지.』

"계속 이대로 있는 건가?"

『글쎄다. 그 땅으로 통하는 문이 계속 열려있다면 완전히 되살아날지도 모르고, 그러지 않을지도 모른다.』

"그게 무슨 소리야."

그리드는 그렇게 말한 다음, 잠깐 뜸을 들였다.

『결국에는 자기에게 달렸다는 뜻이다.』

"되살아날지 결정하는 게 본인이라는 뜻이야?"

『그렇다. 이 유령은 지금 망설이고 있는 거다. 계속 죽은 채로 있을지, 되살아날지 말이다.』

"망설인다고?"

『적지 않은 미련이 있는 거겠지. 너는 고향에 있는 부모님의 무덤에서 보았을 텐데. 한쪽은 잠들어 있고, 다른 한쪽은…….』

"되살아났어."

아버지에게는 미련이 있었고, 아직 이 세계를 살아갈 이유가 있었다. 하지만 어머니에게는 그게 없었다.

나는 어머니의 얼굴을 본 적이 없다. 알고 있는 건 묘비가 된 모습뿐이다. 아버지의 이야기로는 어머니는 잘 웃는 사람이었던 모양이다.

진심을 말하자면, 하루라도 상관없으니 만나보고 싶었다.

『왜 그러지?』
"아니……."
『알아보기 쉬운 녀석이구나……, 너.』
"무슨 소리야."
『어머니가 걱정해줬으면 하는 거지? 그런데 이 세상에 미련이 없다고 하니 삐진 건가? 아직 꼬맹이로군.』
"뭐?!"
그리드가 핵심을 찌르자 말문이 막혀버렸다.
록시와 에리스는 이 대화를 들을 수가 없다. 그녀들에게는 나 혼자 일방적으로 혼잣말을 떠들어대는 것처럼 보일 것이다.
"왜 그러시나요?"
록시가 걱정된다는 듯이 말을 걸었지만, 나는 고개를 저었다.
"그리드가 또 잘난 척하면서 말했을 뿐이야."
"그런가요……."
부끄러운 마음을 숨기기 위해 둘러대 버렸다.
그리드는 여전히 뭔가 떠들어대고 있었지만, 이제 무시하기로 했다.
문득 에리스를 보니 다 들여다보고 있는 듯한 미소를 짓고 있었다.
보아하니 들킨 것 같았다.
"페이트는 아직 어린애구나."
"에리스도 그런 말을 하는 거야?"
"당연하지. 내가 보기엔 페이트든 록시든 많이 연하니까."
"그럼 가끔은 연상답게 행동해주면 좋겠는데 말이지."

"아, 그렇게 나온다는 거지?"

그녀는 그렇다면 내게 맡기라는 듯이 흑총검을 높게 들어 올렸다.

"걱정되는데……."

"그렇죠……."

"둘 다 너무해. 이번 일을 위해서 내가 얼마나 노력하고 단련했는지 아직 모르는구나."

그러고 보니 에인션트 스콜피온과 전투를 벌인 이후로 에리스는 혼자서 어디론가 가는 경우가 많았다.

설마……, 정말로 단련을 한 건가?

그녀는 항상 종잡을 수 없는 듯한 분위기였기에 상상도 하기 힘든 일이었다.

"전성기 때보다는 못하겠지만."

"너무 무리하진 말라고."

"호오~, 걱정해주는구나?"

"당연하지. 이것저것 신세를 졌으니까."

나는 에리스의 눈을 손가락으로 가리켰다.

"마안……, 너무 많이 쓰지 마."

"너는 자상하구나……, 그 피를 절반 이어받았다는 생각이 들지 않을 정도야."

아버지는 조디악 나이츠의 일원인 모양이다. 다시 말해, 라이브라나 스노우처럼 성수인일 가능성이 크다.

그러니 나는 사람과 성수인 사이에서 태어난 자라고 할 수 있다.

그리고 그것이 무슨 의미인지……, 나는 아직 이해하지 못하고 있었다.

『페이트, 저걸 봐라.』

그리드가 그렇게 말했기에 인공 태양을 올려다보니 머리카락이 붉은 여자가 공중을 날아다니고 있었다. 입고 있는 옷이 스노우의 옷과 똑같았다. 그리고 헐렁했던 옷은 딱 맞는 크기가 되어 있었다.

"혹시 저게 스노우인 걸까요?"

"그렇다고 볼 수밖에 없겠는데."

록시 말이 맞을 것이다. 라이브라의 힘이 영향을 준 건지도 모르겠다. 나는 그녀의 이름을 큰 목소리로 불러보았다.

"스노우!"

그녀는 북쪽으로 나아가며 강하하는 것 같았다.

"가자."

내 말을 신호로 일제히 뛰어가기 시작했다.

가는 곳마다 유령 같은 사람들과 스쳐 지나갔다. 그들은 존재가 희박해서 그런지 부딪히지도 않고 통과해 버렸다.

그럴 때마다 내 《독심》 스킬이 발동되어서 그들의 기억 일부분이 흘러들어왔다.

가족끼리 즐겁게 식사하는 기억, 마음에 두고 있던 사람에게 고백하는 기억, 연구로 성과를 내는 기억……, 행복한 것이었지만 그 반대로 매우 힘든 기억도 있었다.

가리아인들도 우리와 마찬가지로 나날을 살아가고 있었다. 그런 느낌이 드는 기억이었다.

"이봐, 그리드."

『왜 그러냐?』

“가리아인은 왜 멸망해버린 거야?”

『어째서 갑자기 그런 걸 물어보는 거지?』

“기술이 이렇게 발전했고, 유령들의 기억을 보니 살아가던 사람들도 행복해 보였거든. 이것만 보면 멸망한 이유가 짐작이 안 돼서.”

달려가며 고민하고 있는데 그리드에게 비웃음당했다.

『말단인 백성들은 어떤 시대라도 휘말리는 쪽이지. 너도 알고 있을 텐데. 폭식 스킬이 깨어나기 전과 깨어난 뒤에 서게 된 위치가 달라졌다는 걸.』

그리드 말이 맞다. 그뒤로 내 인생은 완전히 달라져 버렸다.

『여기에 있는 백성들이 아니라 힘을 지닌 녀석들이 멸망시켜버린 거다.』

“거기에 대죄 스킬이 관련되어 있어?”

『이유 중 하나지. 이번 일이 끝나면 가르쳐주마.』

“정말로?!”

『그래, 슬슬 때가 된 거겠지. 그러니까 죽지 마라.』

“아론하고도 약속했으니까, 노력해야지.”

오오오오! 그렇게 비밀주의였던 그리드가 드디어 가르쳐준다고 한다.

이럴 수가……. 이제 곧 중요한 싸움을 벌이게 될 텐데, 다른 쪽으로 신이 나버렸다.

나는 신기하게도 순순해진 그리드를 보고 놀라움을 감추지 못하며 달려갔다.

"페이! 스노우가 멈췄어요."

우리도 멈춰 서서 여전히 공중에 있던 스노우를 살펴보았다.

그녀는 의지가 없는 눈으로 우리를 내려다보고 있었다.

"기분 나쁜 느낌이 드는데."

에리스의 예감은 적중했다. 스노우가 우리를 향해 급강하해왔기 때문이다. 그것도 터무니없이 빠른 속도로.

"싸워야만 하는 건가?"

"페이……."

록시는 슬픈 듯한 표정을 짓고 있었다. 하지만, 이대로 가다간 당해버리게 된다.

나는 흑검을 칼집에서 뽑아 들고 스노우와 맞섰다.

"록시하고 에리스는 여기서 멀리 떨어져 줘."

"어떻게 할 건데?"

"스노우는 라이브라가 억지로 기억을 심어서 제정신을 잃었을 뿐이야."

"그 증거는?"

에리스가 원하는 명확한 증거는 없다.

그런 와중에도 나는 스노우의 공격을 흑검으로 막아내며 확신하고 있었다.

이 지리멸렬한 공격은 멸망의 사막에서 에인션트 스콜피온 모습으로 마구 날뛰던 때와 똑같았다.

"이 싸움 방식은 기억하고 있을 텐데."

"엉망진창이지."

"그럼, 그때처럼 기절시켜서 얌전하게 만들 수밖에 없잖아."

설마……, 여기서 스노우와 다시 싸우게 되다니, 상상도 못한 일이다.

그런 우리의 발치에서 피 같은 액체가 번지기 시작했다.

"페이!"

록시는 외침과 동시에 성검 스킬의 아츠, 《그랜드 크로스》를 발동시켰다.

성스러운 빛으로 지면이 정화되자, 본체가 드러났다.

붉은 액체 안에 있던 것은 신이었다. 집합생명체이자, 마인을 부추겨서 데리고 간 범인.

"즐거워 보이는 걸 하고 있네. 나도 끼워달라고, 폭식."

붉은 액체에서 수많은 촉수가 뻗어 나와 다양한 마물의 형태를 이루기 시작했다.

고블린, 코볼트, 샌드맨, 오크, 가고일……, 종류가 정말 풍부했다. 게다가 관마물까지 있잖아!

"이제 곧 문이 완전히 열릴 거야. 너희는 여기서 얌전히 기다려줘야겠어."

나는 스노우를 떨쳐내며 신에게 물었다.

"마인은 어디 있어? 어디 있냐고!"

"폭식만큼은 만나게 하기 싫거든."

신은 알려주지 않고 내게 덤벼들었다. 그 뒤에는 폭주한 스노우가 있었다.

그리고 붉고 투명한 마물들이 우리를 놓치지 않겠다는 듯이 둘러싸고 있었다.

제13화 스노우의 폭주

나는 록시를 돌아보았다.

이 싸움에 함께 나설지 확인하기 위해서였다. 마지막으로 한 걱정도 기우였던 모양이다.

그녀의 진지한 눈빛에는 두려움이 전혀 담겨 있지 않았기 때문이다.

그렇다면, 나는 그렇게 생각하며 걸리적거리는 붉고 투명한 마물들을 재빠르게 《감정》했다.

"록시, 마물들을 맡길게."

"네."

에인션트 스콜피온 때와 마찬가지가 되어버렸지만, 어쩔 수 없다. 왜냐하면 스노우와 신은 E의 영역이기 때문이다.

록시에게는 너무 버거운 상대다.

그 뒤를 이어 등을 맞대고 있던 에리스에게 말을 걸었다.

"신하고 싸울 수 있겠어?"

"당연하지! 그렇다면 페이트는 스노우를 맡겠다는 거네?"

"그래, 우선 스노우를 정신 차리게 할 거야."

"기대할게. 나는 그때까지 시간을 벌면 된다는 거지?"

윙크하며 그렇게 말하는 여유를 보고, 나는 쓴웃음을 지었다.

"뭣하면 쓰러뜨려도 되는데."

"뭐어어? 이렇게 연약한데~."

그녀는 달달한 목소리로 말하며 흑총검을 휘둘러 신의 공격을 베어버렸다. 촉수처럼 뻗은 붉은 액체가 차례차례 공중에 솟구쳤다.
보아하니 단련의 효과는 진짜배기인 것 같다.
"무리하지 말고."
"마안 금지라는 뜻이야?"
"리스크를 생각하면 쓰지 말았으면 하는데."
"아하하, 네게는 리스크란 말을 듣고 싶지 않거든."
"그렇긴 하지."
그리고 우리는 일제히 움직이기 시작했다.
나는 스노우. 에리스는 신. 그리고 록시는 보조.
각자 역할을 대신해줄 사람은 없다.
"스노우!"
나는 흑검을 들어 올린 다음 그녀의 수도와 맞부딪혔다.
푸르스름한 장벽을 몸 전체에 전개하고 있는 건지, 흑검의 칼날조차 통하지 않았다.
이 철벽의 수비는 에인션트 스콜피온을 방불케 했다.
스노우는 내 목소리에 전혀 반응을 보이지 않았다.
『페이트! 멸망의 사막 때와 똑같이 할 수밖에 없다.』
"그건……, 역시."
『그래. 기절시킬 수밖에 없을 것 같다. 그때도 폭주 상태가 풀렸으니까.』
"이번 같은 경우에는 라이브라의 영향이 있으니까 깨어난 뒤에도 마찬가지일지도 모르잖아."
『어찌 됐든, 우선 무력화시켜야 하겠지.』

그때는 아버지의 도움을 받고 겨우 진정시킬 수 있었는데…….
이번에는 혼자서 해내야만 한다.
『저 장벽이 걸리적거리는군. 흑겸으로 가자.』
한번 밀쳐낸 스노우가 다시 접근해오는 타이밍을 살피며 흑검을 흑겸으로 바꾸었다.
지금이다!
장벽만 가르려 했지만…….
"어?!"
스노우가 갑자기 움직임을 멈추고 내게서 거리를 벌렸다.
폭주해서 제대로 된 생각을 하지 못할 텐데, 어째서지?
『본능으로 위험하다는 걸 느꼈겠지.』
"정말……, 골치 아프네."
저쪽이 생각하기도 전에 척수반사로 움직이면 내 공격은 계속 뒤처지게 된다. 그리고 정확하게 파악당하고 있다면 도저히 싸울 수가 없다.
『힘을 조절해서 어떻게 해볼 수 있는 상대가 아니다. 그런데도 봐주면서 싸울 생각이냐?』
"그래도 그렇게 해야지. 나는 이제 스노우를 다치게 하고 싶지 않아."
그리드가 어이없어하는 소리가 들렸다. 이어서 그는 호탕하게 웃으며 내게 말했다.
『말은 잘하는군. 그럼 해봐라. 이 몸에게 보여달라고!』
"그래, 해내도록 하지."
흑겸을 세게 쥐었다.

그리고 눈을 감았다.

눈으로 따라가며 행동하다가는 그녀에 비해 행동이 늦어지게 된다.

그렇다면, 스노우의 마력만 포착하며 미래를 예상한다. 왕도에서 아론에게 배운 다음 계속 연습해온 기술이다.

에리스가 몰래 단련했던 것처럼, 나도 나름대로 노력해왔다.

갑자기 실전에서 쓰게 되어버렸지만……, 함께 연습해준 록시를 위해서라도 지금 진가를 발휘해 줄 것이다.

그리고……. 아버지가 멸망의 사막에서 내게 했던 말이 떠올랐다. 그걸 본 그리드가 내 마음을 짐작하고는 말했다.

『역시……, 아버지가 했던 말을 신경 쓰고 있었던 거냐?』

"아버지에게 말했잖아. 스노우는 내가 제대로 돌본다고."

『어느 정도 성장한 줄 알았더니, 아직 어린애였군.』

받아칠 말이 없다.

내게 아버지는, 무슨 일이 있다 해도……, 역시 아버지다.

아무리 왕도에서 현자의 돌을 빼앗고, 라이네를 납치해 갔다 하더라도…….

라이브라의 동료라 하더라도…….

스노우와 과거에 무슨 일이 있었고, 그렇기 때문에 그녀를 죽이려 했다 하더라도…….

나는 공중으로 도망치는 스노우를 쫓아가며 건물을 사용해 도약했다.

"스노우!"

재빠르게 움직이는 그녀의 움직임을……, 마력의 흐름을 통해

예측했다.

마음을 끌어올리고, 행동은 냉정하게. 이것도 아론에게 배운 것이다.

내려친 흑겸 끄트머리에 스노우의 미래의 모습을 잡아냈다.

눈을 떴다. 거기에는 푸르스름하게 빛나는 장벽을 잃은 스노우가 있었다.

"좋았어."

『꽤 하잖냐!』

하지만, 지금부터가 중요하다.

겨우 스노우에게 닿을 수 있는 곳까지 도달한 것뿐이다.

흑겸을 흑검으로 되돌린 다음 칼집에 넣으려 하는 내게 그리드가 말했다.

『이 몸 없이도 할 수 있겠냐?』

"그래, 이야기를 나눌 때는 주먹이 제일이니까."

『아론의 특기였던 그건가?』

"그렇지!"

장벽이 사라진 지금이라면 스노우의 손을 잡을 수 있다.

그녀의 수도와 발차기를 피하며 품속으로 파고들려 했지만…….

한 방, 묵직한 발차기를 머리 옆에 맞아버렸다. 시야가 흔들렸고, 의식이 멀어지는 감각이 몸 전체를 덮쳤다.

『페이트! 역시 이 몸이 필요하냐?』

"필요 없다고."

그리드의 목소리를 듣고 의식을 되돌린 다음, 단숨에 돌진했다.

좋아, 닿았다.

발버둥 치는 그녀를 두 손으로 억누르기 시작했다. 우선, 이대로 지상으로 데리고 간다. 그렇게 생각하자마자 날개를 지닌 붉은 마물들이 주위를 둘러쌌다.

"지금은 바쁜데……."

절묘한 타이밍에 붉은 마물이 내게……, 아니, 스노우에게까지 함께 공격을 가하기 시작했다.

스테이터스는 우리보다 뒤떨어질 것이다. 하지만 마물이 드러낸 날카롭고 뾰족한 이빨을 보니 어떤 기억이 떠올랐다.

나이트 워커라 불리는 괴물이다. 신의 피로 인해 죽는 것도 용납되지 않고 인간을 물어뜯으며 정신없이 동료들을 늘려나갔다.

그 물어뜯기에는 E의 영역의 수호조차 의미가 없다.

그리드 말에 따르면 신의 힘에 의해 가능해진 거라고 한다.

그 이빨이 나와 스노우를 덮치고 있는 것이다.

"큭."

일단 두 손을 놓고 흑검을 칼집에서 뽑을까.

생각하고 있던 와중에도 붉은 악마들이 근처까지 날아들었다.

망설이고 있을 틈은 없다.

제때 맞출 수 있을까…….

"페이!"

망설이던 마음은 나를 부르는 씩씩한 목소리로 인해 날아가 버렸다.

성검기의 아츠, 《그랜드 크로스》가 나와 붉은 마물을 갈라놓으려는 듯이 전개되었다.

"록시! 이건……."

나는 놀라움을 감추지 못했다. 왜냐하면 성스러운 빛으로 인해 붉은 마물들이 매우 간단히 무너져내렸기 때문이다.

적어도 저 마물 한 마리, 한 마리는 E의 영역에 도달하지 못하더라도 관마물 클래스였을 텐데. 그럼에도 불구하고 록시는 단숨에 해치워버렸다.

"저도 이유를 모르겠어요. 상성이 좋은 걸까요?"

"그렇다면 에리스에게 가세해줘."

"네."

본인도 잘 모르겠다고 하지만, 왠지……, 신과의 전투에는 상성이 매우 좋다. 그렇다면 저 녀석과의 스테이터스 격차조차 뛰어넘을지도 모른다.

록시의 믿음직한 모습을 기뻐하면서 나는 여전히 품속에서 발버둥 치던 스노우와 맞섰다.

"놓치지 않을 거야."

"……끄으으으."

꽉 잡은 채, 지상으로 끌어내렸다.

"날뛰지 말라니까. 정신 차려, 스노우!"

말해봤자 통하지 않을 거라는 사실을 알면서도 계속 이름을 불렀다.

몸싸움을 벌이던 와중에, 스노우는 내 목덜미를 물어뜯었다.

"아야……, 어……?"

그 순간, 처음으로 그녀에게 《독심》 스킬이 발동되었다.

지금까지 계속 접촉했음에도 그런 적은 한 번도 없었다. 나는 마인처럼 어떤 힘으로 독심 스킬을 막고 있는 거라 생각했다.

그런데 지금 이 순간에 발동되다니. 깜짝 놀라버렸다.

일방적으로 흘러들어오는 기억의 단편들.

그중에서 하나의 기억만이 선명하게 머릿속에 떠올랐다.

그녀는 지금보다 어른스러운 모습이었지만 몸 전체가 너덜너덜해져서 매우 안타까워 보였다.

척 보기에도 큰 부상을 입은 것 같았으며, 걸어갈 때마다 땅바닥에 피가 잔뜩 흘러내리고 있었다.

그녀는 울창한 숲속을 혼자서 걸어가고 있었다.

나중에는 힘이 빠져서 근처에 있던 절벽에 굴러떨어졌다.

한동안 기억이 날아갔고……, 눈을 뜬 그녀 앞에 어떤 남자가 나타났다.

(이건……, 설마…….)

그 설마였다.

어린 시절에 내가 스노우를 만났다고?!

거짓말! 아니, 내게는 그런 기억이 전혀 없는데.

이렇게 크게 다친 사람과 만났다면 기억에 남아있을 것이다.

그럼에도 불구하고……, 다시 생각해봐도 스노우와 만난 기억은 전혀 없었다. 혹시 이게 라이브라가 주었다던 기억이라는 건가?

하지만 이런 기억을 날조해봤자 라이브라에게는 아무런 이익이 될 것 같지 않다.

그렇다면 진짜 스노우의 기억인가?

머릿속으로 이것저것 생각하는 와중에도 과거에 있었던 일이 지나갔다.

"괜찮아?"

소년은 스노우에게 말을 걸었지만, 아무런 대답도 들리지 않았다. 그럴 만도 했다.

말도 할 수 없을 정도로 크게 다친 상태다.

소년은 곧바로 그 사실을 눈치채고는 당황한 듯이 안절부절못했다. 이 느낌……, 역시 나인가?

스노우는 약간 남은 힘으로 몸을 비틀어서 도망치려 했지만, 소년은 놓치지 않았다.

"크게 다쳤는데 움직이면 안 돼. 마침 아버지를 위해서 약초를 따왔으니까 이걸 쓰면 될지도 몰라."

"……."

말이 없는 스노우. 그녀는 발끈하며 노려보았지만, 소년은 아랑곳하지 않았다.

치료해주는 솜씨는 척 보기에도 능숙한 것 같지 않았다.

"미안해. 아직 솜씨가 부족하거든. 아버지는 항상 다쳐서 오니까 좀 더 잘하게 되었으면 좋겠는데."

소년은 스노우의 옷 안쪽 상처를 보고는 놀란 듯이 입에 손을 가져다 댔지만, 이내 뭔가 결심한 듯한 표정을 짓고는 조용히 치료를 시작했다.

가지고 있던 수통의 물로 상처를 씻고, 약초를 가져다 댔다. 그리고 자신의 옷을 찢어서 만든 천으로 보호해주었다.

"응, 된 것 같아. 누나, 미안해, 이 정도밖에 못 하겠어."

그때, 독심 스킬로 얻을 수 있는 기억이 끊어져 버렸다.

이유는 품속에 있던 스노우가 축 늘어져 버렸기 때문이다. 볼을 살짝 두들겨 봐도 반응이 전혀 없었다.

『정신을 잃은 모양이군. 골치 아픈 녀석이야. 왜 그러냐? 페이트.』
"……아니, 아무것도 아니야."
나는 방금 본 기억이 진짜인지 확실하게 알 수가 없었다.
이런 상황에서 동요해봤자 소용이 없다. 나는 이 사실을 더 이상 생각하지 않기로 했다.
"그건 그렇고 스노우 때문에 이렇게 된 게 아니잖아. 원인은……."
『라이브라란 말이지. 그 녀석은 옛날부터 그랬다. 자기 손을 더럽히지 않거든.』
"그 옛날에 대해서도 이번 일이 끝나면 가르쳐주는 거겠지?"
『좋다. 하지만 지금은 싸움에 집중해라. 봐라, 큰소리를 치던 에리스가 고전하고 있다.』
그 말에 에리스와 신이 싸우는 쪽을 보았다.
에리스가 밀리고 있었다.
혼자서 잔뜩 있는 신을 상대하고 있었기 때문이다.
"록시, 스노우를 부탁할게."
"네."
그녀는 이미 스노우를 언제든 맡아둘 수 있게끔 하고 있었던 모양이었다. 내가 부르자 몰려드는 붉은 마물들을 아츠로 정화하고는 금방 다가왔다.
"일이 잘 풀렸네요."
"그렇지. 그냥 감이지만 스노우는 진심으로 나를 죽이려고 싸우지 않았거든."
"맞아요. 스노우는 그런 짓을 하지 않으니까요."
알 수 없는 설득력으로 인해 정말 그런 것 같은 기분이 들었다.

내 마음속에는 록시가 하는 말은 틀림없다는 생각이 생겨나고 있었다.

나는 여전히 잠들어 있는 스노우의 머리를 쓰다듬어주고는 칼집에서 흑검을 뽑아 들었다.

"지금부터는 온 힘을 다해 싸울 거야. 록시는 여기서 멀리 떨어져 줘."

"……알겠어요."

그녀는 약간 안타까워하는 것 같았다.

E의 영역끼리 충돌하게 된다면, 록시에게는 너무 위험하다.

나와 인연을 맺어서 그녀도 같은 영역에 들어오게 하자는 생각을 했던 시기도 있었지만……. 역시 내가 먼저 끌어들일 수는 없었다.

결국, 내 마음속에서는 보류해두고 있다.

멀어져가는 록시의 뒷모습을 보며 생각하고 있자니.

『이 얼빠진 녀석.』

"그런 게 아니야. 아론 때문에 생각한 게 있거든."

『대죄 스킬에 휘말리게 하고 싶지 않다는 거냐?』

아론은 잘 돌봐주는 성격이라 나도 도와주었다. 그건 매우 감사하고 있다. 하지만 그것 이상으로 대죄 스킬로 인해 그의 인생을 크게 바꾸어버린 게 아닐까 하는 생각도 든다.

나와 인연을 맺지 않았다면 더 평온하게 살 수 있었을지도 모른다.

그런 세계를 상상하면…….

록시는 더 이상 나아가지 않았으면 한다. 그런 생각이 들어버린다.

『미리 말해두마.』

“뭔데.”

『저 계집애는 멈추지 않을 거다. 그건 너 자신이 가장 잘 알고 있을 텐데.』

알고 있어. 알고 있으니까 무서운 거라고.

『자, 가자. 페이트!』

그리드의 힘찬 목소리와 함께 에리스와 신의 전투에 끼어들었다.

우선, 에리스를 덮치려 하던 신의 분신을 베었다.

두 동강을 냈는데도 전혀 손맛이 느껴지지 않았다. 스테이터스가 상승했다는 목소리도 들리지 않는 걸 보니 쓰러뜨리진 못한 것 같다.

“너무 늦었잖아아~. 조금만 늦었다면 큰일 날 뻔했다고.”

“미안……. 조금 애를 먹었어. 좀 전까지 보여주던 자신감은 어디 갔는데?”

“보면 알 수 있을걸?”

둘러보니 신으로 가득 차 있었다. 게다가 붉은 마물들은 더 많았다.

혼자서 수천 명이나 되는 군대를 상대하는 것이나 마찬가지였다.

우리는 등을 맞댄 채 신의 분신을 베어나갔다.

“에리스라면 할 수 있을 텐데. 단련한 성과를――.”

“알면서도 그런 말을 하네. 마안을 써버릴까.”

“내가 잘못했어. 농담은 제쳐두고, 신의 분신은 쓰러뜨려봤자 소용이 없는 것 같네.”

"바로 그거야!"

에리스는 신의 분신의 미간을 쏴서 관통시키며 고개를 끄덕였다.

"이 녀석들은 땅속에 숨어 있는 신의 본체와 연결되어 있어. 그냥 꼭두각시에 불과한 거지. 아무리 쓰러뜨려봤자 소용이 없다고."

느긋하게 말하는 그녀에게 너무나도 긴장감이 없어서 조금 어이가 없어졌다. 정말 오랫동안 살다 보면 감각이나 감정이 점점 둔해지는 모양이다.

아마……, 마인도 비슷한 말을 했던 것 같다. 그녀 같은 경우에는 미각이 없었다.

"땅속이라……, 마력을 통해서 위치를 알아낼 순 없나?"

"힘들겠지. 저 녀석은 이런 재주가 뛰어나니까. 원래 그런 생물이잖아?"

원래 신은 몸이 산산조각 난 채 대륙 전체에 잠들어 있었다. 그 모습은 현자의 돌이라 불리는 특별한 것이었다.

생물이 아니라 광물이 될 수 있는 것이다.

아마 지하에서 그런 형태로 변화한 채 안전한 위치에서 분신과 붉은 마물을 조종하고 있는 모양이다.

"그렇게 큰소리를 쳐놓고 이러고 있는 거야?"

"아하하, 신은 무서워하는 거야."

"응? 그게 무슨 소린데."

"너 말이야. 다시 말해 폭식 스킬 보유자 말이지. 저건 예전 사용자에게 몇 번이고 도전했다가 졌거든. 그래서 이런 방식으로밖에 싸우지 못하게 되어버렸을 거야."

우습다는 듯이, 그리고 자랑스럽다는 듯이 에리스가 말했다.

"페이트는 어떻게 할 건데?"

"당연한 걸 물어보네. 나도 예전 사용자와 똑같이 해줄 뿐이야."

"믿음직스럽네. 그럼 나도 좀 더 열심히 싸워야겠어."

"이봐."

에리스의 눈이 희미하게 빛나기 시작했다. 마안이 발동된 것이다.

"안심해, 이건 그나마 부담이 적은 쪽이니까. 그래도……."

"알았어. 어서 끄집어내자."

"바로 그거야! 보조 부탁해."

에리스는 북쪽을 향해 달려가기 시작했다.

마안의 힘에 집중하고 있어서 싸울 여유는 없는 것 같았다.

나는 에리스가 나아갈 길을 터주기 위해 덤벼드는 적에게 흑검을 휘둘렀다.

제14화 지하의 전투

앞길을 가로막는 신의 분신을 베어 넘겼다.

그 뒤를 에리스가 따라왔다.

"이쪽으로 가면 되는 거지?"

"그래! 그대로 북쪽으로 가."

"눈 상태는 어때?"

"흐음~, 걱정해주는구나. 열심히 싸우고 볼 일이네."

"너, 진짜……."

그렇게 말하며 허세를 부리는 그녀의 눈은 약간 충혈되기 시작하고 있었다.

부담이 크지 않다고 했지만, 역시 거짓말일지도 모르겠다.

내 마음을 아는지 모르는지……. 에리스는 방긋 웃으며 말했다.

"이건 말이지. 영시의 마안이라는 거야. 범위가 한정적이긴 하지만, 마력이 아니라 혼을 느낄 수가 있거든. 신이라는 존재를 찾을 수가 있어."

"그렇다면 마력을 없애더라도 숨을 수가 없겠네."

"바로 그거야!"

혼을 느낄 수 있다니……. 나는 항상 폭식 스킬로 혼을 먹으면서도 사람의 혼을 본 적은 한 번밖에 없다.

관마물인 [죽음의 선구자]로부터 하우젠을 해방시켰을 때다.

조종당하던 아론의 가족은 관마물의 속박에서 풀려나 저세상으로 떠나갔다. 그 모습은 왠지 쓸쓸해 보였고, 아름답기도 했다.
과거를 떠올리면서도 그 마안에 대해 물어볼 게 더 있었다.
"그걸로 마인을 느낄 수도 있어?"
"그렇게 말할 줄 알았지."
뒤에서 덤벼들던 신의 분신을 피하며 에리스가 방긋 웃었다.
"뭐야. 지금까지 계속 마인을 쫓아왔는데."
"아하하, 그런 표정 짓지 마. 이 마안은 그렇게까지 넓은 범위를 볼 수가 없거든. 그리고 끊임없이 계속 쓰는 것도 힘들어. 이걸 봐."
"에리스?!"
그녀의 눈에서 피가 흘러내리려 하고 있었다.
부담이 크게 걸리지 않는다고 했는데, 충분히 큰일이 벌어진 상태였다.
그럼에도 불구하고 에리스는 미소를 지으며 계속 말했다.
"그래도, 지금은 알 수 있어. 마인은 여기 있어."
그녀가 그렇게 말하며 손가락으로 가리킨 방향은 우리가 지금 나아가고 있는 쪽이었다.
"신하고 같은 곳에 있어. 자, 어떻게 할까?"
"알잖아."
"……그렇게 말할 줄 알았어. 서두를까?"
이동 속도를 더욱 높여서 북쪽으로 나아갔다.
북쪽으로 갈수록 신의 분신은 점점 줄어들고 있었다. 그와는 반대로 거리가 떠들썩해지기 시작했다.
드문드문 보이던 가리아인 유령들이 점점 늘어나기 시작한 것이다.

『보아하니 이곳은 아직 그 땅으로 통하는 문의 영향을 크게 받고 있는 것 같군.』

"그렇다면……."

『목적지가 가깝다는 뜻이다.』

드디어 여기까지 왔구나.

그런 생각이 들었지만, 마인을 막을 수 있는지는 해봐야 알 것 같다. 나는 마인의 진짜 실력을 모르기 때문이다.

"이대로 가면 마인과 신, 둘과 싸우는 건가?"

"나는 지원 계열이니까. 전위가 한 명 더 있어주면 좋겠는데."

"사치를 부릴 수는 없지."

이렇게 되면 좀 전처럼 내가 한 명을 상대하고, 에리스가 다른 한 명을 상대할 수는 없겠지.

그때 에리스가 싸우던 것은 신의 분신과 붉은 마물이었다.

이번에는 신 본체가 있을 테니 부담이 커질 것이다.

"2 대 2로 싸울 수밖에 없겠네. 할 수 있겠어?"

"나는 상관없긴 한데……, 문제는 페이트지. 네가 전위 역할을 맡아서 혼자 그녀를 밀어붙여야만 하니까."

하지만 지금은 이 방법밖에 없다. 이 사실은 처음부터 알고 있었다.

그렇기 때문에 준비도 제대로 하고 왔다.

"멸망의 사막에서 다크니스 잔당들을 소탕했을 때가 생각나네. 그리고 너도 이제 그걸 할 수 있게 되었지? 대죄무기의 사용자라면 당연하니까."

“물론이지.”
“그럼 안심이 되네. 마인과 싸우려면 그게 최소한의 조건이니까. 그래서, 그 상태를 얼마나 유지할 수 있는데?”
“15분.”
“……음~.”
에리스의 표정이 어두워졌다. 어? 짧은 편인가?!
반대로 나는 에리스가 얼마나 유지할 수 있는지 알고 싶은데.
“뭐, 그래도 그 짧은 기간 만에 그만큼 할 수 있게 된 것만으로도 대단한 거야. 정신세계에서 협력해준 그리드하고 루나에게 고마워하라고.”
“항상 강제로 감사하고 있어. 그 두 사람 성격은 알잖아?”
“아하하, 그렇긴 하지.”
“뭐라고 해야 하나, 아직 감각을 맞출 수가 없는 때도 있어. 그건 내가 아니게 되는 감각이잖아.”
“뭔지 알겠어! 나도 처음에는 그랬지. 결국에는 익숙해지는 거야, 익숙해지는 거!”
그게 익숙해질 수가 있나……. 솔직히 그건 익숙해지면 안 될 것 같기도 한데.
그러자 그리드가 《독심》 스킬을 통해 이야기에 끼어들었다.
『기합이다! 기합이 부족한 거다.』
“그런 문제야?! 그게?”
『이 몸이 하는 말이니 틀림없지.』
정신세계에서도 그랬지. 기합이다, 기합! 이라고 말이야.
귀에 딱지가 생기겠다.

하지만 듣다 보니 맞는 말 같기도 하다. 에리스도 익숙해지라고 하니까.

『뭐……, 한 번 쓰면 정신력이 꽤 많이 소모되니 연속으로 쓰지 못하는 걸 잊지 마라.』

“그렇긴 하지. 뭐라고 해야 하나……, 그리드에게 침식당하는 느낌이었으니까.”

『누가 들으면 오해할 만한 말은 하지 마라.』

그리드에게 휘둘려버리기 때문에 나는 그런 식으로 인식하고 있다.

내가 중얼중얼 말하고 있자니 에리스가 웃었다.

“뭔데.”

“아니, 아니, 나쁜 의미로 웃은 건 아니야. 너희는 정말 사이가 좋구나.”

“『어딜 봐서?!』”

“그런 부분이야. 나와 엔비는 예전 같은 관계라고 하긴 힘드니까.”

“가리아에서 싸운 뒤로 화해했다면서.”

“뭐, 그렇지. 그래도 예전과 똑같진 않으니까. 예를 들어 지금 상태를 말하자면, 수백 년 동안 별거하던 부부가 같은 목적을 위해서 동거하기 시작한 느낌이라고 해야 하나?”

“이해하기 힘든 예인데.”

그렇게 말하니 그녀가 다시 웃었다.

“그렇게 말할 줄 알았지. 그러니까, 서로 정말 잘 알고 있는 사이인데도 계속 떨어져 지냈고, 그걸 원했던 거야. 그런데도 그 땅으로 통하는 문을 닫기 위해서 마음의 준비도 없이, 시간도 없이, 예전처럼 함께 싸워야만 하지. 이건 꽤 힘든 문제라는 이야기고."

아……, 그렇구나.

나도 그리드와 싸운 다음 화해하지 않고 전투를 벌이면 어떻게 될까 하는 생각이 들었다.

아마 어색해져 버리겠지.

에리스 같은 경우에는 그 기간이 수백 년이라고 한다. 생각하기만 해도 껄끄러운 분위기가 흐를 것 같아서 무섭네.

"엔비는 어떤 녀석인데? 가리아에서 싸웠던 그 녀석은 끈질기게 나를 동료로 삼으려 했거든."

"이 아이는 마음에 든 걸 계속 곁에 두고 싶어 해. 나 대신 사용자로 삼을 생각이었는지도 모르지."

"으에엑……, 그건 사양하겠어."

"그런 말 하지 마. 만약에 내가 죽으면 엔비를 맡기려 하는데."

"에리스야말로 재수 없는 소리 하지 마."

농담은 제쳐두고, 에리스가 엔비에 대해 말했다.

"착한 아이야. 그건 옛날부터 변함이 없어."

"저게……, 착한 아이라고……."

가리아에서 천룡을 조종해서 많은 사람들을 죽였는데 말이지. 그중에는 메이슨 님도 포함되어 있다. 게다가 록시까지 죽이려 했다.

나는 엔비를 용서할 수 없을 것 같았다.

"그냥 순수한 것뿐이야. 좋은 쪽으로든, 나쁜 쪽으로든 말이지. 그리드도 그래 봬도 괜찮은 녀석이지?"

“음~, 대답은 보류해둘게.”

『뭐라고! 척 봐도 좋은 녀석이잖냐!』

그리드는 말도 안 된다는 듯이 따지고 들었다. 그렇게 생각되고 싶으면 평소에 말을 좀 잘했으면 좋겠다.

“그래, 그래.”

『대충 넘기려 하지 마라.』

그리드를 다루는 법은 이제 익숙하다.

이 정도가 딱 좋다.

그리고 에리스가 삐진 듯이 말했다.

“너희는 이런 상황인데도 평소처럼 행동하는구나. 부럽기 짝이 없네.”

“평소처럼이라……, 이번에도 그랬으면 좋겠어.”

“자, 이제 보인다.”

우리가 나아간 곳에는 거대한 건물이 있었다.

왕도의 군사시설 같은 건 비교도 안 될 정도로 컸다.

그 앞에 있는 대광장만은 유령들이 없었다. 다른 곳에는 잔뜩 있는데, 그곳에만은 없었다.

뭔가 두려워하면서 들어가지 않는 것처럼 보였다.

그런 대광장 중심에 조용히 서 있는 백발 소녀가 있었다.

그 손에 들린 것은 그녀와 어울리지 않는 커다란 흑부였다. 사정없이 위압감을 뿜어내고 있다.

“마인…….”

나는 그녀의 이름을 부름과 동시에 흑검을 세게 쥐었다.

제15화 힘을 겹쳐서

망자들은 대광장을 둘러싸듯 넘쳐나고 있었다.

마치 지금부터 시작될 전투를 지켜보는 것 같았다. 확실하게 의식을 지니고 있지 못한데도 본능으로 그것을 느끼고 있는지도 모르겠다.

전투를 벌이게 될 나도 마인이 내뿜고 있는 압도적인 압박감에 당황할 정도였다. 머리로는 '앞으로 나아가라'라고 생각하는데도 몸은 전혀 다르게 '뒤로 물러나자'라고 하고 있었다.

이런 적은 처음이었다.

지금까지 천룡이나 아크 데몬 등의 강적들과 싸워왔다. 하지만 마인과 비교하면 분명히 약한 상대라고 딱 잘라 말할 수 있을 것 같았다.

함께 여행하는 동안, 그녀가 정말 강하다는 건 알고 있었다.

하지만 지금……, 이 순간에 정정해야 할 것 같다.

『대단하군. 이 몸까지 계속 속여왔던 건가? 마인 녀석……, 예전보다 강해졌군.』

그리드가 말한 것처럼, 풍기는 분위기가 전혀 달랐다.

감각적이지 않다.

마인을 둘러싸는 듯이, 파직파직, 작은 번개가 치고 있다.

『마인은 진심이다. 더 나아가면 시작되어버릴 거다.』

대화 같은 어설픈 행동은 할 수 없을 것이다.

그런 걸로 끝낼 수 있다면, 우리는 이곳에 있지 않았을 것이다.

지금 마인의 귀에 들릴지는 모르겠다. 그래도 말하고 싶었다.

"결국……, 우리는 말이지. 이런 방식으로밖에……, 서로 이해할 수가 없는 거야."

아론이 이런 말을 한 적이 있다.

사람들이 서로 이해하지 못할 때는, 원하지 않더라도 싸움을 피할 수가 없다고. 그 이유가 자기 자신에게 있지 않을 때는 더더욱 그렇다고.

나는 이 세계가 더 이상 이상해져 버리기 전에 그 땅으로 통하는 문이 열리는 것을 막아야만 한다.

마인은……, 루나에게 들은 이야기가 사실이라면, 포기하지 않을 것이다. 오랫동안……, 수천 년에 걸쳐서 추구해왔던 거라면 멈출 리가 없다.

여기까지 온 이상……, 이렇게 된 이상, 싸워서 서로의 마음에 결판을 낼 수밖에 없다.

이기는 자가 정의라는 말이 있는데, 정말 지독한 이야기다.

"마인도 잘못되진 않았을 거야. 하지만 말이지……, 이렇게 할 수밖에 없거든."

우선 이야기를 듣게 만들려면 싸워서 이길 수밖에 없다.

나는 뒤쪽에 있던 에리스를 돌아보았다.

그와 동시에 총성이 울렸다.

에리스가 내게 팔랑크스 불릿을 날린 것이다.

내 몸의 표면이 푸르스름한 빛의 막으로 뒤덮였다. 이것이 상대방의 공격을 상쇄시켜 준다.

"마인의 공격은 강력하니까, 방심은 금물이야."
"그래도 든든하네."
내 눈앞에서 마인이 뛰어오르고 있었다.
그것뿐인데도 이상한 압박감이 뿜어져 나왔다.
꺼림칙할 정도로 새빨간 눈이 나를 위압하고 있는 것이다.
『온다. 마인의 일격은 무겁다. 이 몸을 꽉 잡고 있어라.』
둔탁한 금속음이 울려 퍼졌다.
흑검과 흑부가 거세게 맞부딪힌 소리였다. 그리드의 말대로 묵직하고 무거운 일격.
너무 강한 위력으로 인해 받아낸 내 발이 지면에 파고들어 버릴 정도였다.
이게 첫 번째 공격이라니, 나도 모르게 헛웃음이 나올 것 같았다.
『밀어내라! 계속 공격당하면 슬로스의 효과가 발휘될 거다.』
마인이 가지고 있는 흑부 슬로스는 공격하면 할수록, 무게가 늘어난다. 사용자에게 강한 근력과 민첩성이 필요한 무기라 다루기가 까다롭다. 하지만 그것을 제대로 다룰 수 있다면 이야기가 달라진다.
그리드는 밀어내라고 했지만, 매우 무거워진 흑부가 위에서 누르고 있는 상태다. 마인과 지면 사이에 꽉 끼어서 간단히 밀어낼 수가 없었다.
내가 선택한 것은 흑부의 방향을 어긋나게 만드는 방법이었다.
흑부는 불꽃을 튀기며 흑검을 따라 미끄러지면서 내 발치 쪽으로 떨어졌다.
그리고 지면을 헤집으며 흙먼지와 지면의 파편을 솟구치게 만들었다.

그것을 연막 대신 이용해서 오른쪽 뒤로 뛰어서 물러나 거리를 벌리려 했지만——.

『페이트!』

흙먼지에서 벗어난 나를 금방 쫓아와서 나타난 마인.

게다가 피할 수 없는 절묘한 타이밍.

다시 그녀의 공격을 막아낼 수밖에 없다.

이번에는 좀 전의 공격의 두 배나 되는 위력!

둔탁한 금속음과 함께 예상보다 더 큰 충격이 두 팔에 전해졌다.

따끔따끔한 전투의 감촉……. 하지만, 지금까지 싸워왔던 자들과는 다른 감각도 있었다.

맞부딪힌 채 밀리지 않게끔 힘을 주기 시작했다. 아직 두 번째 공격에 불과하다.

공격은 지금부터 더욱, 비약적으로 강해질 것이다.

나는 여전히 말없이 흑부를 휘두르는 그녀를 바라보았다.

"마인."

"…………."

원래 과묵한 사람이기에 먼저 말을 꺼내지는 않는다.

하지만 나는 알고 있다.

"봐줄 필요는 없어."

"……."

"여기까지 왔다고. 마인을 막기 위해서."

그녀의 눈썹이 살짝 움직인 것을 놓치지 않았다.

"루나에게 이야기는 들었어."

"?!"

그렇게 말하자 무표정하던 마인의 얼굴에 변화가 생겨났다.

싸울 때는 언제나 냉정하고 침착하던 마인에게 동요한 기색이 스쳐 간 게 느껴졌다.

"루나가……."

입에서 작은 목소리로 새어 나온 말을 놓치진 않았다.

"그래. 루나가——."

마인과 이야기를 나눌 수 있을 것 같은 실마리가 보인 느낌이었는데……, 또 방해하는 자가 있었다.

피처럼 붉은 촉수가 뻗어 나와 마인 사이를 갈라놓았다.

닿으면 위험할 것 같은 예감이 들었기에 어쩔 수 없이 뒤로 뛰어서 물러났다.

"칫, 잘도 피하네. 아쉽잖아."

다시 지면에서 나타난 신. 이번에는 물이 새어 나오는 것처럼 조용했다.

사람 형태이긴 하지만, 사람이 아닌 존재. 그리드 같은 사람들은 집합생명체라고 했다. 저런 능력이 있다면 어디에도 숨을 수가 있고, 무엇이든 될 수 있을 것이다.

"네가 말한 대로, 시간은 줬다. 하지만 이제 기다릴 수 없어."

"……."

"자, 시작하자. 이 녀석들을 죽이는 거야."

"……."

"안 그러면, 문이 열리지 않을 거야. 이번 기회를 놓치면 네 소원은 영원히 이룰 수 없어."

"……."

"계속, 계속, 이때를 기다렸던 거지? 이제 얼마 안 남았다고, 마인."

고개를 숙이고 있는 그녀에게 신이 속삭이듯이 말하고 있었다.

"다들 너를 기다리고 있어. 또 모두를 배신할 셈이야?"

"아니야."

"그렇다면 온 힘을 다해 싸워야지. 저들은 너를 방해하는 적이니까……, 해방시켜서 네 힘을 보여주도록 해."

마인은 내 상상을 뛰어넘는 시간 동안 그 땅으로 통하는 문을 찾으며 살아왔다.

루나에게 들은 이야기가 사실이라면, 마음이 이미 꺾여버렸을 시간 동안.

신의 속삭임은 바로 마인이 지금까지 살아온 원동력이었다. 그것을 정확하게 건드렸으니 언제나 냉정했던 마인도 흔들릴 수밖에 없었다.

나와 함께 여행을 하는 동안, 그녀는 마음을 어딘가 멀리 두고 와버린 것 같았다. 그리고 그 소원이 지금 이루어지려 하고 있다.

만약에 과거의 나였다면, 마인과 똑같이 행동해버렸을 것이다.

신은 나를 보며 미소를 지었다. 그것은 여유……, 승리를 확신한 표정이었다.

『페이트! 이거 위험하겠는데.』

"물러서, 페이트!"

뒤에서 대기하고 있던 에리스가 원호하기 위해 신과 마인을 향해 연달아 총격을 날렸다.

범상치 않은 기운에 그리드와 에리스가 내게 뒤쪽으로 물러나라고 재촉했다.

마인은 분노의 대죄 스킬 보유자다.

그것은 여행하던 동안 본인이 가르쳐주었기에 알고 있었다.

나는 알고만 있을 뿐, 그녀가 지니고 있는 분노 스킬의 힘을 본 적이 없다. 언제나 무표정하게 흑부를 휘두를 뿐이었다.

마인은 가끔, 술집에서 놀림당하면 반격하곤 했다. 그건 화가 났다기보다는 그냥 벌을 준 것 같은 느낌이었다.

분노 스킬 보유자가 그 화난 감정에 몸을 맡겼을 때……, 대체 어떻게 되어버리는 걸까?

나는 이곳에서 그것을 직접 보게 되었다.

『이것이 마인의 원래 모습이다.』

"아하하……, 이제 두 번 다시 보고 싶진 않았는데 말이야."

그리드는 쓴웃음을 지었다.

뒤에 있던 에리스는 척 보기에도 당황하고 있었다.

2 대 2 전투를 제안할 때부터 후위인 그녀와는 상성이 매우 안 좋을 거라 생각했었다.

그리고 나는 처음으로 마인의 원래 모습을 봐버렸다.

그녀의 몸을 둘러싸듯이, 그 눈처럼 꺼림칙한 붉은 오라가 피어올랐다.

넘쳐나는 마력이 구현화되어 버린 모양이었다.

가장 특징적이었던 것은 이마에 돋아난 뿔 두 개였다. 게다가 몸에 새겨져 있던 사각인도 빛을 뿜어내고 있었다.

『페이트, 잘 들어라. 저건 분노에 몸을 맡긴, 싸움에 미친 귀신이다. 저렇게 되어버렸으니 이제 우리 목소리는 닿지 않을 거다. 다시 말해, 네가 폭주 스킬에 삼켜진 상태와 비슷한 거지. 너라면 무슨 뜻인지 잘 알고 있을 거다.』

"스스로 분노 스킬의 힘을 이끌어 냈다는 거야?"

『그래. 너 같은 반 기아상태와는 다르지. 마인은 완전히 이끌어 냈다.』

갑자기 대죄 스킬을 다 끌어낸 건가…….

『마인은 행동으로 보여줬다. 온 힘을 다하겠다는 마음을 말이야.』

신이 말한 대로 주어진 시간이 끝나버렸다는 뜻이다.

『지금까지 보여주었던 슬로스에게 의존한 공격과는 전혀 다를 거다.』

나는 곧바로 폭식 스킬의 절반――, 반 기아상태를 이끌어 냈다.

순식간에 마인이 시야에서 사라졌다. 슬로스는 이미 평소의 두 배 무게가 되었을 텐데도 불구하고.

『우리도 가자. 안 그러면 받아낼 수가 없을 거다.』

"그래, 가자! 그리드!"

나는 여기에 오기까지 정신세계에서 끊임없이 단련해온 성과를 발휘했다.

"그리드!"

『페이트!』

우리 목소리가 한데 겹치고, 그와 동시에 흑검이 까맣게 빛났다.

그 까만 빛은 나를 감싸기 시작했다.

"『크로싱!!』"

제16화 크로싱

귀신이 된 마인의 묵직한 일격.

거기에 신이 날린 붉은 촉수 공격까지 피한 다음, 반격했다.

"『너는 방해된다고.』"

촉수를 잘라낸 뒤 붉은 슬라임 상태가 된 신에게 다가갔지만.

"어이쿠, 상대는 내가 아닐 텐데."

그렇게 말하며 그는 다시 지면으로 녹아들어 버렸다.

"에리스, 신의 위치를 가르쳐줘."

"여기야."

에리스가 동쪽 건물의 그림자를 흑총검으로 쏴서 꿰뚫어 보였다.

반응이 느껴졌다. 지면에서 붉은 액체가 넘쳐흐른 것이다.

"좋았어, 괜찮은 느낌이네. 마인을 조심해, 저건 이미 제정신을 잃었으니까. 나는 타이밍을 살피면서 팔랑크스와 팬텀으로 보조할게."

"『고마워.』"

"신이 방해하지 못하게끔, 지금부터 전망이 좋은 곳으로 이동해서 원호할 거야. 그러니까……."

"『사선에 들어오지 마라, 맞지?』"

"잘 아네. 아하하, 아직 크로싱 영향이 남았어. 목소리가 뒤섞였잖아."

이런 상황에도 에리스는 우습다는 듯이 말했다.

아마 에리스는 이미 크로싱을 하고 있을 것이다. 척 보기에도 좀 전과는 달리 움직임이 훌륭하기 때문이다.

크로싱이란 대죄무기와 마음을 싱크로하는 것을 일컫는 말이다.

다시 말해, 지금 상태는 그리드이기도 하고, 나이기도 하다.

그야말로 일심동체. 흑검은 이미 내 몸의 일부다.

그리고 크로싱의 가장 큰 장점은…….

엄청난 마인의 공격을 받아낼 수 있다는 것.

맞부딪히기만 해도 충격파가 뿜어져 나와 주위의 건물에 금이 가버렸다.

힘이 강해진 슬로스의 무게에 방어만 하던 나는 처음으로 그녀의 공격을 밀어냈다.

"마인, 나도 강해졌다고."

들릴 리가 없는 그녀에게 말했다.

저건 아마 폭식 스킬이 폭주했을 때와 비슷한 상태일 것이다.

그리드와 동조하고 있기에 알 수 있었다. 그의 지식을 어느 정도 공유하고 있기 때문이다.

폭주라고 해도 완전한 건 아니다. 분노 스킬을 개방하기 전에 쓰러뜨려야 할 표적은 미리 정해두었겠지.

다시 말해, 이번 표적은 나뿐일 것이다.

왜냐하면 마인이 나만 보고 있기 때문이다. 주위에 있는 에리스나 신도 안중에 없다.

크로싱은 그리드의 전투 기술과 지식을 얻을 수 있고, 보조도 받을 수 있다.

그리고 사고도 두 사람 분량이 된다.

뭐, 그리드의 영향으로 말버릇이 조금 안 좋아져 버리는 건 옥에 티지만 말이지.

사고의 통합도 정리가 되기 시작했다. 다시 말해, 지금부터 크로싱의 진짜 능력을 발휘할 수 있다는 뜻이다.

"간다, 마인!"

귀신이 된 그녀를 향해 이번에는 내가 흑검을 휘둘렀다.

받아내 버렸지만, 예상 범위 안이다.

그대로 몸을 틀자, 멀리서 총성이 울려 퍼졌다.

총알은 정확히 흑부의 자루에 명중했다. 흑부를 쥔 손에 힘이 빠진 순간을 나는 놓치지 않았다.

싸울 생각으로 여기까지 왔다. 사과라면 끝난 뒤에 얼마든지 해주지.

"끄윽!"

나는 마인의 자그마한 몸——, 배를 걷어찼다.

힘은 전혀 조절하지 않았다.

그녀는 근처에 있던 건물 안으로 날아가 박혔다.

곧바로 추격했다. 슬로스를 놓쳐준다면 좋겠다는 생각을 잠깐이나마 했다.

하지만 그녀는 흑부를 여전히 쥐고 있었다.

이 빈틈을 찌른 공격은 이제 그녀에게는 통하지 않을 것이다.

왜냐하면, 그녀는…….

산더미 같은 잔해에서 아무 일도 없었다는 듯이 나오는 마인. 마치 저 무거워 보이는 잔해가 솜털로 이루어져 있는 것만 같다.

마인은 단숨에 내게 파고들어서 흑부를 들어 올린 다음 내리쳤다.
몸을 틀어서 피했지만, 거기에는 그녀의 발차기가 기다리고 있었다.
이번에는 내가 건물 잔해에 파묻혔다.
"역시……, 나와는 달리 천부적인 재능이 있네."
(그런 말 하지 마라. 이 몸도 전투에는 자신이 있다. 하지만 마인은 그것만을 위해 인공적으로 유전자 조작을 해서 태어났지. 그리고 이 몸보다 대죄 스킬의 적성이 높았다. 그래서 루나처럼 되지 않았던 거다.)
"루나하고 마인은 피부색이 다른데……, 자매라고 했던 이유가……."
(너는 이미 들었을 텐데. 같은 실험실에서……, 시험관 안에서 목숨을 받은 존재. 원본 유전자는 같다. 단, 각자 무언가 조작되었지. 그래서 자매이면서도 외모가 다른 거다. 참고로 이 몸은 다른 실험실이었고.)
그리드와 싱크로하고 있기 때문에 그의 생각이 내 것처럼 뒤섞였다.
하니엘(루나)을 쓰러뜨렸을 때 보았던 기억. 실험실에서 아이들 여러 명이 백의를 입은 사람들에게 검사를 받고 있는 모습.
그리드에게도 비슷한 기억이 있었다. 루나와 어떤 실험을 같이 했고, 사이좋게 지내게 된 기억이 흘러들어왔다.
(이봐, 쓸데없는 건 보지 마라.)
그리드는 화를 냈지만, 이건 불가항력이다.
우리는 크로싱을 완벽하게 다루지 못하고 있다. 그래서 가끔씩 서로 과거의 기억을 들여다보게 되어버린다.

"전투 중에 그리드의 과거를 보게 되니 집중할 수가 없는데."

(그러니까 정신 단련이 부족하다는 거다.)

나는 비밀주의인 그리드에 대해 알 수 있게 되어서 이득이긴 하다. 그렇게 느긋한 말을 하고 있을 상황은 아니지만 말이야.

그리드는 이 싸움이 끝나면 내 질문에 이것저것 대답해주겠다고 약속했다. 어째서 그렇게 되었는지, 큰 이유 중 하나는 크로싱일 것이다.

이제야 그리드에 대해서 이것저것 이야기를 나눌 수 있을 것 같다.

"우리가 마인을 막는 거야."

귀신이 된 마인에게 흑검을 겨누었다.

힘을 폭주시키고 있어도, 싸우기 위한 이성은 약간이나마 남겨두고 있는 건가 생각했다.

함부로 공격해오지 않기 때문이다.

그녀는 착실히 타이밍을 재는 것처럼 조금씩, 조금씩 다가오고 있다.

"마인!"

내가 부르자 다시 전투가 시작되었다.

마인이 들고 있는 슬로스는 공격할 때마다 무거워진다.

흑검을 사용해 정면으로 받아내면 힘에서 밀리게 된다.

우선 피하면서 슬로스의 무게가 한계에 도달할 때까지 기다려야 한다.

예전에 함께 하니엘과 싸웠던 때가 떠올랐다.

마인은 이렇게 말했었다.

이 무기는 공격할 때마다 무거워져서 민첩성이 떨어지는 단점이 있다고.

그것이 진실이라면 저 무기의 무게에는 한계가 있을 것이다.

무거워져서 잘 다루지 못하게 된 타이밍에 슬로스를 빼앗는다.

단순하지만 매우 어렵다.

우리가 알고 있는 한 슬로스에게는 오의가 하나뿐이고, 이름은 《느와르 디스트럭트》라고 한다.

모아둔 무게와 파괴력을 전부 해방시키는 기술이다.

만약 한계까지 모아서 날린다면 그 힘은 얼마나 강할지……, 상상하기만 해도 무시무시하다. 그리드의 이야기에 따르면 하니엘과 싸울 때는 함께 싸우던 나 때문에 최소한의 힘만으로 오의를 날렸다고 한다.

다시 말해, 슬로스를 한계까지 무겁게 만들면서도 그 상태로 오의를 해방시키지 못하게 하고 슬로스를 빼앗는 것이 우선 제1단계다.

마인의 공격을 받아내면, 그 반동이 슬로스에게 축적되어 버린다.

나는 맹공을 피하면서도 가끔씩 받아내며 슬로스의 무게를 확인해나갔다.

이런 여유를 부리는 싸움을 과연 마인이 용납해줄까?

"칫, 벌써 내 공격에 대처하기 시작했군."

지금까지 피할 수 있었던 공격이었는데, 타이밍이 어긋나기 시작했다.

완급을 조절하며 공격한 것이다. 옆구리가 찢겨나가겠는데?!
멀리서 총성이 울려 퍼졌고, 흑부의 궤도를 바꾸어 주었다.
"에리스구나!"
그리고 곧바로 내게도 하나 맞았다. 팬텀 불릿이었다.
맞춘 대상과 똑같이 생긴 환영을 만들어내서 교란시키는 기술이다.
생겨난 환영은 다섯 개. 꽤 하는데!
예전에 연습할 때 내게 보여준 적이 있었는데, 그때는 세 개가 한계였다.
그때보다 두 개나 많이 만들어내다니, 이것도 에리스와 엔비의 크로싱으로 인한 효과일지도 모르겠다.
나도 그리드와 크로싱한 상태다.
스테이터스를 완전히 컨트롤하고 있다.
흑부를 아슬아슬하게 피한 다음, 마인의 옆구리를 흑검으로 베었다.
"그리드! 조절!"
예리도는 그리드가 자유자재로 바꿀 수 있다.
강철조차 쉽사리 잘라낼 정도로 날카롭게 만들 수도 있고, 그 반대로 둔기처럼 만들 수도 있다.
둔탁한 소리가 들렸다. 손맛이 느껴졌다.
그렇게 생각하고 싶었지만, 그렇게 간단하게 끝나진 않을 것 같다.
"나를 잊어버린 거 아니야?"
마인의 옆구리에 닿은 순간, 신의 촉수가 끼어든 것이다.

곧바로 에리스가 총을 쏴서 탄환을 날렸지만, 유효타가 되진 않은 것 같았다.

좋은 기회를 놓친 나를 그냥 내버려 둘 마인이 아니었다.

흑부를 휘두르며 계속 공격해왔다. 전부 다 피하지는 못하고 타격을 몇 번 흑검으로 받아내 버렸다.

횟수는 열두 번. 위력이 몇 배로 늘어난 공격이 나를 덮쳤다.

연달아 전달된 충격에 흑검을 쥐고 있던 두 팔이 저리기 시작했고, 뼈가 삐걱대는 소리가 들렸다.

흑부의 무게가 엄청나게 무거워졌다. 그걸 증명하려는 듯이, 마인이 걸을 때마다 지면이 크게 갈라지고 함몰되었다.

신은 그런 상황을 붉은 액체 속에서 내려다보며 웃고 있었다.

"자, 슬슬 준비가 되었나?"

신은 주위를 둘러보며 계속 말했다.

"내가 왜 땅속에 있었을까? 숨어있는 줄 알았지? 아니거든."

마인의 공격을 받아내고 있자니 발치가 크게 흔들렸다.

붉은 액체가 지하도시 그란돌을 뒤덮을 듯이 위쪽으로 솟구친 것이다.

천장에서 빛나고 있는 인공 태양조차 감싸버릴 정도였다.

"이 지하도시 그란돌은 내 것이야. 여기는 이미 내 몸속이나 마찬가지라고."

순식간에 이곳저곳에서 지면이 녹아내리고, 붉은 살로 된 벽이 나타났다.

제17화 전투 귀신

도시 전체가 붉은 액체로 둘러싸이자 마치 생물의 몸속에 있는 것 같았다.

"이미 시작되어 버렸어. 넌 우리를 어떻게 막을 셈이지?"

크로싱으로 그리드와 공유한 지식과 기억을 더듬었다.

(신은 지상……, 하우젠 사람들을 이용해서 그 땅으로 통하는 문을 억지로 열려 하고 있다.)

산 제물이다. 지하도시 그란돌 위에는 하우젠이 있다.

그 거대하고 붉은 액체를 지상까지 뻗어서 위에 살고 있는 사람들을 집어삼킬 생각인 것이다.

그리고 죽인 대량의 혼을 문으로 보내 억지로 열려 하고 있다.

"너는 계속 마인과 싸우도록 해. 그동안 나는 네 소중한 자들을 이용하도록 하지."

"까불지 마!"

"네가 자주 하는 일이잖아, 폭식? 그렇게 무언가를 양분 삼아 강해져 왔겠지? 자, 살아있는 인간들의 질 좋은 혼을 바쳐서 마무리하자."

붉은 액체 안에 있는 신은 그렇게 말한 다음, 인공 태양을 향해 올라가기 시작했다.

중간에 에리스의 총격을 잔뜩 맞았지만 휘감고 있던 액체에 가로막혀버렸다.

"소용없어. 이걸 위해서 힘을 계속 모아두고 있었거든. 그 정도 공격으로 막을 수 있을 거라 생각해?! 애교밖에 장점이 없는 여자가 뭘 할 수 있다는 거지?"

나도 신을 막으려 했지만, 마인에게 가로막혀버렸다.

"네 상대는 그녀잖아. 잊어버리면 곤란하지, 폭식. 대죄 스킬 보유자끼리 사이좋게 지내라고."

에리스가 다시 거센 충격을 퍼부었으나 지상으로 올라가는 속도를 약간 늦추었을 뿐이었다. 억누르기에는 화력이 부족하다.

그래도 시간은 벌고 있다. 한시라도 빨리 마인을 무력화시켜야 한다.

"마인!"

덮쳐드는 흑부를 피한 다음, 흑검으로 베었다.

그녀는 그 동작을 이미 간파하고 있었는지 매우 쉽사리 피해버렸다.

좀 전보다 속도가 빨라졌다. 흑부가 무거워졌을 텐데도 불구하고.

나는 마인의 이마가 변화했다는 것을 눈치챘다.

뿔 두 개가 길어져 있다. 그리고 희미하게 빛나기 시작하고 있었다.

(분노 스킬이 강해졌다. 저건 폭식 스킬과 비슷하지. 화가 나면 날수록 힘이 강해진다. 그에 따라 마음이나 감각이 망가지고. 보아하니 마인은 이미 물러설 생각이 없는 것 같군.)

"이대로 가면 마인이 아니게 되어버리는 건가?"

(너는 알고 있을 텐데. 마인이 네게 미각이 없다고 했었지. 그건 분노 스킬의 영향이다. 예전에 저 녀석은 마구 날뛰다가 그걸

잃어버렸다. ……그 밖에도 잃어버린 게 있을지도 모르겠군.)
커다란 도끼인데도 일격이 엄청나게 빠르다.
무게가 늘어나서 공격 속도가 떨어진다는 핸디캡이 분노 스킬로 인해 사라진 상태였다.
무기와 사용자 모두 힘이 강해진다. 그 시너지 효과는 상성이 매우 좋았다.
그야말로 파워 올인. 그리고 그것을 다루어내는 힘찬 스피드도 갖추고 있다.
잔재주만 많은 나와는 달리, 단순하기 때문에 강하다.
차마 다 피할 수 없게 되어 수세에 몰리기 시작했다.
"큰일인데!"
이렇게 되면 악순환이 반복된다.
왜냐하면, 흑부의 공격 횟수가 계속 늘어나기 때문이다.
(마인을 다치지 않게 하고 싶다는 건 이해가 된다만, 이대로 가다간 당할 거다. 흑검의 칼날 예리도를 원래대로 되돌리겠다.)
"안 돼. 나는 마인을 막으려고 왔어. 결코 서로 죽이기 위해 온 게 아니라고."
(무딘 칼로는 흑부에 쉽사리 튕겨 나가기만 할 텐데.)
"그래도 상관없어."
교란시키기 위해 에리스가 마련해준 팬텀 불릿 환영들은 다섯 명 있었다.
그것도 눈 깜짝할 새에 박살 나 버렸다.
(느긋한 소릴 하다가는 너도 저렇게 될 거다.)
두 동강 나는 건 사양하고 싶은데.

하지만 에리스가 팬텀 불릿을 다시 쏴주었다.
신의 진격을 막으면서 나까지 신경 써주고 있는 모양이다.
(저 녀석은 예전부터 그런 녀석이었지. 종잡을 수 없는 듯하면서도 확실하게 주위를 보고 있다.)
내 폭식 스킬이 깨어나기 전부터 왕도에서 몰래 지켜봐 준 모양이니까. 그리드와 만날 수 있게끔 손을 썼을 가능성도 있을 것 같다.
짬짬이 만들어준 환영들의 교란으로 인해 나는 처음으로 마인에게 제대로 공격을 가할 수 있었다.
흑부를 쥐고 있던 오른팔에 일격.
마음속으로 사과하면서도 힘을 잔뜩 담은 참격이었다.
손맛이 느껴졌다. 도끼를 쥔 힘이 약해져서 흑부가 살짝 아래로 처졌다.
(이대로 슬로스를 빼앗자.)
"그래."
하지만 그것은 함정이었다. 오른팔을 다친 척하면서 나를 끌어들이기 위해 연기한 것이다.
그것은 유효타가 아니었다. 그 사실을 눈치챘을 때, 나는 폭풍 속에 있었다.
"뭐?!"
그리드가 흑검을 재빨리 흑순으로 변화시켜주었기에 직격을 피할 수는 있었다.
하지만 몸이 통째로 가려질 정도로 커다란 방패 뒤에 있었는데도 불구하고 왼팔 뼈가 부러졌다.

이것이 《느와르 디스트럭트》인가?

흑부에 모아둔 힘을 개방시키는 오의. 하니엘과 싸울 때 한 번 사용했고, 하반신을 날려버렸다.

이번에는 분노 스킬을 해방시켜서 귀신이 된 상태로 날린 《느와르 디스트럭트》다.

그리드가 자랑하는 흑순──, 그 절대적이라고도 할 수 있는 방어력을 넘어 충격을 가한 것이다.

곧바로 자동 회복 스킬과 자동 회복 부스트 스킬이 발동되어 부러져서 휘어버린 왼팔을 치유하기 시작했다.

마인이 그 틈을 놓칠 리가 없었다.

나는 피하지도 못하고 흑순으로 그녀의 공격을 계속 막아내게 되어버렸다.

(큰일이군. 다시 오의를 날리면 네가 버티지 못할 거다.)

나머지 한쪽 팔도 파괴당해서 전투 불능 상태에 빠진다.

이렇게 된 이상, 스테이터스가 저하되더라도 오의를 날릴 수밖에 없다.

나는 마인의 《느와르 디스트럭트》에 맞춰서 제3위계의 오의인 《리플렉션 포트리스》를 발동시켰다.

상대방의 공격을 두 배로 만들어 반사하는 오의다.

"뭐?!"

보통은 반사할 수 있을 텐데, 마인이 날린 오의와 팽팽하게 맞서게 되어버렸다.

대죄무기들끼리 서로 오의를 날리면 생각처럼 쉽사리 끝나지는 않는 모양이다.

말하자면, 힘 싸움이다.

마인의《느와르 디스트럭트》가 더 강한지, 아니면 내《리플렉션 포트리스》가 더 강한지……, 단순히 그게 전부가 되었다.

이렇게 되면 마인이 유리해진다. 그녀의 전투 방식은 파워 올인이니까.

"밀린다……."

마인은 지금도 여전히 분노 스킬의 힘을 강하게 만들고 있었다.

흑순이 뒤로 밀리기 시작했다. 이대로 가다간《느와르 디스트럭트》에 직격당할지도 모른다.

(페이트, 폭식 스킬을 해방해라!)

더 이상은 힘들다. 사실 이미 폭식 스킬의 절반을 해방시켜서 반 기아상태가 되었기 때문이다.

그 너머, 전부 해방시키면 가리아에서 일어났던 일을 반복하게 되어버린다. 마인을 막을 수도 없게 되고, 그저 폭주한 괴물만 남게 된다.

그리고 아론에게 반드시 돌아가겠다고 약속도 했다.

나는 아직 폭식 스킬의 원래 힘을 이끌어 낼 수 없다.

하지만, 그런 내게도 아직 기댈 수 있는 사람이 있다.

"루나, 내게 힘을 빌려줘!"

내가 부르는 목소리와 함께,《느와르 디스트럭트》가 흑순을 밀어붙였다.

그 위력은 매우 충격적이었고, 주위 일대에 커다란 크레이터가 생겨나 버릴 정도였다.

고대의 건물이 차례차례 무너지는 와중에 나는 천천히 일어섰다.

나를 중심으로 푸른색 배리어가 전개되어 있었다. 그리고 수비를 굳히듯 작열하는 불꽃 구체가 잔뜩 떠 있었다.

그 모습을 본 마인이 한 발짝 뒤로 물러났다.

"마인, 나 혼자가 아니라고 했잖아."

"루나……."

귀신이 된 마인의 입에서 다시 여동생의 이름이 새어 나왔다.

제18화 루나의 세계

나는 예전에 루나의 혼을 먹었다. 그런 그녀는 정신세계에서 몇 번이고 나를 구해주었다. 그리고 폭식 스킬의 영향으로부터도 지켜주었다.

루나에게는 어떻게 고마워해야 할지 모를 정도다.

그런 루나의 소원은 나와 마찬가지로 마인을 막아달라는 것이었다.

그런 마음에 부응해주기 위해 나도 나름대로 폭식 스킬의 새로운 힘을 발견해냈다.

빼앗는 것뿐만이 아니라 먹은 혼과 대화하고, 나를 매개체로 삼아 그 힘을 끌어냈다.

신에게 받은 선물인 스킬이 아닌 다른 힘이다.

루나(하니엘)가 지니고 있는 고유의 힘을 써달라고 하는 것이다.

이것은 대죄무기인 그리드와 크로싱했을 때와 비슷한 감각이다.

혼을 먹어놓고 힘을 빌려달라고 하는 건 뻔뻔한 짓이다.

그렇기 때문에 힘을 빌려주는 걸 허락한 건 같은 목적을 지닌 루나밖에 없다.

나는 예전에 루나가 마인의 과거에 대해 가르쳐주었을 때, 그녀의 힘을 이끌어 낼 수 있게끔 정신세계에서 계약했다.

이렇게 먹은 혼을 불러내서 혼 자신의 힘과 함께 싸운다. 그리드의 이야기에 따르면, 내 전임자였던 폭식 스킬 보유자도 해내지 못한 일이라고 한다.

(먹은 상대를 신경 써주다니, 너답다고 해야 하나……, 재주도 좋은 녀석이로군. 지금 상황에서 하니엘의 힘이 있다면 믿음직스럽지. 가자, 페이트!)

하니엘의 작열의 불덩이들이 나를 지키려는 듯이 맴돌았다. 그리고 장벽이 전개되어 마인의《느와르 디스트럭트》조차 막아냈다.

(페이트, 시간이 없다. 오래 끌게 되면 루나의 혼이 버티지 못할 거다.)

이 힘은 루나의 혼을 깎으며 쓰는 거나 마찬가지다.

혼의 소모는 존재의 상실로 이어진다고 한다.

이것은 크로싱과는 다르다.

일방적으로 내가 루나의 혼을 깎아가며 싸우는 것이다.

그리드가 말한 것처럼, 하니엘의 힘을 쓰면 쓸수록, 루나의 혼의 불꽃은 작아지게 된다.

그런 리스크를 짊어지면서까지 루나는 마인을 막기 위해 함께 싸우는 것을 선택했다.

마인은 여전히 루나의 힘을 이끌어 낸 것을 보고 동요한 상태였다.

기회는 단 한 번뿐.

맴돌고 있던 불덩이들을 흑부에 집중시킨 다음, 손에서 떼어내 날렸다.

나는 곧바로 장벽을 넓혀서 마인을 감쌌다. 그런 다음 도망치지 못하게끔 끌어안았다.

"루나! 지금이야!"

장벽 안이 눈 부신 빛으로 감싸였다.
그리고 의식이 멀어지는 게 느껴졌다.
눈을 떠보니 보이는 모든 것이 새하얀 세계가 펼쳐져 있었다.
이곳은 나와 루나가 이야기를 나누는 정신세계.
그리고 발치에는 마인이 정신을 잃은 채 쓰러져 있었다.
우리는 마인을 막기 위해, 이야기를 나눌 장소로 이곳을 선택했다.
그것은 루나와 그리드의 제안이었다.
현실 세계에서 정면으로 맞부딪힌다면, 마인은 분노 스킬을 해방시켜서 목소리가 들리지 않는 곳으로 가버릴 거라 예상됐다.
그리고 예상대로 신이 부추기자 손을 댈 수가 없는 귀신이 되어버렸다.
쓰러져 있는 마인의 모습은 현실 세계에 있을 때와 똑같았다.
이마에는 뿔 두 개가 돋아나 있다.
깨우면 이번에는 정신세계에서 전투를 벌이게 되어버릴 것 같다.
불안해하고 있자니 뒤에서 누군가가 내 어깨를 붙잡았다.
"어떻게든 된 것 같군. 이 몸과 크로싱한 성과다."
돌아보니 인간 모습인 그리드였다. 붉은 머리카락을 쓸어올리며 으스대는 표정을 짓고 있었다.
"이봐……, 그렇게 느긋한 소릴 하고 있을 때야? 현실 세계에서는 신이 하우젠에 있는 사람들을 산 제물로 바치려 하고 있는데!"
"너는 아직도 모르는 거냐?"
그리드가 그렇게 말하며 나를 살짝 찔렀다.
"여기에 몇 번이나 와놓고 눈치채지 못했냐? 정신세계와 현실 세계의 시간이 다르게 흐른다는 걸."
"그런 거야?"
"정말……, 어이가 없군. 이 정신세계는 원래 루나가 페이트와 폭식 스킬을 격리시킬 벽으로 만들어준 거다. 다시 말해, 이 세계의 규칙은 루나 마음대로라는 거지."
"시간의 흐름도?"
"그래. 그리고 정신과 육체의 시간은 원래 다르게 흐르니까."
그리드가 한 '정신과 육체의 시간이 다르게 흐른다'는 말. 이때 나는 마인 생각으로 머리가 가득 차 있어서 흘려넘겨 버렸다. 그래서 그게 무슨 뜻인지 알게 되는 건 한참 뒤였다.
쓰러진 마인을 내려다보니 갑자기 나타난 루나가 그녀 옆에 무릎을 꿇고 있었다.
"겨우 만났네, 언니."
자상한 손길로 마인의 볼을 쓰다듬고 있었다.
"이런 상태까지 되고 말이야, 항상 무리한다니까."
루나의 눈에서는 눈물이 흘러내리고 있었다.
그걸 보는 그리드가 왠지 껄끄러워하는 듯이 루나에게 말을 걸었다.
"무리를 하게 만들어버렸구나."
"괜찮아. 이건 내가 결심하고 페이트에게 부탁한 거니까."
"루나……, 너……."
"나는 신경 쓰지 마. 이미 과거의 사람이니까. 내게 소중한 건 지금을 살아가는 언니야. 페이트도 고마워."
루나는 일어서서 내 손을 잡았다. 그녀의 손에선 정신세계인데도 따스함이 느껴졌다.

"나는……, 그냥 마인을 억눌렀을 뿐이고, 여기로 데리고 온 건 루나야."

"아니, 그렇지 않아. 충분해. 언니를 다치게 하지 않고 여기로 데리고 올 수 있었던 건 페이트 덕분이야. 자랑스러워 해도 돼. 그렇게 생각하지? 그리드."

"그래, 너는 잘했다. 이 몸이 생각했던 것 이상으로 말이야. 너는 그 귀신과 맞서면서도 한 발짝도 물러서지 않았다. 그리고 전혀 두려워하지도 않았지. 크로싱했던 이 몸이 하는 말이니 틀림없다."

빈정대기만 했지 그런 말은 잘 하지 않던 그리드가 칭찬해주니 쑥스러워졌다.

"하지만, 지금부터가 진짜다. 루나……, 정말 괜찮겠나?"

"여기까지 와서 그런 걸 물어보는 거야? 물론이지. 마음을 닫아버린 언니 안으로 들어갈 길을 만들 수 있는 건 나뿐이야."

"너는……, 그게 무슨 의미인지 알고 있는 거냐?"

"나는 언제나 나 자신에 대해 잘 알고 있어. 그렇게 따지면 그리드는 어쩔 생각인데. 확실하게 결심해야 해. 잘난 척만 하는 주제에, 당신은 항상 똑같았으니까."

"그건……."

"허세만 부리고, 사실은 겁쟁이면서."

놀리는 듯이 웃으며 말한 루나를 보고 그리드가 발끈했다.

"울보였던 나는 계속 결심하지 못하고 있었어. ……하지만 이제 결심했거든. 나는 지금을 살아가는 언니를 위해 쓰기로 했어."

"정말……, 마음대로 해라."

"그렇게 할게. 시작하자. 페이트도 부탁해."

루나는 그렇게 말한 다음 쓰러져 있던 마인 위로 한쪽 팔을 내밀었다.

우리는 그녀 말대로 손을 겹쳤다.

"자, 들어가자. 언니의 마음으로. 내가 이끌 테니까 절대로 놓으면 안 돼. 사람의 마음속은 미궁이야. 헤매다 보면 돌아오지 못할지도 몰라."

무시무시한 소리 하지 마. 이 손은 절대로 안 놓을 거라고.

마인이 닫아버린 마음속에서 영원히 헤맬 수는 없다.

나는 마인과 함께 다시 현실 세계에서 살아가고 싶을 뿐이니까.

"준비는 됐지?"

"""그래."""

나는 루나와 그리드의 얼굴을 보고 고개를 끄덕였다.

이 두 사람은 내게 무엇과도 바꿀 수 없는 사람들이다. 지금까지 해올 수 있었던 것은 분명히 그들의 도움이 있었기 때문일 것이다.

그리고, 마인도 마찬가지이며 그 이상의 존재다.

우리는 루나의 안내를 따라 마인이 닫아버린 세계(마음)로 발을 내디디기 시작했다.

제19화 마인의 세계

새하얀 세계에서 주위가 어두워진 다음 눈을 떠보니, 나는 시끌벅적한 곳에 있었다.

어딘지는 모르겠지만 내 앞을 지나가는 사람들은 무기를 들고 있었다.

멀리서는 폭음이 울려 퍼졌고, 그럴 때마다 사람 목소리 같지 않을 정도로 끔찍한 비명이 들렸다.

"그리드?! 루나?!"

우리는 루나의 정신세계에서 마인의 마음속으로 들어왔을 텐데.

하지만 함께 온 줄 알았던 그리드와 루나가 보이지 않았다.

보아하니 나는 혼자 떨어져 버린 모양이다.

그건 그렇고, 전쟁이 벌어진 건가?

멍하니 바라보고 있는데 뒤쪽에서 섬광이 반짝였다.

"으아아앗!"

아슬아슬하게 피한 다음, 그것을 날린 거대한 생물을 확인했다.

"기천사?!"

하니엘과는 다른 타입이었다. 코어 부분은 실드로 뒤덮여 있어서 안을 확인할 수가 없었다.

큰일이네……, 지금 내게는 무기가 없다고. 그리고 갑작스럽게 혼자 떨어져 버리다니, 운이 너무 없다.

사람의 마음은 미궁이고, 헤매게 되면 돌아오지 못할지도 모른다는 이야기를 들은 직후인데…….

"운이 좋다고 할 수는 없겠구나."

계속 불평하고 있을 틈도 없는 것 같았다.

기천사가 내가 있는 쪽으로 다가오고 있기 때문이다. 군인으로 보이는 사람들이 일제히 들고 있던 중화기를 쏘고 있었다.

계란으로 바위치기다.

저 기천사……, 예전에 내가 싸웠던 하니엘과는 크기 자체가 다르다.

훨씬 더 컸고, 날개 여섯 장을 지니고 있다.

기천사가 다시 섬광을 날리려 했을 때, 기운찬 남자 목소리가 들렸다.

"비켜! 걸리적거린다!"

손에는 흑검 그리드. 갈색 피부에, 머리카락은 타오르는 듯한 붉은색이었다.

키가 컸으며 단련된 육체를 장비 너머로도 쉽사리 알아볼 수 있었다.

그는 일직선으로 기천사를 향해 가더니 섬광을 날리려 하는 기천사를 매우 쉽사리 흑검으로 베어서 갈라버렸다.

"대단하네……."

몸놀림이 세련되었고, 군더더기가 없었다. 아론을 연상케 하는 움직임이었다. 아니, 아론보다 더 뛰어날지도 모르겠다.

"기천사는 내가 해치운다. 너희는 각자 할 수 있는 걸 해!"

그는 부하로 보이는 사람들에게 말한 다음, 그들을 내버려 두고 혼자 뛰어가기 시작했다.

흑검의 사용자인가? 그렇다면 그가 대죄 스킬 보유자일지도 모른다.

이 세계에 있는 마인의 단서를 알고 있을지도 모른다.

나는 그에게 가세하기 위해 땅바닥에 잔뜩 굴러다니고 있던 장검 중 한 자루를 들었다.

곧바로 뒤를 쫓았다.

몸은 현실 세계와 똑같이 움직일 수 있다. 이 정도면 할 수 있겠는데.

앞서가던 적발 남자에게 말을 걸었다.

"저도 가세하겠습니다."

"응? 너는 처음 보는 얼굴인데. 흑발에 검은 눈이라……, 가리아인은 아니군."

"그건……."

"뭐, 됐다. 동료는 많을수록 좋지. 이 세상에서는 누구나 금방 죽어버리니까."

아무렇지도 않게 말한 그는 나란히 달리려 하던 내게 손을 내밀고 막았다.

"하지만 말이지, 저건 내 사냥감이다. 배가 고파서 어쩔 줄 모르겠거든. 내 안에 있는 스킬이 말하고 있다고. 저 녀석을 먹지 않으면 잠잠해지지 않는다고 말이야."

그는 더욱 속도를 높여서 흑검을 번쩍였다.

기천사는 날개로 폭발하는 깃털을 흩뿌리며 맞서 싸웠다. 하지만 그는 모든 것이 멈춘 상태로 보이는 듯한 몸놀림으로 나아갔다.

일섬. 단지 그것뿐이었다.

올려다봐야 할 정도로 거대한 몸집을 코어까지 세로로 두 동강 내버렸다.

"크으~! 맛있는데~!! 이래서 큰 녀석을 먹는 건 멈출 수가 없다니까!"

틀림없다. 그는 폭식 스킬 보유자다.

내 경우에도 그랬다. 기천사를 먹었을 때는 폭식 스킬의 이상한 고양감을 느끼지 못했다. 그리드가 말하기로는……, 덜떨어진 동족이라고 했던 것 같은데.

"뭐……, 기분이 좋진 않지만 말이지. 그래서, 넌 정체가 뭐냐?"

두 동강 난 채 쓰러진 기천사를 등진 채, 적발 남자가 나를 돌아보며 물었다.

"저는……, 페이트입니다. 길을 헤매다가……."

그렇게 말하자 그가 크게 웃어댔다.

"뭐야? 길을 헤매? 이 전장 한복판에서? 재미있는 녀석이군. 그래도 나를 도와주려 하다니, 기천사 앞에서 배짱도 좋구나. 마음에 들었다. 나는 케이로스야."

케이로스는 적극적인 남자였고, 억지로 내 팔을 붙잡아서 끌고 가기 시작했다.

"자, 우리 거점으로 안내해주마. 이런 곳에 있으면 밥도 못 먹잖아. 배가 고프면 아무것도 못 하지. 나는 특히 더 그렇거든."

"감사합니다. 솔직히 곤란한 상황이라서요."

"그렇겠지. 그런 표정이야. 너, 페이트라고 했지? 한 가지만 가르쳐주마. 싸울 때는 감정을 드러내지 않는 게 좋을 거다."

"자주 그런 소릴 듣곤 하죠."

“아하하하하. 뭐, 그래도 솔직한 건 좋은 거야. 이렇게 지독한 세계에서는 더더욱 그렇고.”

그는 흑검을 칼집에 넣고는 나를 익살스러운 표정으로 바라보았다.

기천사를 쓰러뜨리자, 상대가 진격을 멈추고 퇴각하기 시작했다.

“자, 오늘 전투는 끝났다. 다음은 좀 더 강한 게 올지도 모르지. 그 전에 푹 쉬어야겠어.”

나는 그가 허리에 차고 있던 흑검을 보면서 말했다.

“대단한 검이네요. 그렇게 거대한 적을 두 동강 내다니.”

“이건 그리드라고 해. 성격은 안 좋지만, 괜찮은 녀석이지.”

“쓸데없는 말은 하지 마라. 케이로스.”

“미안하다고, 그렇게 화내지 마. 보면 알겠지만, 말하는 검이야.”

케이로스는 흑검을 쓰다듬으며 달래고 있었다.

이 그리드를 보니 내가 알고 있는 그와는 다른 것 같았다.

게다가 독심 스킬을 통해 나하고만 이야기할 수 있었던 그리드가 주위 사람들과 의사소통을 하고 있다.

다시 말해, 케이로스는 그리드의 힘을 제5위계 이상 해방시킨 것이다.

나는 아직 도달하지 못한 영역이다.

그건 그렇고, 정말로 여기가 가리아 대륙인가?

내가 알고 있는 세계, 황폐해지고 정체를 알지 못하는 식물이 자라나 있는 세계와는 달랐다. 전투로 인해 땅이 상하긴 했지만, 평범한 식물은 남아있었다.

“멍하니 있지 마라. 거점은 여기서 북쪽에 있어. 가자고.”

"네, 케이로스 씨."

"씨를 붙일 필요는 없어. 케이로스라고 부르면 돼. 다들 그렇게 부르니까."

걸어가기 시작한 케이로스를 따라 북쪽으로 나아갔다.

잠시 후 낯익은 검은색 벽이 시야에 들어왔다.

"바빌론……."

"뭐야? 바빌론이라는 게."

"아뇨, 아무것도 아니에요."

여기에서는 저것을 바빌론이라고 부르지 않는 것 같았다.

케이로스는 잠시 고개를 갸웃거린 다음, 뭔가 좋은 생각이 났다는 듯한 표정을 지었다.

"좋은데, 바빌론! 계속 이름을 정하라고 했거든. 그걸 붙여줘야겠어."

"그렇게……, 쉽사리 정해도 되나요?"

"괜찮아. 거점 이름 같은 걸 내게 생각하라고 한 녀석이 잘못한 거지."

다가가 보니 내가 알고 있던 바빌론과는 달랐다.

아니, 바빌론이 되려 하고 있다고 하는 게 정확할 것이다.

둘러본 결과 까만 벽은 아직 건설 중이었다.

"자재가 아직 부족해서 말이지. 아다만타이트를 적진에서 가져오는 게 꽤 힘들어. 나는 그냥 싸우는 게 더 편한데."

케이스로는 건설 작업을 하던 사람들에게 말을 걸고 노고를 치하해주고 있었다.

좀 전까지 전투를 벌였는데도 전혀 지친 기색이 없다는 건 대단하다.

그리고 이 사람은 나와는 달리 폭식 스킬의 영향을 받지 않는 건가? 지금까지는 그런 낌새가 전혀 없었다.

잠시 후 돌아온 케이로스는 숙소로 안내해준다고 했다.

"일단, 밥을 먹어야지."

"저기……, 왜 이렇게까지 잘 해주시는 거죠?"

"처음에 말했잖아. 마음에 들었다고. 그리고 말이지……."

"그리고?"

"네게서 똑같은 냄새가 나. 알아볼 수 있거든, 우리는. 그렇지?"

나는 망설여버렸다. 지금 당신과 마찬가지로 폭식 스킬 보유자라고 말해야 할지.

결국 대답하지 못하고 있자니 케이로스는 '뭐, 됐어'라는 말만 했다.

그리고 기분이 상한 기색도 없이 걸어가기 시작했다.

"비슷한 신입이 저번에 왔거든."

"신입?"

"봐, 저기 있지. 또 혼자서 구석에 있네. 싸움 실력은 정말 강한데, 그럴 때 말고는 항상 저래. 곤란한 녀석이지."

그렇게 말하면서도 미소를 짓고 있는 케이로스. 그가 손가락으로 가리킨 곳에 있던 것은 갈색 피부에 머리카락이 하얀 소녀였다.

꺼림칙할 정도로 새빨간 눈이 인상적인 그녀는 무릎을 끌어안은 채 멍하니 하늘을 바라보고 있었다.

"마인?!"

너무 큰 목소리로 말해버려서 주위에 있던 사람들이 내가 있는 쪽을 일제히 돌아볼 정도였다.

케이로스는 그 목소리를 듣고 또 뭔가 좋은 생각이 난 듯한 표정을 지었다.

“뭐야, 아는 사이냐? 그렇다면 신입들끼리 사이 좋게 지내달라고. 부탁한다, 페이트.”

케이로스는 그 말만 남기고 다른 볼일이 있는지 가버렸다.

혼자 남은 내게 마인의 시선이 쏠렸다. 그럴 만도 했다.

그렇게 큰 목소리로 그녀의 이름을 불러버렸기 때문이다.

제20화 추억 속에서

마인은 내가 있는 쪽을 한동안 바라보고 있었다.

그녀의 옷은 지금처럼 하얀색 기반이 아니었다. 정반대로 검은색 기반인 옷이었다. 붉은 눈까지 합쳐져서 왠지 다가가기 힘든 인상이었다.

그녀는 나를 볼 만큼 보고는 고개를 돌려버렸다.

곤란하네……. 아니, 머뭇거리면 안 된다. 나는 마음을 단단히 먹고 다가가서 말을 걸었다.

"안녕, 마인."

"……당신은 누구야?"

그렇게 나오나…….

그리드 때와 마찬가지다. 이 세계에서 나와는 처음 만난 사이인 것 같다.

좋아, 여기가 마인의 마음속 세계라면, 우선 사이좋게 지내는 것부터 시작해야지. 안 그러면 제대로 이야기하기도 힘들겠다.

마인은 무릎을 끌어안은 채 자재 위에서 가만히 있었다.

"나는 페이트야."

"……페이트."

"좀 전에 전투에 휘말렸는데 케이로스 씨가 구해줬어. 그래서 여기로 따라온 거지. 너는 여기에 왜 왔어?"

"케이로스하고 싸워서 졌어. 슬로스를 뺏겨버렸어."

"돌려주지 않아서 여기 있는 거구나."
"맞아."
"곤란하겠네."
나는 옆에 앉은 다음, 둘이서 멍하니 외벽 건설 작업을 바라봤다.
"당신은 어디에서 왔어?"
내 외모를 보고 한 말 같다. 케이로스는 여기에서 흑발과 검은 눈이 드물다고 했다. 갈색이 특징인 가리아인이 아니라는 건 뻔하겠지.
"여기에서 정말 먼 곳에서 왔지."
"변경의 땅?"
지금은 현실 세계에서 왔다고 하기가 힘들 것 같다.
마인의 마음은 여전히 이 과거에 사로잡혀 있다.
이대로 마인의 과거라는 세계에 맞춰줄 수밖에 없을 듯하다.
"그렇게 되려나. 여기도 사람이 살 수 있는 땅이라고 하긴 힘들 것 같은데?"
"예전에는 그렇지 않았어. 일대에 대도시가 펼쳐져 있었어. 케이로스 일행은 그 잔해를 모아서 저걸 만들고 있어."
"케이로스는 누구랑 싸우고 있는데?"
"누구가 아니야. 제도 가리아라는 나라와 싸우고 있어. 그리고 나는 포로."
나라와 싸우고 있구나.
규모가 그렇게 컸으니 납득이 된다. 척 보기에도 전쟁이라 할 만했으니까.
그건 그렇고, 마인이 한 포로라는 말이 신경 쓰였다.

"포로치고는 자유롭네."

"나는 져서 돌아갈 곳이 없어. 그 사람은 그 사실을 알고 있으니까."

돌아갈 곳이 없는 건가……. 짐작해보자면, 마인은 제도에서 보낸 자객이었던 모양이다.

"당신이야말로 여기에 있는 이유를 알 수가 없어."

"위험한데도 여기 있는 이유 말이야?"

"맞아. 그리고 당신에게서 우리와 똑같은 힘이 느껴져. 케이로스하고 비슷한 힘."

"혹시 흥미가 생겨서 이야기를 해주고 있는 거야?"

마인은 조용히 고개를 끄덕였다. 대죄 스킬 보유자끼리는 서로 인식할 수 있는 모양이다.

나도 그런 느낌이 든다. 마치 자석처럼 서로 끌어당기는 것 같았다.

한 발짝 다가서면 떨어지기 힘들어져 버리는 것이다.

"그것도 있어. 그리고, 왠지……, 당신하고 이야기하고 있으면 마음이 차분해져. 우리……, 어디선가 만난 적 있어?"

붉은 눈이 내 얼굴을 빤히 바라보고 있었다.

과거에 사로잡혀 있긴 하지만, 약간이나마 지금이 포함되어 있는 건가?

어쩌지? 어떻게 대답하지?

"나는……."

그렇게 말을 꺼냈을 때, 케이로스가 불렀다.

"거기 둘, 밥 먹자. 배가 고프면 아무것도 못 하지."

"나는 이제 싸울 생각이 없어."

"그런 말 하지 마. 네 힘이 필요하다고. 페이트도 얼른 와라."

케이로스는 우리를 일으켜 세웠다.

그리고 마인의 등을 밀면서 말했다.

"말은 그렇게 하고, 항상 누구보다 많이 먹는 주제에 말이야."

"으윽."

나도 알고 있다. 그녀가 잘 먹는다는 것을.

앞서가는 마인을 보며 케이로스가 가르쳐주었다.

"저 녀석은 폭식인 나보다 더 많이 먹는다고."

"식량은 어디서 확보하시는 거죠?"

"제도에서. 좀 전에 전투가 벌어진 틈에 다른 부대가 조달해 왔지."

"그건……, 그러니까."

"폭식답지? 항상 빼앗기만 하고 말이야. 너는 그렇게 되지 않았으면 하지만."

"케이로스 씨……, 당신은 대체."

"자, 밥을 먹은 다음에는 한바탕 날뛰어보자고."

나온 식사는 빈말로도 맛있는 게 아니었다.

케이로스는 뱃속에 들어가면 다 똑같다고 하면서 맛있게 먹고 있었다.

옆에 앉은 마인은 조용히 먹고 있다. 분명……, 그녀는 예전에 미각을 잃어서 뭘 먹어도 똑같다고 했다.

케이로스하고 비슷한 말을 할 줄 알았는데.

"마인은 이게 맛있는 것 같아?"

"맛없어. 시설 쪽 식사가 차라리 나아."

"어?!"
"왜?"
"이 음식 맛을 느낄 수 있어?"
"당연히. 나는 이래 봬도 맛에는 까다로워."
"정말로?!"
"끈질겨."
혼나버렸다.
그래도 마인이 미각을 지니고 있다는 건 알 수 있었다.
이때는 아직 잃지 않았던 건가?
성격은 여전하지만 말이지.
"생각 있으면 내 것도 먹어."
"오오."
그녀는 눈을 반짝이며 내 식사를 먹기 시작했다. 물론, 자기 몫은 이미 다 먹었다.
그 모습을 본 케이로스가 웃고 있었다.
"이번에는 내 몫을 뺏기지 않겠군. 포로 주제에 뻔뻔한 녀석이라니까. 페이트는 괜찮아? 배가 고프면 힘들잖아?"
"익숙하거든요."
한숨을 쉬며 그렇게 말하자 그는 또 웃었다.
"그건 익숙해지면 안 되지."
마인의 호탕한 식욕을 둘이서 바라보았다.
"보아하니 확실하게 더 먹겠는데? 페이트는 어떻게 생각해?"
"무조건 더 먹겠죠."
"항상 그렇거든."

마인은 먹을 만큼 먹은 다음에 다시 구석으로 가버렸다.
그 모습을 보면서 케이로스가 말했다.
"배가 부른 모양이군. 응? 왜 그러지?"
내가 그를 보고 있어서 신경 쓰인 모양이다.
"케이로스 씨는 왜 싸우고 있는 거죠?"
"왜냐니……. 처음에는 그냥 살기 위해서. 그리고 지금도 살기 위해서 싸우고 있다. 숭고한 뜻 같은 걸 위해 싸우는 건 아니야."
케이로스는 거점을 건설하고 있는 사람들을 둘러보았다.
"어느새 이렇게 많이 모여버렸지만 말이야."
"살기 위해서요?"
"그래. 인간답게 살기 위해서. 나나 여기 있는 녀석들은 제도의 장난감이었어. 도망쳐서 여기로 흘러들어왔고, 싸우는 걸 선택한 거지. 좀 전에 싸워서 쓰러뜨린 기천사가 있었지? 도망치지 못했다면, 나도 그렇게 되어버렸을지도 몰라."
그가 한 이야기에 따르면, 제도에서 사람을 이용한 실험이 계속 이루어졌다고 한다.
거기에서는 인간의 랭크가 엄격하게 정해져 있었다. 랭크가 제일 낮은 백성에게는 인권 같은 게 존재하지 않았다.
신이 내려준 선물인 스킬을 연구하기 위해서라면 무슨 짓을 하더라도 용납된다.
보다 강한 스킬이 생겨나는 구조를 해명하는 것이 연구의 목적이었다고 한다.
이상한 연구가 진행되는 와중에 그것을 탐탁지 않게 여긴 연구자의 도움을 받아 바깥 세계로 탈출할 수 있었던 모양이다.

"그때 도와준 사람은 죽어버렸어. 그때 그 사람이 했던 '살아라'라는 말이 있었기에 지금까지 해올 수 있었던 건지도 모르지. 폭식 스킬에 몇 번이고 삼켜질 뻔했지만, 그 말이 나를 되돌려준 거야."

케이로스는 나보다 폭식 스킬을 더 잘 다루는 것처럼 보였다.

하지만 상황은 나와 비슷한 건지도 모르겠다.

"당신에게도……, 폭식 스킬은 까다롭나요?"

"네가 제일 잘 알고 있을 텐데? 그리고 이 스킬이 특별한 힘이라고 생각해본 적은 없어. 내가 보기에 이건 저주야. 페이트, 너는 어때?"

"저는……, 그렇게 느낀 적이 없다면 거짓말이겠죠. 하지만, 이 힘이 없었다면 소중한 사람을 지키지 못했을 테고, 지금 저도 없었을 거예요."

"그 심정은 이해가 되네."

내가 아는 한, 제도 가리아는 멸망했다.

이 전쟁은 케이로스 일행이 이길 것이다. 그리고 그는 목숨을 잃었다.

그리드가 말한 거니까 틀림없겠지.

문득 시선이 느껴졌다. 그쪽을 보니 마인이 나를 바라보고 있었다.

제21화 추억의 회랑

케이로스는 기운찬 목소리로 무거운 분위기를 바꾸려고 하는 것 같았다. 그는 말과 행동이 거칠긴 하지만, 좋은 사람으로 보인다.

"미안하다, 페이트. 갑자기 휘말리게 해서."

케이로스는 그렇게 말하고 걸어가면서 내 어깨에 팔을 둘렀다.

"지금부터 어떤 시설에 잠입할 거야. 내통자에게 지금밖에 타이밍이 없다는 연락이 왔거든."

"그건 상관없는데요, 저 같은 녀석을 믿어도 괜찮으시겠어요?"

갑자기 튀어나왔고, 정체도 모르는 사람인데.

"이런 건 시간을 오래 들인다고 무조건 좋은 게 아니거든."

"그럼 어떤 건데요?"

"적어도 목적이 비슷하면 되는 거지. 너는 이 가리아에 흥미가 있어. 시설에 잠입한다는 이야기를 듣고 눈빛이 바뀌었으니까. 그것만으로도 내게는 충분해."

"너무 얄팍한 이유 아닌가요?"

"그런가? 나는 이런 방법으로 지금까지 해왔거든. 내가 믿을 수 있는 사람만 있다면 정말 좋겠지. 하지만 그렇게 형편 좋은 상황은 지금까지 겪어본 적이 없다고."

케이로스는 내게서 물러나 뒤쪽에서 걸어오던 마인에게도 말을 걸었다.

"슬로스를 돌려줬으니까 약속은 지켜야 한다."

"알았어. 그걸 해낸 다음에는 내 마음대로 할 거야."
마인은 자기 손으로 돌아온 흑부를 케이로스에게 겨누고 말했다.
"이봐, 이봐, 혹시 다시 싸울 셈이야?"
"물론. 당신의 목을 가지고 돌아갈 거야."
"소용없는 짓을……."
케이로스는 하늘을 올려다보며 한숨을 쉬었다.
그리고 곧바로 그 마음을 웃음으로 날려버리려는 듯이 말했다.
"좋아. 다음에는 네 성이 찰 때까지 함께 해주마. 뭐, 내가 이기겠지만 말이야."
"다음에는 안 져."
마인은 담담한 말투로 케이로스를 죽이겠다고 말했다.
나는 살벌한 두 사람 사이에 껴서 마음이 매우 불편했다.
정작 그 선언을 들은 사람은 할 수 있으면 해보라는 듯한 분위기였다.
마인도 이상한 구석에서 의리를 지키네. 지금 약속을 어기고 싸우면 될 것을.
뭐, 그건 내가 잘 알고 있는 마인의 성격이다.
나도 모르게 웃고 있자니.
"뭐가 우스워?"
엄청난 기백을 담아 나를 노려보았다. 역시 분노 스킬 보유자다.
정신을 차리고 보니 바빌론을 출발했을 때 무거웠던 분위기는 사라졌다. 이건 케이로스의 배려 덕분일 것이다.
세 사람을 계속 지켜보고 있던 그리드가 경종을 울렸다.
"너희들, 사이좋게 노는 건 이제 끝내라. 적이 왔다."

"역시 그리드 님이셔."
"빈말은 됐다. 케이로스……, 무리하진 마라."
눈앞에 펼쳐져 있는 것은 마물 무리. 기천사도 몇 대 섞여 있는 것 같았다.
케이로스의 설명에 따르면, 정기적으로 제도에서 풀어놓는다고 한다.
"목적지에 도착하기 전에 준비운동을 해볼까? 페이트, 마인, 할 수 있겠어?"
""물론.""
나는 케이로스에게 빌린 대검을 겨누었다.
이 무기로도 내구도가 불안하다. 하지만 항상 쓰던 대죄무기는 케이로스의 손에 있다. 그런 와중에 내 힘을 겨우 견뎌낸 무기가 이 대검밖에 없었던 것이다.
기분 나쁜 긴장감이 내 마음속을 스쳐갔다.
그리드 없이 싸우는 게 설마……, 이렇게까지 불안할 줄이야…….
지금까지 그에게 기대기만 했던 것을 뼈저리게 느꼈다.
"섬멸한다. 진군하게 두면 저것들이 바빌론으로 가게 될 거야."
흑검을 칼집에서 뽑아 든 케이로스는 재빠르게 형태를 흑궁으로 바꾸었다.
그리고 자신의 스테이터스를 줘서 흑궁을 성장시켜나갔다.
물이 흐르는 듯이 자연스러운 동작으로 조용히 《블러디 터미건》을 날렸다.
"뭐?!"
내가 사용했을 때와는 위력이 전혀 달랐다. 그를 보니 스테이터스를 많이 바치지도 않은 것 같았다.

다시 말해, 나는 아직 그리드를 제대로 다루지 못하고 있는 거구나.

무리를 반쯤 없애버린 케이로스에게서 폭식 스킬의 여운은 느껴지지 않았다.

"크으~! 역시 단숨에 먹는 게 맛있단 말이지. 블러디 터미건은 이렇게 할 수 있어서 좋다고."

"까불지 마라! 아직 절반 정도 남았다."

"네에, 네에, 그리드는 걱정도 팔자라니까."

"칫."

선제공격이 공을 세웠다. 그렇게나 강한 위력이었으니 당연하다.

무리가 흐트러져서 흩어지기 시작했다.

"자, 기회가 왔다!"

우리도 뛰어가기 시작한 케이로스를 쫓아갔다.

내게도 시험해보고 싶은 게 있었기에 딱 좋았다. 여기서 내 폭식 스킬이 발동되는지 알고 싶었다.

우선 적당한 마물부터.

나는 오크의 목을 날렸다.

오크는 쓰러진 뒤 확실하게 숨이 끊어졌다. 하지만 귀에 익은 스테이터스 상승을 알리는 목소리는 한참 뒤에도 들리지 않았다.

눈에 보이는 마물을 닥치는 대로 쓰러뜨려 나갔다. 그래도 마찬가지였다.

그리고 경험치(스피어)를 얻어서 레벨이 오르지도 않았다.

뭐, 당연하겠지. 여기는 현실 세계가 아니니까.

"페이트, 왜 그렇게 멍하니 서 있는 거야? 생각은 끝난 뒤에 해라."
내게 주의를 준 케이로스는 기천사를 해치우고 있었다.
마인을 보니 역시 여전하다고 해야 하나.
그녀에게는 준비운동도 안 되는 모양이었다.
마물들이 지평선을 뒤덮을 정도로 많았는데도 불구하고, 눈 깜짝할 새에 해치워나갔다.
"좋아, 이제 끝났다. 페이트하고 마인도 고생했어."
본 적도 없는 마물의 머리를 잘라낸 다음, 케이로스가 우리를 칭찬했다.
"이건……, 무슨 마물이죠?"
"글쎄다. 어차피 신종이겠지. 요즘에는 이런 마물이 섞여 있거든. 꽤 강하다고."
그런 다음, 그는 '지금까지는'이라고 말했다.
"신종들을 처음 봤을 때는 오크 정도로 강했어. 지금은 저 덜떨어진 기천사 정도지."
"그거 위험하지 않나요?"
"내게는 짭짤한데. 폭식 스킬 보유자에게는 강하면 강할수록 좋잖아?"
"네에……."
대답하기가 곤란해졌다.
케이로스는 아랑곳하지 않고 한바탕 더 날뛰고 싶다고 했다.
정말로 폭식 스킬 보유자 맞나?
그런 생각이 들 정도로 케이로스는 쓰러뜨린 대상의 혼을 먹는데 주저하지 않았다.

"자, 조금만 더 걸어가면 보일 거야."

그들이 걸어가는 속도는 평범한 사람의 속도가 아니다.

가리아 안쪽으로 꽤 많이 들어갔다.

느낌으로는 녹색 계곡이 있는 곳 근처일까? 여기에 그런 곳은 없었다.

있는 것은 까맣게 솟아난 연구 시설이었다.

규모가 크다. 하우젠 지하에 잠들어 있던 도시 수준이다.

시설이라고 불러도 될지 망설여질 정도로 거대했다.

"여기에 잠입하는 건가요?"

"그래."

말을 정말 대충하는 사람이구나. 케이로스는 긴장감이라는 것을 어딘가에 두고 온 것 같았다.

나는 눈을 움직여서 마인을 보았다.

가장 큰 문제는 그녀일 것이다. 도저히 은밀하게 행동할 순 없을 것 같다.

정문 문을 부수고 들어갈 것 같으니까. 실제로 함께 여행할 때는 그런 느낌이었다.

불안한 듯한 눈초리로 보고 있다는 걸 들켰다. 그녀가 발끈하는 표정을 지었다.

"당신보다 더 잘할 수 있어."

"정말로? 몰래 다니는 건 잘 못할 것 같은데."

"이래 봬도, 케이로스를 죽이기 위해 온 암살자였어."

마인은 당당하게 말했다.

곁눈질로 케이로스를 보니 쓴웃음을 짓고 있었다.

보아하니 분명 정면으로 덤벼들었을 것이다. 아니면, 은밀하게 행동했는데도 다 들켰는지도 모르겠다.

"뭐, 조용히 하기만 하면 돼. 이미 계획은 다 짜두었으니까. 너희는 조용히 해주기만 하면 돼."

그는 나와 마인의 얼굴을 번갈아 가며 보았다.

"대답은!"

""네.""

"좋아, 대답도 잘하네. 자, 이쪽이다."

케이로스의 안내를 받아 연구 시설에 침입하기 위해 걸었다.

제22화 **가리아의 연구 시설**

우리는 연구 시설에서 동쪽으로 조금 떨어진 곳으로 향했다.

"이쪽이야."

"케이로스, 이 앞에 뭐가 있는데요?"

"가보면 금방 알아. 냄새가 심하니까 각오하라고."

악취를 조심하라고?

무슨 말을 하는 거지? 그렇게 생각하고 있자니 그 이유가 눈앞에 나타났다.

"하수도다. 연구 시설의 오수를 여기로 배출하고 있지."

"정말로 여기로 갈 생각이에요?"

"맞는데. 왜?"

문제가 있냐는 듯한 표정이다.

뒤에 있던 마인이 정색하고 있었다. 희귀한 표정인데.

"제공받은 정보에 따르면, 하수도는 보안이 허술한 모양이야. 그리고 지금은 그 보안 장치도 협력자가 해제시켰고."

"그 사람을 믿어도 되는 건가요?"

"그렇게 말할 줄 알았지. 그렇다면 그 녀석을 믿는 나를 믿어."

재미있는 말을 하는 사람이다.

하지만 알 수 없는 설득력이 있다. 그가 말하니 믿고 싶어진다고 해야 하나……, 그것과 비슷한 무언가가 있다.

바빌론에 있는 사람들을 이끌고 제도 가리아와 싸울 만도 한 것 같다.

오수에 발을 내디뎠다. 으으으으으윽?!

등골이 오싹해졌다.

"어서 가자. 뒤처지지 말고."

앞서가던 카이로스가 재촉했기에 앞으로 나아가려 했다. 하지만 뒤에 있는 사람이 꿈쩍도 하지 않았다!

"마인, 빨리 안 가면 뒤처지게 될 거야."

"……이건 못 해. 소녀의 명예가 걸린 문제야."

그녀의 입에서 소녀라는 말이 나오다니, 너무 뜻밖이라 나도 모르게 웃음을 터뜨려버렸다.

따악!

결과적으로 나는 흑부의 평평한 부분으로 얻어맞게 되었다.

"아파! 무슨 짓이야?"

"인과응보."

혹이 났잖아.

이 난폭한 녀석! 이렇게 제멋대로 구는 건 평소와 똑같네.

"어쩔 수 없지. 자, 위에 타. 그러면 오수에 안 젖을 테니까."

"그건……, 창피해."

이봐, 이봐, 농담이지?

수치심이라고는 요만큼도 없는 마인 양이 목말을 창피해하다니, 말이 되나요?!

예전에 속옷만 입고 내 앞에 나타나셨던 분인데요. 그때는 창피하지 않다고 당당하게 말하면서 내게 대놓고 보여주었다.

그런데 지금은 얼굴을 붉히면서 망설이고 있다.

혹시 이 마인은 가짜인가?! 분명 가짜일 거야!
왠지 말이야. 무표정한 부분은 비슷하지만, 감정이 풍부하단 말이지.
너, 진짜 누구냐고!
여전히 머뭇거리고 있던 그녀에게 말했다.
"그럼 여기서 지키고 있어. 케이로스 씨에게는 그렇게 말할게."
"잠깐만, 알았어. 노력해볼게."
그녀는 주먹을 꽉 쥐고는 선언했다.
그리고 천천히 내 어깨에 올라탔다.
"무거운데?! 너무 무거워, 가라앉는다고! 이제 틀렸다……, 가라앉아버릴 거야……."
"소녀에게 실례야! 이번에는 진짜 명예에 상처가 났어."
"날뛰지 마. 착각하지 말라고. 네가 무거운 게 아니라 슬로스가 무거운 거야. 아까 싸우고 나서 무게를 돌려놓긴 했어?"
"……깜빡했어."
마인은 머리 위에서 실수를 한 것을 부끄러워하고 있는 것 같았다.
사태가 진정된 뒤 케이로스와 합류했고, 이마에 딱밤을 맞아버렸다.
"너희, 정말……, 지금 잠입하고 있는 상황이란 걸 잊은 건 아니겠지."
"""네!"""
"대답만 잘하는 걸 보니 잊어버린 게 맞는 것 같은데."
다음에 또 떠들면 머리를 오수 안에 처박아 주겠다는 말까지 들

어버렸다.
그것만큼은 사양이다.
우리는 마음을 다잡고 조용히 그를 따라갔다.
"거봐, 잘하네. 뭐, 그러지 못하면 곤란하지만."
반쯤 포기한 듯한 느낌으로 케이로스는 빛이 새어 나오고 있는 천장을 손가락으로 가리켰다.
"저기야. 여기 설치되어 있는 사다리로 올라가자. 내가 먼저 간다."
"네. 마인도 먼저 가."
"알았어."
목말을 태운 상태로는 자세 때문에 올라갈 수가 없다.
마인은 내 어깨에서 사다리로 건너갔다. 그리고 흑부를 떨어뜨리지 않게끔 조심하며 올라가기 시작했다.
그리고 마지막으로 남은 내가 사다리에 손을 대고 위쪽을 보자 마인의 비명이 들렸다.
"꺄악……, 위쪽 보는 거 금지."
"아니, 그러면 올라가기가 힘든데."
"아래쪽 보면서 올라와. 안 그러면, 이 흑부로 때려서 떨어뜨릴 거야."
속옷을 보이는 게 부끄러운 모양이다.
농담도 잘하셔. 그렇게 위풍당당하던 마인 씨가 말이지.
속옷 한두 개 정도 보여주었다고 그런 반응을 보일 리가 없다.
"아직 보고 있어. 떨어뜨린다!"
"으아아아아, 그만해! 죄송합니다."

"그러니까! 너희들, 좀 조용히 하라고!"

그 대신, 케이로스가 천둥처럼 혼내는 소리를 떨구었다.

겨우 올라가 보니 백의를 입은 여자 한 명이 맞이해 주었다. 보라색 기운이 도는 백발에 갈색 피부. 안경 너머로 지성적인 눈이 반짝 빛났다.

"안녕하세요, 여러분. 그리고 케이로스 말고 다른 분, 처음 뵙겠어요, 미쿠리야예요. 케이로스에게 이야기를 들었겠지만, 그에게 협력하고 있어요. 자, 이쪽으로 오세요. 케이로스도. 그대로 있다간 냄새가 날 테니까."

"그래, 그래."

"대답은 한 번만!"

"이 여자는 쓸데없는 구석에서 엄격하단 말이지."

멱살을 잡힌 케이로스는 안쪽 방으로 끌려가 버렸다.

우리도 곧바로 그를 쫓아갔다.

"잠깐만요."

"저 여자……, 케이로스를 가지고 놀고 있어. 꽤 하네."

자신을 쓰러뜨렸던 케이로스의 지금 모습에 마인은 흥미를 보이고 있었다.

내가 보기에는 그냥 잡혀 사는 것 같기만 하다.

안으로 들어가 보니 개인용 공간 같았다.

미쿠리야가 예상했던 내용을 설명해 주었다.

"여기는 내 연구실이야. 샤워도 할 수 있으니까 우선 씻고 오도록 해. 그동안 입고 있는 옷은 빨아둘게. 금방 마르니까 안심해."

그렇다면 먼저 씻겠다며 케이로스가 샤워실로 들어갔다.

남겨진 우리는 연구실을 둘러봤다.
“페이트도 냄새나니까 얼른 깨끗하게 씻도록 해.”
“누구를 목말 태워주다가 더 더러워졌거든?”
더러워져 버린 옷을 잡으며 말했다. 그러자 그녀가 잠시 망설이는 기색을 보였다.
“저기……, 고마워.”
오오오오. 정말로?!
그 마인 씨가 고맙다는 인사를 하신다니.
내가 아무리 잘해줘도 당연하게만 느끼곤 했는데…….
이 마인은 착한 아이야!
내가 알고 있는, 돈을 정말 좋아하고, 내 음식을 빼앗아가던 마인이 아니잖아.
나도 모르게 머리를 쓰다듬어주고 싶어질 정도다.
“착하다, 착해.”
아니, 너무 감격한 나머지 실제로 머리를 쓰다듬어버렸다.
“무슨 짓이야!”
으아아아아, 위험하다고.
물어뜯길 뻔했기에 재빨리 손을 뒤로 빼며 피했다. 조금만 늦었더라면 손이 없어질 뻔했네.
고양이인 줄 알았더니 호랑이였다.
가끔 애교를 부리는 것 같으면서도 방심하면 본능이 깨어나 잡아먹으려 한다.
역시 이래야 마인이지.
“뭐가 우스워. 왜 너는 나를 보기만 하면 웃는 거야!”

그녀가 내 가슴을 탁탁 때렸다. 아니, 정정해야겠다.
그렇게 귀여운 수준이 아니었다.
심장에 울릴 정도로 퍽퍽 때렸다.
너무 큰 충격에 기침을 하고 있자니 미쿠리야가 웃었다.
"사이가 좋구나. 너희들."
"아, 아니야!"
마인은 뛰어서 옆방으로 가버렸다.
멋대로 남의 방에 들어가도 되는 걸까. 미쿠리야를 보니 미소를 지으며 고개를 끄덕였다.
"괜찮아. 딱히 봐도 곤란할 만한 건 없어. 망가져도 괜찮아!"
"그럼 안심이 되네요."
"다시 내 소개를 할게. 나는 미쿠리야야. 이 연구 시설에서 부연구소장을 맡고 있어. 케이로스하고는……, 뭐, 이런저런 일이 있어서……, 악연이라는 거지."
"저는 페이트예요. 아까 그 애는 마인이고요."
"케이로스 혼자 올 줄 알았는데 두 명이나 늘어서 조금 놀랐어. 잘 부탁해."
그녀는 손을 내밀었다.
나는 미쿠리야의 손을 잡았다.
"어?!"
그 순간, 머릿속에 새빨간 영상이 흘러들어왔다.
결코 독심 스킬이 발동된 것은 아니다. 이곳은 현실 세계가 아니다.
억지로 비집고 들어온 그것을 거부할 수는 없었다.

불타오르는 연구 시설 안에서 케이로스가 미쿠리야를 죽이려 하고 있었다.

목이 졸린 채, 그녀는 천천히 의식을 잃어갔다.

케이로스는 꺼림칙할 정도로 새빨간 눈으로 울고 있었다.

그런 그에게 미쿠리야는 마지막 힘을 쥐어 짜내서 손을 겹친 채 뭔가 말하려 했다. 하지만 목이 졸려서 목소리를 낼 수 없는 그녀는 입술을 움직이는 게 한계였다.

"페이트, 왜 그래?"

"응?!"

이름을 불려 정신을 차려보니 나는 연구실에 서 있었다.

뭐지……, 방금 그건?

그녀에게는 내가 조용히 서 있기만 한 것처럼 보인 모양이다.

"여기로 오는 동안 고생했지? 케이로스는 사람을 마구 부려먹으니까. 샤워한 다음에는 좀 쉬도록 해. 나는 아직 할 일이 있으니까 그걸 정리한 다음에 쉬어야지."

미쿠리야는 곧바로 근처에 있던 자리에 앉아 패널을 바라보기 시작했다.

어떤 연구 자료를 살펴본 다음, 수정하는 작업인 것 같았다.

뒤에서 내용을 살짝 들여다보니 '집합생명체'라는 글자가 보였다. 어?! 집합생명체라면 현실 세계에서 지금 싸우고 있는 신이잖아?

"이봐, 내 연구 데이터를 멋대로 보지 마. 매너가 안 좋네."

"죄송합니다."

잔뜩 있는 다음 내용들은 보지 못했다. 그래도 다른 방식으로 다양하게 이용할 수 있다는 문장을 볼 수 있었다.

미쿠리아는 집합생명체를 사용해서 무언가를 만들어내려 하는 건가?

방금 보여준 태도를 감안하면 거기에 적혀 있는 연구 자료에 대해 가르쳐줄 것 같지는 않다.

패널에 떠 있는 문장을 다시 읽으려 하자 예상했던 대로 나를 째려보았다.

"케이로스가 샤워하고 나온 것 같으니까 얼른 가."

"한 가지만 여쭤봐도 될까요?"

"음~, 그래. 간단히."

"집합생명체를 만든 게 당신인가요?"

"맞아. 얼른 가."

등까지 떠밀고 있으니 포기하고 샤워를 하러 갈 수밖에 없을 것 같다.

시원하게 씻고 나온 케이로스가 나와 스쳐 지나가며 내 뺨을 두들겼다.

"지금은 앞이 보이지 않아서 멈춰 서 있겠지만, 조만간 시원해질 거다."

"무슨 뜻이죠?"

"우선 샤워를 하고 오라는 뜻이지."

케이로스까지 등을 떠밀었기에 나는 샤워실로 가게 되었다.

그의 말대로 지금은 우선 더러워진 몸을 깨끗하게 씻어야 할 것 같다.

연구 시설에 잠입한다는 말을 들었을 때는 어떻게 해야 하나 싶었는데, 의외로 쉽사리 해내 버려서 맥이 빠졌다.

사실 중간에 마주친 마물 무리와 싸우는 게 더 힘들었다.

옷을 벗고, 샤워를 하면서 그들이 말한 대로 숨을 좀 돌리기로 했다.

제23화 연구자 미쿠리야

시원하게 씻고 나서 샤워실에서 나오자 선반에 올려두었던 장비가 깨끗해져 있었다. 내가 모르는 곳에서 무슨 일이 일어났는지는 모르겠다. 아마 가리아의 기술로 구정물투성이였던 옷을 세탁했을 것이다.

재빨리 입고 미쿠리야가 있던 곳으로 돌아가기로 했다.

거기에 케이로스도 함께 있을 것이다.

예상했던 대로 둘이서 패널을 보며 이야기를 나누고 있었다. 곧바로 케이로스가 내가 온 걸 눈치채고는 손짓하며 불렀다.

"페이트, 이쪽으로 와라. 좋은 걸 보여주지."

미쿠리야도 좀 전까지와는 달리 방긋방긋 웃고 있었다. 내게 알려줘도 되는 정보인 모양이었다.

"연구 시설의 겨냥도잖아요……."

"뭐야? 반응이 왜 그래?"

실망이다. 내가 모르는 가리아의 극비 기술 같은 걸 기대했는데.

그런데 겨냥도라니, 내 두근거리는 마음을 돌려줬으면 좋겠다.

"그렇게 불만스러운 표정 짓지 말라고. 연구 시설의 겨냥도 같은 건 원래 엄청 극비란 말이야. 이럴 때는 미쿠리야 님! 감사합니다! 이렇게 말해야지. 안 그래? 미쿠리야."

"바보야! 당신은 항상 그렇다니까……."

미쿠리야는 케이로스의 머리를 살짝 찌른 다음, 한숨을 쉬었다.

"이 사람은 내버려 둬도 돼. 그건 그렇고, 내가 당신들을 부른 이유는 이거야."

그녀는 연구 시설의 지하를 손가락으로 가리켰다. 그리고 입체 영상에 떠 있는 겨냥도를 만지자 확대되어서 보기 편해졌다.

그런데, 이건 아무리 봐도.

"여기에는 아무것도 없는데요."

"그래, 맞아. 지금은 말이지. 하지만 이렇게 하면."

미쿠리야가 재빨리 조작해서 겨냥도를 손봤다.

그러자 갑자기 겨냥도가 바뀌었다.

아무것도 없었던 지하에 커다란 공간이 나타난 것이다.

"이건……, 뭐죠?"

"그걸 조사해달라고 부른 거야. 예정보다 두 명이나 늘었으니까 어떻게든 되겠지?"

그녀는 케이로스의 얼굴을 보면서 방긋 웃었다.

"조사하는 건 상관없는데, 뭘 원하는지 자세히 알려줬으면 좋겠어. 매우 위험한 걸 연구하고 있다는 정보뿐이니까. 여기에 있는 걸 쓰러뜨리면 되나?"

"그래. 쓰러뜨릴 수 있다면 그래줬으면 좋겠지만……, 케이로스의 스킬 특성상, 정체를 알 수 없는 걸 쓰러뜨려 버리면 위험해."

"그냥 먹고 끝낼 순 없는 건가……, 아쉽군."

"어이가 없네. 그러다 언젠가 스킬을 견뎌내지 못하고 진짜 괴물이 되어버릴 거야. 나는 싫어……, 그런 최후는."

"괜찮다니까."

"에휴……, 페이트도 뭐라고 좀 해줘."

그가 싸우는 모습은 여기로 오면서 보았다. 나보다 폭식 스킬을 훨씬 잘 다뤄서, 혼을 먹었을 때의 반동이 나와 비교했을 때 훨씬 작은 것 같았다.

나는 루나의 힘을 빌려서 겨우 억누르고 있는 거나 마찬가지다.

그녀가 없었다면 도저히 지금까지 살아남을 수 없었을 것이다. 가리아에서 천룡과 싸우기도 전에 폭식 스킬에게 삼켜져 버렸을 테니까.

"안심하라고, 나는 폭식 스킬하고 잘 지내고 있으니까, 요즘은 많이 먹어도 아무렇지 않거든. 굶주림도 가라앉았고. 이거 말이지, 혹시 폭식 스킬을 완전히 다루게 되어가고 있는 거 아닐까?"

"바보 같은 소리야. 결코 다룰 수 있는 게 아니라고. 나는 오히려 두려워. 폭식 스킬은 당신을 계속 괴롭혀 왔잖아. 그런데도 갑자기 조용해진 게 말이지."

"잘된 거잖아. 이제야 힘을 완전히 발휘할 수 있게 되었으니까. 나는 변했다고."

"변하지 않았어. 아무것도 변하지 않았어. 이걸 봐."

그녀가 케이로스에게 보여준 것은 어떤 검사 수치였다.

거기에 떠 있는 숫자들은 규정 수치를 대폭 넘어선 상태였다. 라이네가 왕도에서 내게 보여준 것과 비슷했다.

이건……, 나보다 더 심한 상황이다.

"살아있는 게 신기할 정도야. 여기로 부른 이유는 한 가지 더 있거든."

"지금은 바빠."

"그런 말 하지 말고. 지하 조사가 끝나면 케이로스의 조정도 할 거야. 할 수 있는 건 해야지. 이 시설 안에서도 제도의 방식에 불만을 품은 사람들이 늘어나고 있어. 힘도 필요하지만, 지금 가장 필요한 건 시간이야. 그때가 돼서 중심이 될 케이로스에게 무슨 일이라도 생기면 어쩌려고 그래?”

계속 노려보는 시선에 그는 머리를 긁으며 어깨를 늘어뜨렸다.

“알았어. 조정은 받을게. 설마 이쪽이 진짜 이유는 아니겠지?”

“글쎄.”

내가 보기에는 후자 쪽이 진짜 이유인 것 같기도 했다.

미쿠리야의 이야기에 따르면 격냥도에서 사라진 지하에는 무언가가 사육되고 있다고 한다.

처음에는 적은 먹이만 주었기 때문에 데이터 체크 필터에 걸리지 않아서 눈치채지 못했지만, 최근에는 대량의 물자 등이 운반된다는 모양이다.

“내용으로 추측해보니 무시무시한 생물 병기인 것 같아. 게다가 급속도로 성장하고 있고.”

“그렇다면 더더욱 쓰러뜨려야겠네.”

“안 돼. 여기에는 나 말고도 케이로스 쪽에 붙으려는 사람들이 생겨나고 있어. 조금만 더 시간을 줬으면 해. 그리고 지하의 정보는 나를 포함해서 대다수의 연구원들에게 알려지지 않았어. 이걸 써먹으면 단숨에 이쪽으로 끌어들일 수 있을 것 같거든.”

“그래? 나는 간단히 그렇게 되진 않을 것 같은데. 이 연구 시설에 있는 녀석들은 우리를 실험동물로만 봤지, 인간으로 인식하진 않았다고.”

“예전에는 그랬지. 잊고 있었던 거야. 나도 그랬고. 하지만 지금은 당신에게 협력하고 있어."

"칫……, 미쿠리아."

"그래, 이걸 가지고 가."

그녀가 건넨 것은 촬영 기계였다. 크기는 손바닥 정도로 작았다.

"자. 페이트에게 맡긴다."

그는 그걸 곧바로 내게 건넸다.

"이봐, 케이로스에게 준 건데!"

"나는 여차하면 싸우는 역할을 맡고 있으니까, 찍을 틈이 없을지도 몰라."

"어이가 없네. 싸우게 되면 지상 부분인 이곳은 파괴되어버리잖아."

"그렇게 되기 전에 네가 동료들을 데리고 대피해주겠지. 기대한다고, 부연구소장님."

"당신 말이지……, 됐어. 얼른 가도록 해. 감시 시스템은 위장해두었으니까, 사람에게만 들키지 마."

휴대용 겨냥도 패널도 받았다. 그리고 물론 케이로스는 그것을 내게 떠넘겼다.

"부탁한다. 안내해줘. 나는 아무래도 지도를 잘 못 보거든."

"방향치인가요?"

"그랬다면 이 연구 시설까지 안내해줄 수가 없었겠지."

그렇긴 하네.

그냥 귀찮아하는 것뿐일지도 모르겠다.

케이로스가 나를 데리고 온 목적도 이해가 된다. 나는 계속 모습이 보이지 않던 마인을 찾아서 옆방으로 갔다.

"자고 있었나……."

진정한 무인이란 어떠한 곳에서도 휴식을 취할 수 있어야 한다. 예전에 마인이 내게 가르쳐 주었다.

케이로스하고 싸우고, 져서 포로가 되고, 함께 행동했다고. 나라면 상황이 너무 급격하게 바뀌어서 이렇게 푹 잘 수는 없을 것 같다.

나는 마인의 이마에 손을 가져다 대며 말했다.

"너는 여기에 사로잡혀 있는 거야? 무슨 일이 있었는데……, 케이로스하고 함께 있다 보면 그걸 보여줄 거야……? 마인……."

잠든 그녀는 내 말을 듣지 못했다.

잠시 후, 그녀는 악몽을 꾸는 듯이 몸을 뒤척였다.

"……미안. 미안해. 그럴 생각이……, 나는……, 아니야."

무언가에게 습격당하는 꿈일까. 무표정한 그녀답지 않게 고통으로 가득 찬 표정을 짓고 있었다.

제24화 해후와 축복

케이로스는 마인을 데리고 온 나를 보고 깜짝 놀랐다.

"무슨 일이 있었던 거야? 너덜너덜하잖아."

"흉폭한 호랑이에게 당했을 뿐이에요."

"그렇군. 호랑이긴 하네."

마인의 기분이 상했다. 내가 그녀를 깨어날 때까지 가만히 보고 있었기 때문이다.

마인은 그 시선을 눈치채고 깨어났다. 그리고 잠든 얼굴을 보여준 게 부끄러웠는지 나를 물어뜯었다.

"내가 잠든 사이에 덮치려 하다니, 터무니없는 녀석."

"페이트! 너……."

"아니에요. 누명이라고요! 저는 그냥 마인을 깨우려고 했을 뿐인데."

"어머……, 이럴 수가."

"미쿠리야 씨까지……."

둘 다 내가 마인을 깨우러 갔다는 걸 알면서도 참 너무하다.

이 무렵부터 마인은 잠을 잘 깨지 못했던 것 같다. 분노 스킬의 편린을 엿볼 수 있었다고.

"장난은 그 정도만 하고, 가자. 준비는 다 됐지?"

"""네."""

케이로스는 마음에 든다는 듯이 고개를 끄덕였다. 그리고 뒤에 기대 두었던 흑검을 잡았다.
“이제야 갈 수 있는 건가? 너무 오래 기다리게 하는데.”
“미안해. 이번에는 지금까지 했던 것처럼 할 수가 없는 것 같아. 페이트 덕분이지. 아~, 오랜만에, 정말 오랜만에 재미있어서 말이지. 나도 모르게 시간이 아까워서 뜸을 들여버렸어.”
“지독한 녀석이구나……, 너. 예나 지금이나 마찬가지다만.”
케이로스는 기뻐 보였다.
“그럼 갈까. 미쿠리야, 나중에 보자고.”
“그래. 조심하고.”
그녀는 손을 흔들며 우리를 배웅해 주었다.
방을 나선 다음, 새하얗고 깨끗해 보이는 통로를 걸어갔다. 인기척은 거의 없었다.
“이곳의 연구자들은 넓은 부지에 비해 숫자가 적어. 그리고 미쿠리야처럼 자기 방에 틀어박혀서 연구만 하지. 마주치는 경우가 드물 정도야.”
케이로스의 이야기에 따르면 연구자의 생활이나 안전을 지키기 위해 시설 자체가 자동화되어 있다고 한다.
좀 전에 더러워진 내 옷이 깨끗해진 것도 이 시설의 기능인 모양이다.
감시 시스템은 미쿠리야가 꺼주었기 때문에 꽤 편하게 갈 수 있을 것 같다.
“미리 말해주지만, 내통자가 있기 때문에 이렇게 간단히 올 수 있었던 거야.”
“그러지 않았다면……, 어떻게 되는데요?”

그렇게 강한 힘을 지닌 케이로스가 질색하며 말할 정도였다.
내가 조심조심 물어보았다.
그는 안쪽을 손가락으로 가리키며 가르쳐 주었다.
"저걸 봐라. 지금은 기능이 정지된 상태지만 말이야."
"동상?"
"아니야! 기공병이라고. 저건 그냥 기계장치 인형이고, 수상한 자를 발견하면 곧바로 공격하지. 한 번 들키면 계속 모여드니까 골치 아프다고. 게다가 저건 생물이 아니라서 혼도 없어. 다시 말해 폭식 스킬로 먹을 수 없다는 거지."
"배가 안 차니까 재미없다는 건가요?"
"바로 그거야! 그러니까 모처럼 자고 있으니 깨우지 말라고."
우리는 미쿠리야가 지정해준 루트를 따라 나아갔다.
통로에서 기관 제어실로 들어갔다. 안으로 통하는 시스템 락은 그리드가 해제해 주었다. 보기와는 달리 그는 이렇게 자잘한 일도 해낼 수 있는 검이다.
케이로스의 이야기에 따르면, 미쿠리야가 그리드에게 접속 권한을 주었고, 해킹 기구를 내장시켜 주었다고 한다. 그밖에도 무기로서 이것저것 개조해준 모양이었다.
예전에 왕도에서 군사 지구의 연구 시설에 잠입했을 때도 비슷한 일을 해준 걸 기억하고 있다.
"자, 이제부터는 어떻게 가야 하지?"
내비 담당인 내게 케이로스가 물었다.
겨냥도에 따르면 기관 제어실은 각 층의 전력이나 공기 조절 기능을 관리하고 있다.

다시 말해, 또인가…….

이것도 예전에 경험한 적이 있다.

"환기구를 통해서 지하로 가는 것 같네요. 지하로 통해있는 정규 루트는 미쿠리야 씨도 안전을 확보하지 못했던 모양이에요."

"뭐, 그렇겠지. 존재도 모르고 있었으니까."

겨냥도의 지시에 따라 그쪽으로 통하는 환기구를 억지로 열었다.

"으엑……. 안은 지저분한데. 모처럼 샤워를 했는데 말이야."

"그러게요. 마인, 이번에는 목말을 타도 안 될 것 같아."

"……돌아갈래."

마인은 미쿠리야의 연구실을 향해 걸어가기 시작했다.

곧바로 말리려 드는 케이로스.

"이놈, 잠깐! 약속은 어쨌어."

"마인……, 가자."

"농담이야. 나도 알아. 약속은 지킬 거야."

커다란 팬이 돌아가는 묵직한 소리가 울려 퍼지고 있었다.

지하를 향해 공기를 확실하게 보내고 있기 때문에 그 안에는 돌풍이라도 휘몰아치고 있는 것 같았다.

"페이트는 익숙해 보이는군."

"아하하……, 예전에 비슷한 짓을 한 경험이 있어서요."

"역시 길 안내인이구나. 내가 선택할 만도 해."

그는 내 어깨를 두드린 다음, 곧바로 앞으로 밀었다.

내 뒤에는 물론 활기찬 케이로스. 가장 뒤에는 조용한 마인이 있다.

"왠지 쌀쌀해지지 않았나요?"

"추워……."

"그렇긴 하네. 손이 시려운데. 그리드, 지금 온도는?"

"정말 검을 마구 부려먹는 녀석이로군. 온도는 영하 10도다. 아래쪽으로 내려갈수록 추워질 거다. 너희는 조만간 꽝꽝 얼어붙는 거 아닐까?"

"그렇다네. 서둘러 가자고."

빠른 걸음으로 시원스럽게 속도를 내기 시작했다. 그것도 발소리를 내지 않고.

막다른 곳까지 오자 토해내는 숨결이 얼어붙어서 반짝반짝 빛나고 있었다.

방한복이 필요하다. 여기까지 달려오느라 몸이 따뜻해졌는데, 멈추니 눈 깜짝할 새에 추위에 지배당해버릴 것 같다.

"이런 곳에서 뭘 키우고 있다는 거야? 생물이 살아갈 만한 온도가 아닌데."

"추위를 초월했어."

"겨냥도에 마킹되어 있는 곳은 이 앞이네요."

눈앞에 있는 커다란 환기구 너머가 목적지다.

나는 쥐어지고 있던 대검으로 조용히 베었다.

"재주가 좋잖아? 아직 조잡한 느낌이 있긴 하지만 말이야. 그래도 실전을 통해 확실하게 단련해온 느낌이 드는 손놀림인데."

"검으로 그런 칭찬을 받은 건 처음이네요."

"페이트의 스승님은 엄하신 분이구나."

"뭐……, 그렇죠."

내가 스승이라 부를 수 있는 사람들은 아론을 비롯해서 잔뜩 있다.

다들 엄했으니까 말이다.

특히 마인과 에리스 두 사람의 지도는 매우 지독했다고 할 수 있을 것이다.

그때는 내가 축 늘어져서 '걸레짝 페이트'라는 별명이 붙었을 정도다.

"왜?"

괴로운 수행을 하던 나날을 떠올리며 귀신 같은 교관의 얼굴을 봐버렸다.

지금 그녀에게는 말해봤자 무슨 말인지 모를 것이다.

그녀는 고개를 갸웃거리며 어서 앞으로 가자고 나를 밀었다.

"알았다니까, 영차."

주위에 인기척이 없는 것을 확인한 다음, 환기구에서 뛰쳐나왔다.

그리고 시야에 펼쳐진 것……, 아니, 흩어져 있는 것을 보자, 몸이 더욱 급격하게 싸늘해지는 것을 느꼈다.

사람이었던 조각들이 곳곳에 흩어져 있다.

발치에도 싸늘하게 얼어붙은 손목이 아무렇게나 굴러다녔다.

이건, 마치……, 인간이…….

다음 말을 입 밖에 낸 사람은 마인이었다.

"먹이가 되었어."

"둘 다 위쪽을 봐."

뭐야……, 대체 뭐냐고……, 저게.

기천사인가? 아니다.

기천사 여러 대가 슬라임처럼 끈적끈적하게 녹아 붙어서, 한데 겹쳐져서 만들어진 것 같은 존재다.

그것은 이렇게 극한 상황이라고 할 만한 추위 속에서도 견뎌내며 얼어붙지도 않은 채 꿈틀대고 있었다.

푸욱, 푸욱푸욱……, 푸욱…….

그 안에서 얼굴과 팔다리가 잔뜩 나왔다.

인간이 흡수되어 있다. 기천사의 코어처럼 되어버린 건가?

전혀 다르다. 저 사람들은 루나 때처럼 코어로서의 기능을 하고 있진 않은 것 같았다. 더 일그러진 형태로 흡수당했다.

그들은 울부짖으면서, 괴로워하면서 오열하고 있었다.

그런 와중에 마인이 뒷걸음질 치는 것을 느꼈다.

“마인?”

나는 그녀의 이름을 불렀지만, 그 귀에는 닿지 않은 모양이었다. 그런데 뒤섞여 만들어진 이상한 형태 중 한 명이 그 목소리에 반응을 보였다.

그 사람은 이쪽을 향해 눈을 뜨면서 눈물을 흘렸다.

“마……, 인. 이제야……, 와 주었네.”

제25화 맡겨진 흑검

"이럴 수가……, 잘못되었어. 다들 여기에 있을 리가 없어."

"마인?!"

들고 있던 흑부를 바닥에 떨어뜨린 채, 마인은 머리를 감싸 쥐었다.

"어째서…… 나는 분노 스킬에 확실하게 적응했는데. 그래서 모두를 집에 돌려보내 주기로 약속했는데, 어째서 이런 짓을 하는 거야."

"마인, 정신 차려."

그런 와중에 이상한 형태의 괴물 안에서 또 한 명의 여자가 얼굴을 드러냈다.

새하얗고 길며 예쁜 머리카락. 피부 역시 투명해 보일 만큼 하얗고, 눈은 마인과 마찬가지로 꺼림칙할 정도로 새빨개 보였다.

나는 깜짝 놀라면서도 그녀의 이름을 부르려 했다. 하지만 그보다 먼저 마인의 비명과도 같은 목소리가 들렸다.

"루나아아아!"

루나는 아무런 말도 하지 않고 마인을 빤히 바라보고 있었다.

마인은 그것만으로도 몸을 움직일 수가 없게 되어버렸는지, 가끔씩 떨기만 했다.

나는 그녀의 어깨를 붙잡고 말을 걸었지만, 들리는 것 같지는 않았다.

"페이트, 너라면 어떻게 할 거냐? 이런 상황에서 뭘 할 수 있지?"
"케이로스 씨?"
이상한 형태의 괴물을 등진 채, 그는 내게 물었다.
괜찮은 건가? 그렇게 생각한 다음 주위를 다시 한번 보고서야 눈치챘다.
나와 케이로스 이외의 시간의 흐름이 멈춘 것이다.
이상한 형태의 괴물이나 마인도 움직이지 않았고, 하늘에 떠 있던 수증기 결정조차 정지해 있었다.
"페이트, 나는 폭식 스킬을 통해 너를 계속 보고 있었다."
"보고 있었다고요?"
"그래. 너는 스킬에 흡수된 혼을 불러낼 수 있게 되었다. 그래서 이렇게 나도 네 앞에 겨우 나타날 수 있게 된 거지. 네가 알았으면 했으니까."
케이로스는 이상한 형태의 괴물에 흡수당한 루나의 머리를 부드럽게 쓰다듬었다.
"지금부터 이 녀석들은 우리를 덮칠 거다. 그 와중에 마인은 자책한 나머지 마음의 균형이 모너져서 스킬을 제어하지 못하고 폭주해버리지. 그런 상황에서 내가 할 수 있었던 건 마인을 폭주하게 만든 이 녀석들을 쓰러뜨리는 것뿐이었어. 결과는 지독했지. 너는 미쿠리야를 통해 그 뒤도 보았을 텐데?"
"그건……."
"나는 소중했던 사람을 먹고 폭주 스킬의 산 제물로 삼았다. 내가 할 수 있는 건 언제나 빼앗는 것뿐이었어."
케이로스는 슬픈 듯한 표정을 보인 다음, 방긋 웃으며 내 가슴

쪽을 손가락으로 가리켰다.

"그래도 말이지. 나 대신 폭식 스킬을 이어받은 자가 나타났어. 너라면 내가 하지 못했던 일을 해주겠지. 그러니까……, 이걸 맡기마."

"케이로스 씨……."

그는 칼집에서 흑검을 뽑아 든 다음, 내게 건네려 했다.

"네게는 역시 이쪽이 어울리지. 나보다 더 말이야. 뭐, 그리드는 말버릇이 나빠서 힘들겠지만, 잘 지내다오. 믿음직한 녀석이니까."

"네."

케이로스에게서 흑검을 받아들었다.

느낌이 딱 오네. 이 안심감은 어떤 무기보다 더 뛰어나다.

강하게 쥐자 그리드가 내게 대답해 주었다.

"이제야 여기까지 왔나? 너무 오래 기다리게 했잖아, 페이트."

"그리드……, 너. 나를 모르는 것 같더니."

"중간에 생각났지. 케이로스 때문에 제한이 걸려 있었거든. 야, 케이로스! 어째서 이 몸에게 그런 짓을 한 거냐?"

"방해하지 말았으면 했거든. 그리고 그리드는 예전과 달라진 게 없다는 사실도 알아줬으면 했고."

"힘드셨죠……, 저도 잘 알아요."

"오오, 동지여!"

나와 케이로스가 손을 맞잡고 있자니 그리드가 욕설을 내뱉으며 말했다.

"지금은 그럴 때가 아닐 텐데. 너 때문에 정작 중요한 루나가 흡수당해 버렸잖아. 어떻게 할 거냐? 페이트."
"뻔한 걸 물어보네. 루나를 저기서 해방시킬 거야."
멈춘 채 움직이지 않는 이상한 형태의 괴물에 흡수당한 그녀를 우선 구한다.
그러지 않으면 지금 마인에게는 목소리가 들리지 않을 것이다.
케이로스는 고개를 끄덕이며 내 어깨에 손을 얹었다.
"또 한동안 이별하게 되겠군."
"케이로스 씨! 손이?!"
"뭐, 그런 거다."
내 어깨에 얹고 있던 손이 투명해지기 시작했다.
"보아하니 시간이 다 된 것 같군. 내가 사라지면 간섭할 수 없게 된다. 다시 말해 억누르고 있던 마인의 정신이 직접 너희를 덮치게 되는 거지. 여기는 완전히 마인의 세계가 된다."
"마인의 세계."
"그렇게 좋은 것만도 아니야."
케이로스는 눈앞에 있는 이상한 형태의 괴물을 바라보았다.
"오랫동안 숙성되어버린 탓에 마인의 마음속 어둠은 저것과 똑같게 되어버렸지."
"저것이 마인의 어둠."
"그래. 그런 상태에서 분노 스킬과 뒤섞였으니 어두운 감정은 한없이 커져버릴 거다. 처음에는 혼자서 어떻게든 할 수 있는 크기였을지도 모르지. 그게 언젠가 어떻게 해볼 수 없어질 때가 오면 말이다. 역시 동료라는 게 필요한 것 같아."
내 옆에는 괴로워하며 몸을 웅크리고 있는 마인이 있었다.

"부탁한다, 페이트."

나는 그가 내민 손을 맞잡았다.

"네!"

유리가 깨지는 듯한 소리와 동시에 시간이 흐르기 시작했다.

이미 케이로스의 모습은 보이지 않았다.

그뿐만이 아니라 우리가 있던 지하의 형태가 변하기 시작했다.

추위는 전혀 변하지 않았다. 그러기는커녕, 더욱 싸늘해진 느낌이 들었다.

"페이트, 이 추위는 마인의 마음 그 자체다. 삼켜지지 마라."

"그래, 나도 알아."

마인은 여전히 웅크린 채 겁을 먹고 있다.

한편, 얌전했던 이상한 형태의 괴물은 완전히 변했다. 마치 분노 스킬을 지니고 있는 것처럼 미쳐 날뛰기 시작했다.

그 녀석의 몸에서 튀어나온 사람들도 저마다 마인을 매도하기 시작했다.

루나만은 눈을 뜬 채 마인을 빤히 보고 있었다. 하지만 잠시 후, 몸속으로 들어가 버렸다.

"루나……, 너는 그런 상태로도 괜찮겠어?"

"온다, 페이트."

지하실은 시간이 지나갈수록 풍화되어갔다. 녹이 슬고, 무너지고, 그 틈으로 지하수가 흘러들어왔다.

이상한 형태의 괴물은 모든 입으로 포효했다. 그리고 곧바로 마인을 향해 돌진하기 시작했다.

나는 그 사이에 파고들어 거대한 몸집을 막았다.

"이 녀석……, 마인을 흡수하려 하고 있는데."
"억눌러라! 결코 마인에게 닿게 하지 말라고."
"우오오오옷!"
조금씩 밀어내기 시작했다.
할 수 있겠어!
"방심하지 마라!"
"뭐?!"
이상한 형태의 괴물은 촉수처럼 손을 뻗어 마인이 아니라 나를 흡수하려 했다.
"그렇다면 어느 쪽이 강한지 시험해 주지."
마인은 말했다. 폭식 스킬은 대죄 스킬 중에서 가장 죄가 깊다고.
저것이 분노 스킬과 뒤섞여 있다면, 우선 그것을 분리시킨다.
"말은 잘하는군. 대죄 스킬끼리 힘 대결을 해볼까."
"그래."
나를 흡수할 수 있다면, 어디 한번 해봐!
이상한 형태의 괴물은 촉수를 둘러 나를 몸 안으로 집어삼켰다.
그 안쪽은 많은 사람들의 감정이 뒤섞여 있는 곳이었다.
그 하나하나가 작은 목소리라서 알아듣기가 매우 힘들었다.
"왜 그러지? 아무것도 못 하나?"
나를 녹여서 흡수하려는 것 같았지만, 이상한 형태의 괴물은 그다음 과정을 진행할 수 없게 되었다.
설마 이런 형태로 폭식 스킬의 도움을 받게 될 줄은 몰랐다. 항상 괴로워하기만 했는데.
마인의 어둠과 동화한 분노 스킬에게는 효과가 탁월하다.

나를 흡수하려다가 실패한 이상한 형태의 괴물에게 이변이 생겨났다. 꿈틀꿈틀 움직이면서 이물질인 나를 토해내려 한 것이다.

나는 그때를 놓치지 않았다. 진심으로 그녀의 이름을 불렀다.

"루나!!"

손을 있는 힘껏 뻗고 그녀를 기다렸다.

루나가 함께 있지 않으면 우리는 앞으로 나아갈 수가 없다. 모두 함께 돌아가는 거야!

내보내진다! 그런 생각이 든 순간!

"페이트!"

내 이름을 부르는 목소리와 함께 그녀가 손을 잡았다.

이 손은 절대로 놓지 않는다.

이상한 형태의 괴물이 토해냈을 때, 내 눈앞에는 루나가 있었다.

"다행이네."

"잠깐, 숨 막혀……, 나는 괜찮으니까."

내가 끌어안은 그녀는 여전히 마인을 보고 있었다.

"칠칠맞지 못하네, 언니."

루나는 이상한 형태의 괴물을 아랑곳하지도 않고 똑바로 마인이 있는 곳을 향해 걸어갔다.

저걸 내버려 둬도 되는 건가? 마인의 어둠이잖아?

"저건 아니야. 왜냐하면 이미 페이트의 폭식 스킬 때문에 힘이 약해졌으니까. 내가 해방된 게 그 증거고. 진짜 문제는 따로 있어."

몸을 웅크린 채 겁을 먹은 마인.

루나는 앉아서 그녀를 살며시 끌어안았다.

"이제 괜찮아. 그런 가면을 쓰고 강한 척하지 않아도 괜찮아."

그 목소리는 분명히 그 누구보다 마인의 마음에 잘 들렸을 것이다.

"언니는 아무런 잘못도 하지 않았어. 우리는 언니를 원망하지 않아. 계속 이 마음을 전하지 못해서 미안해."

루나는 내게 가르쳐 주었다. 마인은 후회하면서 괴로워하는 게 아닐까 하고.

자기 혼자 분노 스킬에 적응하고, 남겨진 루나와 다른 사람들을 저버렸다는 사실을.

"그곳을 나올 수 있었던 건 단 한 명뿐이었어. 그냥 그게 언니였을 뿐이야."

"……그래도."

"나쁜 어른이 거짓말을 했을 뿐이야."

마인은 괴로운 듯이 울고 있었다.

"이제 됐어. 이제 알고 있지? 다들 무슨 짓을 하더라도 돌아오지 않는다는 걸. 그것 자체가 바로 언니가 용서받았다는 증거야. 그리고 나는 언니가 정말 좋아."

그 땅으로 통하는 문이 열리려 하고 있다. 그런 와중에 되살아나지 않은 사람들이 있다.

그들은 이미 이 세상에 미련이 없기 때문에 돌아오지 않는다고 한다.

내 아버지는 되살아났다. 하지만 어머니는 되살아나지 않았다.

그 이유는 루나가 방금 말했다.

"아직이야. 완전히 열린다면 모두가 돌아올 수 있어. 그러기 위해서 돈도 잔뜩 모았어. 모두 함께 우리만의 마을을 만들자고 약속했으니까.”

“언니……, 다시 한번 말할게. 이제 됐어. 나는 이 말을 전해주고 싶었어. 이렇게 만날 수 있는 것도 이번이 마지막이야.”

“싫어. 루나!!”

울면서 떼를 쓰는 마인을 루나가 살며시 가슴에서 떼어냈다.

“언니답지 않네. 모두가 동경하던 언니는 어디 간 거야?”

루나는 나를 힐끔 보면서 계속 말했다.

“지금 언니의 동료는 우리가 아니야. 지금을 살아가, 언니.”

“루나.”

몸은 지금이라는 현재에 있는데도 마음이 과거에 사로잡힌 상태라면 원래 하나였던 것이 떨어져 버리게 된다. 몸과 마음이 찢긴 상태로는 당연히 괴롭고 힘들 것이다.

설령 마인 같은 천부적인 무인이라 하더라도, 믿기지 않을 정도로 오랜 세월을 그런 상태로 살다 보면 어딘가가 이상해져 버린다.

고개를 숙이고 있던 마인이 조용히 중얼거렸다.

“……무서워.”

그 말을 들은 루나가 방긋 웃으면서 나를 보았다.

“괜찮아. 지금 언니에게는 여기까지 달려와 준 동료가 있잖아. 그러니까……, 페이트하고 사이좋게 지내. 안 그러면……, 용서하지 않을 테니까.”

마인의 머리를 부드럽게 쓰다듬던 손이……, 루나의 손이 희미해지며 사라지려 하고 있었다.

나는 그 사실을 눈치채고 말을 걸려 했지만, 루나는 고개를 저

었다.
"페이트, 언니를 잘 부탁할게."
"그래……."
마인에게 다가가서 손을 잡으려 했지만, 그녀는 할 일이 있다면서 거절했다.
"저걸 쓰러뜨릴 거야."
그녀가 손가락으로 가리킨 곳에는 이상한 형태의 괴물이 있었다.
그것은 지금도 원망하는 목소리를 내고 있었다. 하지만 이제 마인은 그 목소리를 듣고 좀 전처럼 괴로워하지 않았다.
그녀는 흑부를 들고는 이상한 형태의 괴물을 향해 크게 들어 올렸다.
"언니, 지금까지 지켜줘서……, 고마워."
루나의 말과 동시에 마인이 흑부를 내리쳤다.
이상한 형태의 괴물은 박살 난 다음 빛의 입자가 되어 사라져 갔다. 그러자 그렇게 싸늘하게 얼어붙었던 기온이 따스해지는 것이 느껴졌다.
사라져가는 세계에서 마인은 나를 바라보며 말했다. 그녀의 표정은 시원스러워 보였고, 보고 있는 나까지 기운이 날 정도였다.
"페이트……, 정……."
그 뒤에 한 말은 전부 다 알아들을 수가 없었다.

제26화 에리스의 마안

시야에는 지하도시 그란돌이 펼쳐져 있었다.

우리는 현실 세계로 돌아왔다.

눈앞에는 뿔이 돋아난 마인이 있었다.

『페이트! 마인의 마음을 되찾긴 했지만, 아직 분노 스킬의 영향 아래에 있다.』

"그래, 마인을 막자."

신이 얼마나 나아갔는지도 곁눈질로 보았다. 정신세계로 여행을 떠난 뒤로 시간이 거의 지나지 않은 모양이었다.

그리드가 했던 말이 맞았구나.

마인 자신에게는 이미 싸울 이유가 없다. 스킬로 인해 억지로 싸우고 있을 뿐이다. 움직임이 좀 전까지와는 달리 매우 안 좋아졌다.

이 정도라면 나도 해낼 수 있다.

정신세계에서 그랬듯이, 폭식 스킬의 힘으로 그녀를 분노 스킬에게서 해방시킨다.

몸을 비틀어서 흑부를 피했다. 그리고 마인의 텅 빈 옆구리를 흑검으로 베었다.

"그리드, 조정 부탁한다."

『이 몸에게 맡겨라. 페이트, 편하게 해줘라.』

미안해, 마인.

가로로 날린 일격이 깔끔하게 들어갔다.

그와 동시에 마인의 눈에 깃들어 있던 화난 기색이 부드러워진 것을 느꼈다.

『잘했다!』

손에서도 흑부가 미끄러져 떨어졌다.

나를 보는 눈이 점점 평소의 마인으로 돌아가기 시작했다.

"마인!"

쓰러지는 그녀를 받아낸 다음, 나는 정말 안심했다.

이런 싸움은 두 번 다시 하고 싶지 않다.

품속에서 그녀의 이마에 돋아났던 뿔 두 개에 금이 가기 시작했다.

"다행이야. 정말 다행이야."

"……페이트. 나……."

"지금은 아무 말도 안 해도 돼. 계속 마인에게 기대기만 했으니까. 이제부터는 나도 마인이 기댈 수 있게끔 노력할게."

"응."

"그러니까……, 앞으로도 잘 부탁해!"

마인은 깜짝 놀란 다음, 조용히 고개를 끄덕였다.

두 개의 뿔에는 더욱 크게 금이 갔고, 한계에 도달하자 산산조각 나 흩어졌다.

그녀는 힘을 꽤 많이 소모했는지, 내 품속에서 잠들 듯 정신을 잃어버렸다.

대죄 스킬의 힘을 이끌어 냈기 때문이다. 아마 폭식 스킬처럼 피로가 몰려왔을 것이다.

어디에 눕히면 되지? 지금은 아직 전투 중이다.

『페이트, 저쪽 건물 안으로 가라.』

그리드가 말한 곳을 보니 망자 중 한 명이 이쪽을 향해 손짓하고 있었다.

"믿어도 되는 거야?"

『같은 가리아인의 정이라는 거지. 그리고 망자가 우리에게 간섭할 방법은 없다. 이 녀석에게는 그걸로 충분해. 네가 가장 잘 알고 있을 텐데. 마인이 강하다는 걸 말이지.』

마인을 눕힌 다음, 망자에게 고맙다고 인사했다.

전투를 벌이고 있는 와중에 새근새근 자기는, 정말 곤란한 분노 양이다.

그리드가 말한 것처럼, 신이 마인에게 무슨 짓을 하려 들더라도 그녀라면 문제없이 반격할 것이다.

잠든 상태에서도 언제든 싸울 수 있게 해두는 사람이 마인이다.

『용케도 이겼군.』

"그건 이긴 게 아니야. 애초에 이기고 지는 승부도 아니었고."

『그렇지. 하지만 승패를 확실히 해두어야만 하는 녀석이 있다.』

"신 말이지."

총성은 여전히 울려 퍼지고 있다. 에리스가 열심히 싸우고 있다는 증거다.

신이 지상, 하우젠에 있는 사람들을 산 제물로 만들기 전에 쓰러뜨린다.

"다녀올게, 마인."

마인을 망자들에게 맡긴 다음, 나는 건물을 나섰다.

신은 좀 전보다 올라가 있었다.

"그리드, 준비는 됐어?"

나는 흑검을 흑궁으로 변형시키며 말했다.

『기다리다 목이 빠지는 줄 알았다. 그럼 넘겨주실까.』

"가지고 가라, 내 10퍼센트를!"

상상해라. 케이로스처럼 제1위계의 오의를 좀 더 잘 다루는 거야.

정신세계에서 보여주었던 손놀림이나 집중력을 내 마음속에 가라앉히기 시작했다.

무시무시하게 성장해 나가는 흑궁을 한 손으로 들고 표적을 바라보았다.

목표는 신이 아니다. 그가 지상으로 나가기 위해 발판으로 삼고 있는 곳――, 붉고 투명한 뿌리를 조준했다.

에리스의 총탄으로도 날려버릴 수가 없었다. 왜냐하면, 구멍이 뚫려도 금방 재생되어 버리기 때문이다.

저것을 쓰러뜨리려면 재생보다 더 강한 화력을 부딪힐 수밖에 없다.

『이 느낌은?! 페이트……, 너……, 설마.』

집중해라. 《블러디 터미건》의 원래 위력을 한계까지 이끌어 내는 거다.

시야에 들어온 세계의 마력 흐름에 맞춰서 검은 번개와도 같은 일격을 날렸다.

"가라아아아아!"

케이로스 덕분일까. 폭식 스킬로 싸우는 법을 보고 나니 내 싸움의 폭이 넓어졌다고 해야 하나, 여유가 생긴 것 같은 느낌이 들었다.

검은 일격은 정확하게 붉고 투명한 뿌리를 날려버렸다.

"좋았어."

『단숨에 치고 들어가자.』

무너져가는 그것의 꼭대기에 있던 신이 나를 보고는 괴로워하는 표정을 지었다.

"폭식! 너는 어째서……, 항상 내게서 빼앗아가기만 하는 거지?"

나는 흑궁으로 마력 화살을 연달아 날려 신에게 때려 넣었다.

에리스도 좋은 기회라고 생각했는지 공격의 속도를 높였다.

"젠장, 마인은 당한 건가? 그 잠깐 사이에 무슨 짓을 한 거지?"

"마인은 처음부터 이런 걸 원하지 않았어. 그녀는 네 동료가 아니야. 우리 동료라고!"

간격에 파고든 뒤 그 타이밍을 노려 흑궁을 흑검으로 변형시켰다.

신이 벽처럼 소환해낸 붉은 마물들을 찢어발겼다.

만약에 그것이 스킬로 인해 생겨난 거라면, 이 칼날 앞에서는 무력하다. 그리고 지금의 나라면 아무리 강력한 스킬이라 해도 밀려날 것 같지 않았다.

"크윽……, 여기까지 왔는데 또 방해당하는 건가? 잘 되어가고 있었는데……, 나는 그녀의 소원을 이루어주고 싶을 뿐인데, 또……, 방해하는 거냐!"

"방해할 거야. 하우젠에 사는 사람들은 결코 너를 위해 살아온 게 아니라고."

"나는 아직 지지 않았어."

신은 붉은 눈으로 나를 바라보며 몸의 움직임을 막으려 했다.
이것은 왕도 세이퍼트에서 당했던 것과 똑같은 기술이었다.
"뭐?"
그때의 나였다면 제대로 움직이지 못했을 것이다. 하지만 그것은 내게 머나먼 과거나 마찬가지다.
그 정도 안력으로 나를 막을 수 있을 리가 없다.
"또……인가. 이렇게 할 수밖에 없나……."
갑자기 신이 내게 등을 돌리고는 도망치려 했다.
"도망치려는 거야?!"
"나는 영원해. 기회 같은 건 얼마든지 있지. 이번에는 봐주마."
네가 그런 말을 할 처지야?
내 앞으로 다시 붉은 마물이 끼어들었다. 그 숫자는 끝이 없었고, 차례차례 솟아나고 있었다.
하지만 신이 도망친 곳에는 에리스가 서 있었다.
"색욕이냐……, 너는 나를 막을 수 없어. 대죄 스킬 중에서 가장 약한 너는 그러지 못한다고."
협박하려는 건지, 신은 에리스에게 그렇게 말했다.
그리고 곧바로 손을 날카로운 칼로 바꾼 다음 덤벼들었다.
"마침 잘됐어. 너만이라도 폭식에게서 빼앗아주마."
하지만 신은 그대로 움직임이 멈춰버렸다.
내가 붉은 마물을 베어버리고 다가가자, 그녀의 눈이 새빨갛게 빛나고 있었다.
뭔가 마안을 써서 신의 움직임을 막은 모양이었다.
"페이트, 얼른. 오래 버틸 수는 없어."

에리스의 눈에서 천천히 피가 흘러내렸다.
무리시키지 않겠다고 생각했으면서 부담을 줘버렸다.
더 이상 그녀가 마안을 쓰게 할 수는 없다.
"그리드, 내 20퍼센트를 가져가."
『끝내버려라! 페이트!』
흑겸은 내 힘을 빨아들여 성장해 나갔다. 그리고 날이 세 개 달린 대낫으로 변했다.
나는 움직이지 못하게 된 신에게 혼신의 힘으로 《데들리 인페르노》를 때려 넣었다.
"커헉."
신은 상반신과 하반신이 분리된 채 땅바닥에 쓰러졌다. 하반신은 오의의 힘으로 인해 무너져내렸다.
역시 집합생명체다. 나는 이번 일격을 통해 신의 모든 것을 먹을 생각이었다. 머릿속에 무기질적인 목소리가 들리지 않는 걸 보니 방금 그 공격으로 신을 쓰러뜨리지 못한 것 같았다.
예상했던 대로 신은 상반신만 남았는데도 살아있었다.
그래도, 신의 힘 중 대부분을 빼앗는 데 성공한 모양이었다.
우리를 쫓아오던 붉은 마물들이 무너져내린 뒤 흔적도 없이 사라져버렸기 때문이다.
그는 땅을 기어서라도 도망치려 하고 있었다.
"다시 분신이 깨어나기를 기다릴 순 없어. 여기까지 왔는데……, 미쿠리야, 도와줘. 내가 또 실패해버릴 것 같아."
마치 어린아이가 어머니에게 도움을 청하는 것 같았다.
미쿠리야라는 이름은 들어본 적이 있다. 정신세계에서 케이로스와 친했던 연구자다.

이런 모습을 보니 흑겸을 쥐고 있는 손이 둔해질 것 같았다.

『페이트, 끝내라.』

"너는 자상하구나. 하지만 이걸 살려둘 순 없어. 내가 대신 숨통을 끊어주고 싶지만, 그럴 힘은 없으니까……. 안타깝게도 네게 부탁할 수밖에 없어."

그리드와 에리스가 재촉하는 듯이 말했고, 나는 신의 마력의 흐름을 확실하게 분석해 나갔다.

그의 핵은 머리에 있는 것 같았다. 좀 전에 베었을 때는 배에 있었는데.

잘 살펴보니 핵이 몸속에서 움직이고 있다는 걸 알 수 있었다. 그래서 좀 전에 《데들리 인페르노》를 맞고도 살아있는 건가?

하지만 그 구조만 알아내면 이제 어려울 건 없다.

"그리드, 내게서 20퍼센트를 가져가."

『이번에는 반드시 끝내라. 더 이상 스테이터스가 떨어지면 위험하다.』

두 번째로 제2위계의 오의를 발동시켰다.

힘이 빠져나가는 감각과 함께 흑겸이 칼날이 세 개 달린 대낫으로 성장했다.

"젠자앙……."

신의 몸속에서 핵이 도망쳐다니듯 움직이고 있었다.

하지만 정말 간단하다. 마인과 벌였던 전투와 비교하면 손쉬운 일이다.

"이걸로 끝이다!"

내려친《데들리 인페르노》. 핵에 저주를 퍼부어서 반드시 상대에게 죽음을 선사하는 오의——.

키이이이잉, 금속끼리 부딪힌 듯한 소리가 주위에 울려 퍼졌다.

《데들리 인페르노》가 막혀버린 것이다.

그건 신이 아니라 내가 원하지 않던 사람이었다.

"페이트, 그러면 안 된다. 모처럼 여기까지 왔는데."

"아버지."

아버지는 흑창으로 내 오의를 쉽사리 막아낸 다음, 씨익 웃고는 곧바로 밀어냈다.

"보아하니 제때 맞춰서 온 것 같군. 이 녀석에게는 이 흑창을 받은 빚도 있으니까. 그것 이상으로 그 땅으로 통하는 문은 반드시 열어야만 하고."

"겨우 그런 이유로 이 녀석을 편드는 거야? 어째서, 아버지……."

노려보고 있자니 에리스가 쓰러지는 소리가 들렸다.

"에리스?!"

"어이쿠, 깜빡하고 있었군. 그녀는 잠들게 했다. 마안을 쓰기라도 하면 골치 아프니까."

"아버지는 무슨 짓을 하려는 거야?"

아버지는 흑창을 겨누며 품속에서 새빨간 돌을 꺼냈다. 왕도의 연구 시설에서 빼앗아간 현자의 돌이었다.

저것은 신의 분신이기도 하다.

"내가 꽤 많이 키웠다. 너도 이쪽으로 올 테냐?"

"그건 이미 내가 아니야. 그쪽으로 가면 내가 아니게 돼. 그저 당신의 도구에 불과하지."

"그렇다 하더라도, 적어도 네 소원은 이루어진다. 그렇다면 고민할 필요도 없을 텐데."

잠시 후, 신은 고개를 끄덕였다.

"페이트, 그렇게 된 거다. 미안하지만 이 싸움은 여기까지만 해야겠다."

"아버지……."

"그런 표정 짓지 마라. 네게 말해두지만, 라이브라는 이번 일이 성공하든 실패하든 마찬가지다. 지상에 있는 하우젠을 포함해서 이 지하도시까지 통째로 소멸시킬 셈이다."

"그 녀석은 그 땅으로 통하는 문이 열리는 걸 막으면 하우젠에 손을 대지 않겠다고 했는데."

"그래서 정말로 약속을 지킬 거라 생각하는 거냐? 그 녀석의 목적은 이 세계의 균형을 무너뜨리는 자를 제거하는 거다. 다시 말해 지금 여기에는 라이브라가 껄끄러워하는 자들이 한데 모여있는 것이지. 이렇게 좋은 기회를 놓칠 남자가 아니다."

아버지는 손을 들고 위쪽을 손가락으로 가리켰다.

"느껴지지? 이 일대를 뒤덮고 있는 정체를 알 수 없는 힘이 말이다."

의식을 집중시켜서 지상을…… 그리고 상공까지 마력 탐지 범위를 넓혔다.

"이건……, 대체 무슨 일이야."

"봐라. 그건 계속 우리 위쪽에서 기척을 숨기고 있었다. 그리고 지금 움직이기 시작한 거지. 자, 어떻게 할 거냐? 여기서 나와 싸워서 시간을 낭비할 거냐? 아니면 지상으로 돌아가서 맞서 싸울 거냐?”

“나는…….”

흑겸을 흑검으로 변형시킨 다음, 아버지에게 칼끝을 겨누었다.

“싸울 거냐? 나는 상관없다. 네가 그렇게 결심했다면 마지막까지 함께 해주마.”

“그건 안 돼요!”

서로 노려보던 우리 사이에 끼어든 사람은 록시였다.

그녀는 깨어난 스노우를 데리고 달려왔다.

“지금은 그럴 때가 아니에요. 스노우도 똑같은 이야기를 했어요. 지상으로 돌아가요.”

“하지만, 그러면……, 그 땅으로 통하는 문이.”

“위에는 당신의 영지 주민들이 있어요. 페이!”

록시는 스노우에게 하우젠이 위기에 처했다는 이야기를 듣고, 가만히 있을 수가 없어서 내가 있는 곳으로 왔다고 한다.

이대로 아버지와 싸우면 아마 많이 지친 나는 이기기 힘들 것이다.

또 결과가 어떻게 나든 시간이 너무 오래 걸리겠지. 그 무렵에는 하늘 위에서 대기하고 있는 저것으로 인해 우리는 하우젠과 함께 타버릴 것이다.

나는 흑검을 칼집에 넣었다.

“착한 아이구나. 그리고 라이네도 여기 와 있다. 너를 만나고 싶어 하더구나. 그 아이도 내게 맡기거라. 내가 잘 돌봐줄 테니까. 자, 가라.”

“페이! 어서요.”

젠장, 신을 쓰러뜨리지 못했다. 그러기는커녕, 그 땅으로 문이 열리는 걸 내버려 두려 하고 있다.

지상으로 뛰어가는 나를 록시가 격려해 주었다.

"괜찮아요. 왜냐하면 페이는 첫 번째 목적을 달성했잖아요."

"마인 말이야?"

"네, 저는 그게 기뻐요. 문이 열리면 무슨 일이 일어날지, 저도 잘 모르겠어요. 하지만 지금 있는 생명을 지키는 것보다 중요한 일은 없겠죠. 그건 페이만이 할 수 있는 일이에요. 그러니까 지금은 하우젠을 지키는 데 집중해 주세요."

"록시……, 그렇지. 서두르자!"

"네!"

우리는 내려왔던 길을 거꾸로 거슬러 올라갔다.

가끔 지진처럼 땅이 울리기 시작했다. 대체 지상에서 무슨 일이 벌어지려 하는 거지?

제27화 스노우와 록시

"페이, 위험해요!"

지하도시로 이어져 있던 낡은 수로로 올라왔을 때, 다시 큰 지진이 발생했다.

그로 인해 수로의 천장이 붕괴되어 버린 것이다.

흑검을 흑순으로 변형시켰다.

"록시, 내가 있는 쪽으로 와."

"네."

손을 잡고 그녀를 끌어당겼다.

비처럼 쏟아져 내리는 잔해를 흑순으로 막아낸 다음, 밀어냈다.

"방금 그걸로 생긴 저 구멍을 통해서 바깥으로 나가자."

"이 정도는 저도 올라갈 수 있겠어요."

"가자!"

균형을 잡으며 불안정한 발판을 밟고, 햇빛이 쏟아지는 출구를 향해 위로 나아갔다.

스노우는 계속 아무 말도 하지 않고 하늘만 바라보고 있었다.

이런 반응을 보이는 모습은 몇 번 본 적이 있었다. 라이브라가 관련되었을 때다.

"스노우는 위에 도착하면 혼자서 대피할 수 있어?"

"싫어! 싸울래! 싸울래!"

성장한 모습인 스노우라면 전력이 될 것 같다. 하지만 록시에게 안겨 있는 건 어린 여자애로 돌아와 버린 스노우다.
이렇게 어린 모습으로는 우리와 연계해서 싸우는 건 힘들 것 같다.
"나, 록시랑 같이 싸울래!"
스노우는 그렇게 말하며 록시에게 꼬옥 안겼다.
그렇게나 거리를 두려 하더니 왜 이렇게 변한 거야?!
"스노우를 돌봐주고 있다 보니 왠지 따르게 되어버렸네요."
"록시 좋아!"
록시는 스노우와 사이좋게 지내려고 노력했으니까. 점점 거리가 좁아지다가 간호해준 게 결정타가 된 것 같다.
나도 기뻐하고 싶다. 하지만 그건 하우젠을 덮치려는 위기를 넘어선 다음에 할 일이다.
"알았어. 그럼 스노우는 록시에게 힘을 빌려줘."
도와달라고 하자 스노우는 눈을 반짝이며 신난 모습을 보였다.
"내게 맡겨! 나는 강해!"
"잘 부탁할게요!"
"그래!"
따뜻한 스노우의 모습에 긴장된 분위기가 느슨해졌고, 우리 마음을 일시적으로나마 편하게 해주었다.
지상의 빛이 커지기 시작했다.
뛰어 올라가던 우리는 기세를 죽이지 않고 그대로 뛰쳐나왔다.
하우젠에서는 경보가 울려 퍼지고 있었다. 거리 곳곳에서 검은 연기가 피어오르고 있다.
"페이, 대피가 늦어지고 있는 것 같아요."

"하긴……, 메밀 같은 사람들에게 만에 하나를 대비해서 부탁해두긴 했는데……, 하우젠의 인구를 생각하면 그렇게 짧은 시간 만에 대피하는 건 역시 힘들었나?"

도시에서 고용한 무인들이 도망쳐다니는 사람들에게 유도 지시를 내리고 있었다.

하지만 다들 예상치 못한 상황에 패닉 상태가 되어 있었다.

그래서 무인들이 하는 말을 들을 여유가 없는 것 같았다.

그리고 가끔씩 하늘을 보고는 비명을 지르고 있었다.

우리도 마찬가지로 하늘을 올려다보았을 때, 섬광이 번쩍였다.

곧바로 번개가 떨어진 듯한 소리가 북쪽에서 울려 퍼졌다. 폭풍과 함께 검은 연기가 피어올랐다.

"하늘 저편에서……, 공격하고 있는 건가?"

눈으로는 확실하게 보이지 않는데.

올려다보고 있던 내게 스노우가 옷소매를 잡아당기며 말했다.

"하늘 위에서, 빛을 떨어뜨리고 있어. 지금은 놀고 있어."

"하늘 위라니, 그게 무슨 소리야?"

"엄청, 엄청 높은 곳. 공기가 없어서 숨을 쉴 수 없는 곳!"

놀고 있고, 공기가 없을 정도로 높은 곳?

누가 빨리 통역 좀 해줘!

내가 고개를 갸웃거리고 있자니 록시가 손가락을 가리키며 말했다.

"보세요. 상공의 점!"

"저건가!"

별이 아니다. 무언가가 있다.

그렇게 생각했을 때, 그것이 반짝 빛났다.

갑자기 우리와 조금 떨어진 곳에 빛기둥이 나타났고, 커다란 폭발이 일어났다.

"록시! 스노우!"

재빨리 흑순으로 막아서 다행이었지만, 직격당했다면 위험했을 것이다.

빛기둥이 떨어진 곳을 보았다. 운 좋게 사람이 없어서 다행인데…….

만약에 스노우가 말한 것처럼 놀고 있는 거라면, 진심으로 공격하면 어떻게 되는 거지?

그런 내게 그리드가 《독심》 스킬을 통해 말했다.

『스노우 말이 맞다. 위험한 건 분명해. 저건 대기권 밖에 있어. 터무니없이 먼 거리에서 공격을 가하고 있다 할 수 있지. 저 거리까지는 흑궁이 닿지 않아. 《블러디 터미건》도 마찬가지고.』

나는 그리드의 말을 듣고 다시 하늘을 올려다보았다.

별 같은 점이 반짝이고 있었다.

『그리고 스노우가 놀고 있다고 했는데, 이건 저 녀석에게서 새어 나온 힘의 일부에 불과하다. 다시 말해 공격을 날리기 위해 힘을 모으고 있는 것이지.』

그렇다면……, 손을 쓸 방법이 없다는 건가?

그 땅으로 통하는 문을 닫는 걸 포기하고 여기까지 왔는데, 그건 아니지.

지상에는 세트와 메밀, 지하에는 마인, 에리스, 라이네가 있다고.

머리를 감싸 쥔 내게 스노우가 말했다.

"하늘을 날면 돼!"

그녀는 손을 파닥였다. 이봐, 이봐, 우리는 새가 아니라고.

스노우는 진심으로 말하는 것 같았다. 그리고 록시를 빤히 바라보며 다시 입을 열었다.

그녀의 말투는 어른스러웠고, 평소의 스노우와는 달랐다.

"록시 하트, 당신이 각오를 다지고 있다면, 저와 계약하시겠습니까?"

그러자 록시도 놀란 모양이었다. 나도 마찬가지다.

원래 그녀로 돌아가고 있는 건지도 모르겠다. 그게 겉으로 드러난 건가?

적어도 스노우는 진심으로 말하는 것처럼 보였다.

"각오와 계약……."

"제 권속이 된다는 뜻입니다. 실패하면 다크니스라 불리는 생물이 되어버릴 겁니다. 성공하면 당신은 E의 영역에 발을 내디디게 되고, 새로운 힘을 얻을 것입니다."

록시가 깜짝 놀랐다. 그녀는 계속 E의 영역을 원했기 때문이다.

"저는……."

그녀는 나를 힐끔 보았다. 그리고 고개를 끄덕였다.

"부탁드립니다. 저와 계약해 주세요."

"록시! 아직……."

"아뇨, 지금 정해야 해요. 이제 시간이 없으니까요."

"좋아요. 그럼 제게 다가오세요."

"네."

빛기둥이 쏟아져 내리는 와중에 스노우가 무릎을 꿇은 록시의 이마에 입맞춤을 했다.

"윽……."

스노우의 몸은 빛의 입자가 되어 록시에게 흘러 들어갔다.

갑자기 록시의 몸이 희미한 붉은색 빛으로 감싸였다.

무언가가 몸속에서 꿈틀대고 있는 건가. 그녀는 보는 사람에게 그런 느낌이 들게끔 자신의 몸을 끌어안았다.

"록시!"

내가 소리친 그 순간, 그녀의 등에서 하얀 날개가 나타났다.

그 숫자는 하나, 둘, 셋, 넷. 전부 합쳐 네 장의 날개.

그리고 그녀의 머리 위에 황금빛 고리가 떠 있었다. 록시의 금발——, 그 끝부분에는 스노우의 머리카락 색이 섞여 있었다.

그 모습은……, 마치 동화에 나오는 천사 같았다.

신성한 변화에 숨이 막힐 것만 같았다. 넋이 나가 있을 상황이 아닌데도.

"괘, 괜찮아?"

내가 그렇게 말하자 록시는 천천히 고개를 들었다. 그리고 방긋 웃었다.

"문제없어요. 그런데 설마 날개가 돋아날 줄이야……, 이상하지 않나요?"

"엄청 예쁜 것 같은데."

"그럼 됐어요!"

기쁜 듯한 록시. 괜찮은 건가, 그렇게 쉽사리 받아들여도…….

그녀는 원래 긍정적인 사람이다. 그건 내가 잘 알고 있다.

나는 록시가 E의 영역에 들어서는 것에 대해 매우 고민했다.

그런데 이렇게 쉽사리 들어서 버리다니……, 역시 록시는 못 당하겠다.

『헛고생만 했구나. 고생이 많으신 페이트 군.』

“너, 진짜…….”

『그래도 말이다, 이 타이밍에 스노우――, 성수인의 힘을 빌릴 수 있었던 건 다행이지. 그리고 성기사는 성수인들의 인자를 지니고 있다. 적응률은 매우 높다고.』

“그걸 미리 말해야지!”

『가끔은 페이트가 안절부절못하는 모습을 보고 싶었거든.』

크게 웃어대는 그리드. 뭐, 그렇겠지.

만약에 록시가 크게 위험했다면, 그리드가 가르쳐주지 않을 리가 없다.

스노우도 마찬가지일 것이다. 말은 그렇게 했지만, 이미 알고 있었을 것이다.

그녀는 각오라고 했다. 록시에게 그 각오가 있는지 알아보고 싶었던 모양이다.

第28화 잃고 싶지 않은 것

록시의 모습을 다시 보았다.

성수인의 권속이 되는 건 이렇게까지 아름다운 건가……. 멸망의 사막에서 싸웠던 다크니스와는 방향성이 정반대다.

록시도 자신의 변화로 인해 처음에는 당황해했다.

하지만 곧바로, 그녀는 날개를 움직였다.

"페이, 보세요. 날 수 있을 것 같아요."

"오오오! 대단해!"

너무 멋지다.

그녀는 공중에 뜬 채로 고개를 갸웃거렸다.

"이 모습은 뭐라고 부르는 걸까요?"

『발키리다. 성기사가 성수인과 계약해서 동화했을 때 그렇게 부르지. 전투 방식도 크게 바뀔 거다. 설마……, 과거에 적이었던 발키리가 아군으로 나타날 줄이야.』

그리드의 이야기에 따르면, 대죄 스킬 보유자와 성수인은 적대 관계였다.

하지만 오랜 세월이 흐름에 따라 그런 관계도 무너졌다. 과거에 케이로스 일행이 애를 먹었던 발키리의 힘을 스노우의 협력에 따라 얻을 수 있게 된 것이다.

나는 재빨리 그리드가 가르쳐준 것을 록시에게 전했다.

금방 이해한 그녀는 가볍게 연습을 한 다음.

"페이, 이쪽으로 오세요."

내게 손짓했다.

"이건, 혹시."

"네, 그 방법밖에 없죠."

그녀는 다가간 내 양쪽 옆구리에 손을 집어넣고는 있는 힘껏 날개를 퍼덕였다.

나를 들어 올린 상태로 쉽사리 공중에 떠오른 것이다.

『이건 날개로 난다기보다는 마력으로 난다고 하는 게 정확하다. 날개는 그걸 이뤄주는 기관이라고 생각하는 게 더 이해하기 쉽지.』

"천룡이 그 거대한 몸집으로 하늘을 날 수 있던 이유하고 마찬가지야?"

『그런 거다.』

그렇구나, 또 하나 배웠네. 그리드의 목소리에 귀를 기울이고 있자니 상승 속도가 더욱 빨라졌다.

"록시!"

"꽤 익숙해졌어요. 저는 어렸을 때 자유롭게 하늘을 날아보고 싶다……, 그렇게 생각했던 시기가 있었거든요. 이 푸른 하늘을 새처럼 마음대로 날아다닐 수 있다면 기분 좋을 것 같다며 동경했던 거죠. 꿈이 이루어져 버렸네요."

"록시는 강하네."

예전에 나는 가리아에서 폭식 스킬에 침식당해서 괴물이 되어 버리는 것을 두려워했다.

"리스크를 알면서도 간단히 해낼 수 있는 게 아니야. 하지만 록시는 하우젠에 있는 사람들을 보다 못해서 망설임 없이 발을 내

디뎠지. 나는 도저히 그렇게…….”
“아뇨. 저는 페이를 보고 배웠을 뿐이에요.”
더욱 고도를 높이는 록시. 정말 즐거워 보인다.
“아무개 씨가 항상 무리만 하니까, 곁에 있지 않으면 조마조마해요. 그리고 이제 두고 가는 건 싫다고요!”
“록시…….”
“저도 페이의 힘이 되어주고 싶어요……, 발목을 잡는 건 이제 사양하겠어요!!”
날개의 기세는 멈출 줄을 몰랐다. 점점 속도가 빨라졌다.
그런데, 이대로 그리드가 말한 대기권 밖으로 갈 수 있는 건가?
일말의 불안을 남긴 채, 우리는 하늘로 솟구쳐 올라갔다.
“보이네요.”
“크다. 뭐 저렇게 커?”
아직 거리가 멀지만, 원근법을 감안하더라도 하우젠 도시 부분 크기는 될 것 같다.
저 정도면 공중 요새라고 해도 과언이 아닐 것이다.
전체적인 모습이 드러나자 그리드가 끙끙대는 소리를 냈다.
『설마 했는데, 성수 조디악 아쿠에리어스인가?! 아직 가라앉지도 않고 이런 곳에 있다니.』
“저게 생물이야?”
『물론이지. 스노우와 마찬가지로 원래는 성수인이다. 지금은 모습이 변했지만……, 저렇게 형태가 많이 바뀌어버렸으니 원래 모습으로 돌아갈 수는 없겠군. 제대로 된 의지가 남아있는지조차 의심스럽다. 재미있는 걸 꺼내왔군그래……, 라이브라 녀석이.』

성수 조디악 아쿠에리어스는 대기권 밖의 태양광을 모아서 발사할 수 있는 힘을 지니고 있다고 한다. 먼 옛날 사람들은 그 공격을 인드라의 화살이라고 부른 모양이다.

좀 더 알고 싶어서 감정 스킬로 알아보려 했지만, 그리드가 말렸다.

『바보 같은 녀석! 정면으로 감정하는 녀석이 어디 있냐. 감정 방어를 당해서 실명할 게 뻔한데. 그건 그렇고, 공격 충전이 끝날 것 같군.』

아직 거리가 너무 멀다.

이 흑순으로……, 제3위계의 오의인《리플렉션 포트리스》로 막을 수밖에 없나?!

내 움직임을 눈치챈 록시가 고개를 저었다.

"안 돼요. 페이의 오의는 스테이터스를 너무 많이 소모해요. 지금 쓰면 저 성수를 막을 방법을 잃게 되어버릴 거예요."

"그렇다면 저걸 어떻게 막지?"

"제가 할게요!"

맡겨달라는 듯이 당당한 태도였다. 몸 안에 깃들어 있는 스노우가 문제없다고 보장해준 모양이었다.

"스노우도 의욕이 넘쳐요! 그러니 페이는 그 이후에 집중해 주세요."

"알겠어."

번쩍이는 섬광!

대기권 밖에서 날아든 막대한 빛다발. 그것은 그 빛을 받은 자들을 모두 빛의 세계로 인도하며 흔적도 없이 증발시킨다.

록시는 겁먹지도 않고 일직선으로 성수를 향해 나아갔다.

만약 피해버리면 하우젠과 그 아래에 있는 지하도시가 사라져버리게 된다.

"꽉 잡고 계세요."

빛다발에 삼켜지려는 순간, 록시를 중심으로 원 형태의 보이지 않는 벽이 전개되었다. 벽이 빛을 일그러뜨리며 확산시켜나갔다.

빛은 반짝반짝 빛나는 입자가 되어 차례차례 저편으로 사라져갔다.

"혹시 이게 성스러운 가호라는 건가?!"

"네, 스노우가 그렇다고 하네요."

성수 조디악 스콜피온이 사용했던 것과 똑같다. 그뿐만이 아니라 더욱 견고한 가호가 된 상태다.

『신의 수호방패라고 불릴 만도 하겠어.』

록시는 섬광을 버텨냈다. 다시 똑같은 공격을 할 수 있을 때까지는 시간이 꽤 많이 필요할 것이다.

"더 가까이 다가갈게요. 그런데 공기가 꽤 희박해졌네요. 성스러운 가호로 조금은 버틸 수 있지만, 성수가 있는 대기권 바깥까지는 가지 못할 것 같아요."

"충분해. 그리드, 여기에서라면 노릴 수 있겠지?"

『웃기는군, 이 몸이 누군지 아나? 가자, 이번에야말로 《블러디 터미건》을 날리자.』

그것만으로는 부족하다. 상대는 성수다.

크로싱한 다음, 더욱 높은 경지를 노린다.

"그리드, 크로싱하자."

『그래!』

“그리고, 내 스테이터스 중 80퍼센트를 가져가.”

다시 간다!

폭식 스킬의 변천으로 무시무시하게 변한 흑궁을 강화해 나갔다.

날리는 것은《블러디 터미건 크로스》!

왕도에서 날렸을 때는 혼자였다. 하지만 지금은 크로싱을 통해 그리드와 둘이서 날린다. 오의의 완성도는 지금까지 날린 것들 중에서 최고가 되었다.

“가라아아아아아!”

두 개의 검은 번개가 나선 모양으로 회전하며 성수 쪽으로 다가갔다.

혼신의 일격은 멋지게 성수의 중심에 있던 핵으로 보이는 부분을 꿰뚫었다.

“해냈네요.”

기뻐하는 록시는 날개를 크게 펼치며 그 마음을 나타내고 있었다.

크게 기울어진 성수는 연기를 피워올리며 천천히 떨어지기 시작했다.

나도 처음에는 기뻐했다. 그런데 저렇게 거대한 성수가 지상으로 떨어지면 어떻게 될지……, 불안이 스쳐 갔다.

“그리드, 이대로 떨어지면……, 설마.”

『감이 좋구나. 싸움에 익숙해지는 것 같다, 페이트.』

아무리 봐도 성수는 우리가 날아온 궤도를 타고 떨어지는 것 같았다.

거짓말이지? 거짓말이라고 해줘.

이미 힘을 꽤 많이 써버렸다. 내게 남아있는 스테이터스는 E의 영역을 아슬아슬하게 넘어선 수준이다.

다시 말해, 그리드에게 힘을 줘버리면, E의 영역을 유지할 수가 없게 된다. 그것은 성수에게 공격이 통하지 않는다는 뜻이다.

나는 록시를 보았다. 분한 듯한 표정을 짓고 있었다.

그녀도 나와 비슷한 상태이기 때문이다. 그녀 역시 거대한 섬광을 홀로 막아내느라 힘을 대부분 소비해버렸다.

『라이브라 녀석은 이것까지 예측하고 있었던 건가.』

“젠장, 사람들이! 이대로 가다간 사람들이.”

성수는 더욱 빠르게, 공기의 마찰로 인해 불꽃을 두르며 낙하했다. 그 모습은 마치 거대한 운석 같았다.

저것이 지상에 충돌한다면 지면이 넓은 범위로 솟구치고, 바닥이 보이지도 않을 정도로 거대한 크레이터가 생겨날 것이다.

『모처럼 말이지, 여기까지 왔는데, 이 몸은 이런 식으로 끝나는 건 마음에 안 든다고!』

“그리드?!”

『루나도 마지막에는 자신의 신념을 관철했는데 말이지. 이 몸은……, 이 몸은 항상 보기만 하고. 참 재미가 없어……, 안 그래? 케이로스.』

흑궁이 빛나며 형태를 바꾸었다.

『페이트, 이 몸이 멋대로 굴어서……, 미안하다. 이 몸도 더 이상 보고 있을 수만은 없어. 잠자코 있을 수 없단 말이다!』

“무슨 짓을 하려는 거야!”

정말 기분 나쁜 예감이 든다. 그만두라고 하기도 전에 새로운 형태가 된 그리드가 나타났다.

『제5위계다. 타입은 쌍토시. 흑사를 모두 합쳐서 열 개 다룰 수 있지. 이것으로부터는 그 무엇도 도망치지 못한다.』

설명은 됐어. 무슨 일이 일어난 건데. 무슨 짓을 했는지를 말해줘.

이상하잖아?! 아니, 새로운 모습을 해방시키려면 내 스테이터스를 제물로 바쳐야만 할 텐데.

그런데……, 나는 아무런 대가도 치르지 않았어. 그렇다면 그 대가는 누가 치른 거지?!

“그리드……, 너, 혹시.”

『자, 가자. 페이트. 저 아래에는 네 소중한 사람들이 있잖아. 그렇다면 생각할 필요는 없다. 할 일은 이미 정해져 있을 텐데. 써라! 이 몸을!』

“내게는 항상 무리하지 말라고 한 주제에……, 너야말로 정말 멍청한 녀석이라고!”

연속 크로싱. 평소였다면 정신이 버티지 못하고 뻗어버렸을 것이다.

하지만, 그런 짓을 해줘 버리면 보답하지 않을 수가 없잖아!

“록시, 성수가 있는 곳으로 우리를 데려다줘.”

“……네.”

그녀는 더 이상 아무런 말도 하지 않았다. 아니, 하지 못한 건지도 모르겠다.

불덩어리가 된 성수 조디악 아쿠에리어스 근처로 다가가자, 록시는 나를 잡고 있던 손을 놓았다.

"무운을 빌어요."

멀어져가는 록시는 느끼며, 흑토시가 된 그리드를 보았다.

"간다."

성수의 타오르는 불꽃 따위는 내 불꽃 내성 스킬로 무효화시킨다.

흑토시에서 흑사 열 개를 방출시켰을 때, 몸을 그리드에게 빼앗겨버렸다.

"미안하다, 페이트. 이 몸이 주는 선물이라 생각해라."

흑사는 그렇게나 거대한 성수를 마치 고치처럼 감싸기 시작했다.

내 마력이라고는 상상도 안 될 정도로 강한 마력이 담겼다.

곧바로 삐걱대는 듯한 소리가 스쳐 갔다. 흑사로 조이고 있는 것이다.

"아직 부족한가? 좋다, 준비는 끝났으니까."

흑토시가 변하기 시작했다. 혹시 제5위계의 오의인가?!

그렇다면 이걸 쓰는데도 스테이터스를 바칠 필요가 있다. 게다가 제5위계라면 더욱 많은 스테이터스가 필요할 텐데.

나는 그 대가를 치르지 않는다. 이제 분명하다, 그리드밖에 없다.

"페이트, 잘 봐둬라. 그리고 이 감각을 잘 기억해둬라."

그리드에게 몸을 빼앗겼기에 목소리가 나오지 않았다. 하지만 이 마음은 그에게 전해진 것 같았다.

"신경 쓰지 마라. 이 몸은 무기다. 페이트, 너희들과는 다르지. 슬퍼할 필요는 없다. 이런 이 몸이라도……, 지키고 싶은 게 생겨버렸을 뿐이다."

그리드는 진심으로 기뻐하는 것 같았다.

그리고 그는 제5위계──, 오의 《디멘션 디스트럭션》을 발동시켰다.

빛나기 시작한 흑사는 공간조차 찢어발겼다. 절대 양단의 힘을 얻어 성수를 먼지 조각으로 만들어버렸다.

그 먼지도 공기의 마찰로 인해 불타 없어졌다.

머릿속에 무기질적인 목소리가 들리며 싸움이 끝났다는 것을 가르쳐주었다.

나는 그저 떨어지고만 있었다.

크로싱 같은 건 이미 풀린 상태다.

"페이! 손을!"

록시가 급하게 다가와 내 손을 잡았다.

성수로부터 하우젠을 지킬 수는 있었다. 하지만……, 나는…….

흑토시에서 흑검으로 돌아와 버린 그리드를 꽉 쥐었다.

"어?! 저건 대체 무슨 일이 일어난 거죠?"

땅이 엄청나게 울리는 소리가 들렸다.

지평선에 가까운 곳에서 대륙이 융기한 것이다. 하지만 시간이 지나자 그것이 잘못된 판단이라는 것을 깨닫게 되었다.

융기한 게 아니었다. 대륙이 떠오른 것이다.

"방향으로 보니 가리아 대륙이죠?"

록시의 말을 듣고 나는 고개를 끄덕였다. 아버지가 그 땅으로 통하는 문을 열어버렸는지도 모르겠다.

그로 인해 가리아 대륙이 떠오르고 있다. 기어코 세계의 균형이 무너지기 시작해버렸다.

기울어가는 저녁놀이 비추고 있는 부유 대륙을 둘이서 바라볼 수밖에 없었다.

"이봐, 그리드. 이제 어떻게 하면 되는 거야?"

항상 설명하길 좋아하고, 오지랖이 넓은 파트너는 대답하지 않았다.

"제5위계를 해방시키면 다른 사람들이랑 얘기한다며. 뭐라고 말 좀 해줘……, 부탁이야……, 그리드."

"페이……."

록시가 나를 끌어안았다. 그걸 계기로 감정이 넘쳐 흘러버렸다.

지상에는 우리를 향해 손을 흔들고 있는 소중한 동료들이 보였다.

"그리드……, 돌아오라고."

그날, 나는 소중한……, 소중한 파트너를 잃었다.

에필로그 마인의 미소

이곳은 지하도시 그란돌. 그곳에는 많은 건물이 늘어서 있고, 나는 그중 한 곳에서 눈을 떴다. 아야야……, 옆구리가 아프다.

아마 페이트가 내 몸을 진정시키기 위해 한 방 날린 모양이다.

근처에는 망자 한 명이 곁에서 나를 지켜보고 있었다.

아는 사람일지도 모르겠다는 생각에 얼굴을 잘 살펴보려 했지만, 확실히 보이지는 않았다.

망자는 모든 것이 애매한 존재다. 보이지 않는 것도 당연하다.

만약 그 땅으로 통하는 문을 열었다면, 그들은 그들의 의지에 상관없이 되살아났을 것이다. 그랬다면 이 망자도 알 수 있었겠지.

하지만 그것은 이제 내 소원이 아니게 되었다.

"져버렸어……."

새삼 소리 내어 말해 보았다. 마음의 지주였던 목적을 페이트가 전부 백지로 만들어버렸다.

이제부터 어떻게 해야 할까……, 알 수가 없어서 무서워졌다.

그것은 정겨운 감정이기도 했다. 그 사실을 눈치채고 혼자서 깜짝 놀라버렸다.

계속, 계속, 어딘가에 두고 온 채 잊고 있던 마음.

혼자서 무인으로 살아가는 길을 선택했을 텐데…….

나는 혼자 지내는 것을 두려워하게 되어버렸다.

"페이트 때문이야."

앞으로도 잘 부탁해! 라고 해놓고 금방 나를 여기에 둔 채 어디론가 가버렸다.
한동안 웅크리고 앉아있자니 가끔씩 건물이 크게 흔들리는 게 느껴졌다.
"지진?"
건물에서 나와 지하도시 그란돌 천장을 올려다보았다. 후두둑, 흙먼지가 쏟아져 내리는 것 같았다.
아직 지상에서 전투가 계속 벌어지고 있나?
그렇게 생각했을 때, 손 근처에 흑부——, 슬로스가 없다는 사실을 그제야 눈치챘다.
항상 손이 닿는 곳에 반드시 두곤 했는데.
평소였다면 슬로스의 기척을 탐지해서 어디에 있는지 금방 알았을 텐데.
지금은 어디에 있는지……, 알 수가 없다.
곤란해하고 있는데 좀 전에 본 망자가 손짓했다.
"뭐야?"
뒤를 따라가자 약간 트인 곳에서 흑부가 땅바닥에 박혀 있었다.
"오오, 슬로스!"
그녀를 주워들어 보니 여전히 자고 있었다.
평소에는 잘 자는 애가 잘 큰다고 하니까 신경 쓰지 않는다.
하지만 지금은 자면 안 돼.
"이 녀석, 일어나!"
내가 힘든 상황에 처했는데 자고 있다니, 대체 무슨 짓이야?!
분노 스킬이 또 폭주해도 상관없어?!

툭툭, 살짝 찔러댔다.

잠시 후, 그제야 슬로스가 기지개를 켜면서 눈을 떴다.

"흐암~, 좋은 아침이야. 마인."

맥이 빠질 것 같을 정도로 느긋한 목소리. 그녀는 아직 졸린 것 같다.

"그렇게 화내지 마. 이제 괜찮아?"

"응."

"그럼 됐어."

슬로스는 내게 이것저것 묻지도 않았다.

"안 물어봐?"

"오랫동안 함께 해왔으니까, 얼굴을 보면 알 수 있어."

어떤 표정을 짓고 있었던 거지?

그렇게 묻자 슬로스는 자상하게 가르쳐 주었다.

"정말 기뻐 보여. 정말 좋은 일이 있었던 것 같아. 그렇지?"

"응."

"이렇게 시원스러운 표정을 짓는 마인은 오랜만이야."

슬로스는 기뻐해주고 있었다. 나까지 기뻐질 정도로.

"맞다."

여기로 안내해준 망자에게 고맙다는 인사를 하자. 그렇게 생각하며 돌아보니 망자는 사라진 뒤였다.

"왜 그래?"

"아니……, 아무것도 아니야."

이것도 망자의 변덕 같은 것일지도 모르겠다.

지진은 끝나지 않고 지금도 이어지고 있다. 페이트의 기척은 지하도시 안에는 없다.
"위에 있어?"
"그럼, 갈 수밖에 없지."
여기에서는 좋지 않은 기척도 느껴진다. 하지만 지금은 페이트의 힘이 되어주고 싶다.
나는 고개를 끄덕인 다음 지상으로 향했다.
하우젠에는 식량을 조달하러 드나들었기 때문에 지름길도 알고 있다.
정규 루트로 가면 성수인 인증이 필요한 문을 통과해야만 한다.
페이트 일행이 여기로 올 때 그곳을 통과했다면 지금은 열려 있을지도 모른다.
하지만 불확실한 루트보다 더 괜찮은 곳이 있다.
오랜 세월에 걸쳐 대지에 스며든 물이 깎아낸 길.
자연이 만들었기 때문에 좁아서 어른이 다니기는 불편하다.
다행히 나는 몸집이 작아서 문제가 없다.
"문제는 슬로스. 너무 커."
"그건 어쩔 수 없잖아!"
"그럼, 길을 크게 만들어야지."
"그럴 줄 알았어."
흑부를 한 번 휘둘러 길을 크게 만들었다. 이제 슬로스도 지나갈 수 있게 되었다.
"지름길은 좋아."
"이번 일을 통해서 조금은 얌전해질 줄 알았는데, 그러진 못한 모양이네."

"……이건 서두르기 위해서야!"

"그래, 그래."

그곳은 하우젠에서 조금 떨어진 곳이었다. 커다란 바위 틈새로 기어 나온 다음, 하우젠에 일어난 일을 확인했다.

도시에 빛기둥이 쏟아져 내리고 있었다. 이 광경은 본 적이 있었다.

"하늘에서 공격당하고 있어."

"저 빛기둥은……, 설마 인드라의 화살을 날리려 하는 거야?!"

"성수 조디악 아쿠에리어스……."

"틀림없는 것 같아. 저건 너무 높은 위치에 있어서 우리가 할 수 있는 건 아무것도 없어."

우리는 주로 접근전을 벌인다.

날개라도 있다면, 저기에 다가가서 싸울 수 있지만.

"마인은 날 수가 없어."

"나도 알아……, 저건."

"꽤 멀지만, 꽤 큰 마력이 두 개. 성수를 향해 상승하고 있어."

"페이트……."

"그런 것 같네. 다른 한 사람은…… 느껴본 적이 없는데."

올려다본 하늘——, 빛기둥이 쏟아지는 하늘은 황금색으로 빛나고 있었다.

그는 일직선으로 그 빛의 중심을 향해 나아갔다.

왠지……, 지금부터 하려고 하는 행동을 보고 있기만 해도, 매우 뒤처져 버린 듯한 기분이 들었다.

그리고 그와 함께 있는 사람이 매우 신경 쓰였다.

지금까지는 별로 신경 쓰이지 않았는데……, 이런 기분은 처음이었다.

“혹시, 질투하는 거야?”

“그, 그럴 리가 없어.”

“알아보기 쉬운 아이네.”

“그러니까, 아니라고!”

“그래, 그래.”

으윽…….

심술궂은 슬로스다. 평소에는 그런 말 안 하면서!

“나는 말이지. 기쁜 것 같아. 마인이 그런 마음을 되찾아줘서.”

“그런데 그렇게 말해?”

“싸우기만 해서 지금은 아직 실감하지 못한 것 같지만.”

“아직?”

“그래. 잘 모르겠으면 내가 의논 상대가 되어줄게. 잠자는 시간 빼고.”

쿨쿨 잠만 자는 주제에 활기가 넘치는 슬로스.

가끔은 싸우는 도중에 자기도 하면서…….

“나는 이런 이야기를 정말 좋아하거든. 크으으윽, 신이 나네. 어서! 어서!”

“슬로스! 조용히 해!”

페이트는 아직 싸우고 있다. 그의 곁으로 가고 싶지만, 내게는 그럴 방법이 없다.

그저 지켜볼 수밖에 없다.

“페이트…….”

상공에 있는 그의 마력이 한층 더 강해진 것이 느껴졌다.
아마 위계 계열 오의를 쓰는 것 같다.
"그는 끝낼 생각인 것 같아. 저 성수는 천공 포대라 불리니까 움직임이 매우 둔하지. 문제는 대기권 밖에 있다는 거야. 공격 범위 안으로 다가가서 저렇게 강한 힘을 부딪히면."
"쓰러뜨릴 수 있을지도 몰라."
기대하며 지켜보던 나는 마음이 들뜨는 것을 느끼고 있었다.
페이트는 언제나 내 예상을 뛰어넘는 싸움을 보여주었다. 처음 만난 곳은 왕도의 북쪽에 있는 변경 지역이었다.
나는 우연히 그 땅으로 통하는 문의 단서를 찾기 위해 그곳에 갔다.
그곳에서 성기사의 영지를 침략하려 한 관마물 코볼트 어설트들을 발견했다. 꽤 많은 상금을 얻을 수 있을 것 같은 마물이다. 쓰러뜨리면 영주에게 돈을 청구할 수 있을 가능성이 크다.
하지만 나는 페이트의 존재를 눈치채버렸다. 대죄 스킬 보유자는 동류를 느낄 수 있다. 그것은 서로 끌어당기기 때문이라고 한다.
나는 관마물보다는 그를 선택했다.
멀리서 걸어오던 페이트는 무인이라고 하기에는 허약하게 느껴지는 남자였다.
척 보기에도 상냥한 듯한 분위기였고, 싸움이 어울릴 것 같지는 않았다.
그런 그는 나를 보고 무언가를 느낀 것 같았다. 역시 대죄 스킬 보유자다. 다가가 보니 확실히 알 수 있었다.
그는 대죄 스킬 중에서도 가장 강력한 폭식 사용자다.

그 때문인지 나는 그를 과거의 폭식 스킬 보유자와 비교하게 되었다. 앞에 있는 이 남자는 예전 보유자와는 너무 많이 달랐다.

그래서 나는 페이트를 시험해보고 싶어졌다. 정말로 폭식 스킬 사용자로 선택될 만큼 자질이 있는 건지.

그리고 관마물과 그를 싸우게 하고는 멀리서 상황을 지켜보기로 했다.

페이트는 홀로 싸워서 훌륭하게 관마물을 쓰러뜨렸다.

내가 보기에는 움직임이 초보 같아서 도저히 칭찬해줄 수가 없었다.

하지만, 그는 결코 포기하지는 않았다.

그 이후로도 그는 싸우기를 망설이면서도 도망치지는 않았다.

그런 페이트였기에 나는 하니엘과 싸울 때 협력을 받기로 했다. 그는 갑자기 나타난 내 의뢰를 불평하지 않고 함께 해주었다.

나는 알고 있었다. 페이트가 왕도를 떠나 여행을 하기 시작한 이유를. 그에게는 가장 우선시해야 할 것이 있었다.

하지만 페이트는 나를 위해 위험한 가리아 안으로 들어가면서까지 함께 해주었다. 그리고 하니엘과 전투를 벌였을 때, 미숙한데도 불구하고 폭식 스킬의 절반을 이끌어 내기까지 했다.

터무니없는 짓을 하는 사람이라고 생각했다. 그와 동시에 폭식 스킬 보유자는 원래 그런 건지도 모르겠다는 생각도 했다.

게다가 그 힘을 자신을 위해서가 아니라 다른 누군가를 위해서 쓰는 구석도 똑같다.

천룡과 싸웠을 때도 마찬가지였다. 페이트는 바뀌지 않았다.

지금도 그렇다.

"나 때문에 꽤 많이 지쳤을 텐데."
"그는 해낼 거야."
"응."
그가 날린 오의──, 검은 번개의 나선이 만들어낸 빛이 보였다.
갑자기 성수의 힘이 크게 약해졌다. 그리고 페이트의 힘도.
"끝내지 못했네."
"큰일이야. 마인, 여기서 대피해야 해."
성수가 고도를 낮추며 하우젠으로 떨어지려 하고 있었다.
"괜찮아."
페이트는 아직 포기하지 않았다.
지금 포기할 사람이라면, 그가 여기까지 올 리가 없다.
"페이트를 믿어."
"그래……."
도시처럼 거대한 성수가 구름을 뚫고 모습을 드러냈다.
저것이 하우젠에 충돌하면 엄청난 충격파가 일대를 덮칠 것이다.
그것은 대피하는 사람, 도망치다 늦은 사람, 지하도시에 있는 사람, 그리고 나까지도 날려버릴 것이다.
저것을 올려다본 사람들은 모두 죽음을 느꼈을 것이다.
절대적인 위기가 떨어져 내린다.
그것을 느끼면서도 내 마음은 편안했다. 이렇게 차분한 마음으로 싸움의 행방을 지켜볼 수 있을 줄은 상상도 못 했다.
"이 힘은……."
"그리드의 제5위계……, 《디멘션 디스트럭션》."
흑사가 성수를 고치처럼 감싸기 시작했다. 그리고 빛을 내뿜으며 거대한 성수를 먼지 조각으로 만들어버렸다.
“용케도 저런 걸 해내네. 역시 폭식 스킬 보유자라고 해야 하나?”
“응.”
그에게 내 힘은 이제 필요가 없다.
페이트는 이미 어엿한 무인이 되어버렸다.
“어느새, 추월당했어.”
“그럼 어떻게 할 거야?”
“뻔하지.”
페이트가 있는 곳으로 서둘러 가자.
나는 지상으로 향해 내려오는 그의 마력을 따라 달려가기 시작했다.
어떻게 해볼 수조차 없을 정도로 그를 빨리 만나고 싶어졌기 때문이다.

하우젠에 도착하기 전에 다시 강한 지진이 일어났다.
성수가 공격했을 때와는 비교도 안 될 정도로 흔들렸다.
“마인, 저기 봐.”
“가리아 대륙이…….”
지평선 너머에서 솟구치며 떠오르는 가리아 대륙이 보였다.
“이건 혹시…….”
“지금은 페이트가 있는 곳으로 서둘러 갈 거야.”
그 땅으로 통하는 문이 머릿속에 스쳐 갔다.
하지만 지금은 그를 만나야 한다. 내가 정신을 잃은 다음, 무슨 일이 있었는지 가장 잘 아는 사람은 페이트다.

나는 고개를 저으며 하우젠으로 뛰어들었다.

그곳에서는 영지의 주민들이 하나같이 하늘을 올려다보고 있었다. 큰 환호성도 들렸다.

천사의 모습을 한 여자를 따라 내려오는 페이트의 모습은 내가 보기에도 신성한 느낌이었다.

영지의 주민들도 마찬가지로 신성한 사람으로 보았을 것이다.

하우젠을 덮친 이상 사태에서 해방시켜 준 구세주일지도 모른다.

실제로 페이트는 하우젠을 부흥시키기 위해 갈 곳이 없는 자들을 많이 끌어들였다. 그렇기에 영지의 주민들은 저마다 그를 칭송하고 있었다.

거기에 이번 사건까지 겹쳐서 페이트의 인기가 더욱 높아진 것 같다.

"왜 그래? 손 안 흔들어?"

"그럴 수 없어……, 내게는 그럴 자격이 없어."

여기까지 와놓고, 나는 또 두려워져 버렸다.

왜냐하면, 이번 사건의 원인을 만들어버린 게 나이기 때문이다. 신의 유혹에 패배하고 페이트 곁을 떠났는데…….

또 이렇게 태연한 표정으로 만나도 되는 걸까…….

"모르겠어."

"저 사람은 앞으로도 잘 부탁한다고 말해줬잖아. 그렇다면 이미 마음은 확실하게 정해져 있을 것 같은데? 자, 어서."

슬로스가 재촉하자 나는 하늘에 있던 페이트를 향해 손을 흔들었다.

얼굴이 붉어졌다, 아주 조금.

이렇게 사람이 많다. 눈치챌 수 있을 리가 없다.

그렇게 생각했다.

하지만 그는 나를 발견하고는 미소를 지으며 이쪽을 향해 손을 흔들어 주었다.

"잘됐네."

"응!"

기뻐져서 다시 손을 흔들어 보았다.

그러자 슬로스가 웃어버렸다.

"으."

"너무 신났잖아."

"그렇지 않아."

페이트는 영지 주민들의 성원에 대답하며 계속 미소를 짓고 있었다.

하지만 가끔씩 슬퍼 보이는 분위기가 드러났다가 사라지곤 했다.

그를 데리고 온 천사도 이유를 알고 있는지, 걱정스럽다는 듯이 그를 신경 쓰고 있었다.

영지 주민들의 성원에 확실하게 대답했다고 생각한 천사는 내려서지도 않고 페이트를 데리고 성으로 날아가 버렸다.

"마인, 쫓아가야지."

"응."

나는 급하게 그를 쫓아갔다.

골목은 사람들로 붐벼서 도저히 나아갈 수가 없을 것 같았다.

이렇게 된 이상!

나는 높이 뛰어오른 다음, 건물 옥상에 착지했다.

그 모습을 근처에서 보고 있던 아이들이 소리쳤다.

"마인은 예전부터 어린아이들에게 인기가 많았지."

"똑같다는 말을 하고 싶어?"

"뭐, 그렇지. 키나 외모는 비슷하니까."

"으, 나는 어린애가 아니야. 어른!"

"흐음~, 그렇구나."

"화낸다."

"그건 안 돼! 미안해."

"알면 됐어."

페이트도 나를 어린애로 보지는 않을 것이다.

왜냐하면, 멸망의 사막에서 숙박 시설에 머무를 때 일이 있었기 때문이다. 내 알몸을 본 그는 얼굴을 붉히며 당황했다.

나는 그런 페이트의 반응이 재미있어서 놀려버렸다.

건물 지붕을 따라 성으로 향했다.

성안에 들어가자 페이트가 푹 자고 있는 모습이 눈에 들어왔다.

그에게 다가가자 곁에 있던 천사가 말을 걸었다.

"당신은……, 혹시, 마인 씨?"

"응."

"역시 그랬군요. 페이트에게 들었던 이야기와 똑같아요. 커다란 흑부와 그 외모. 사실 저는 당신을 영지에서 본 적이 한 번 있어요. 그때는 뒷모습만 봤지만요. 저는 록시 하트라고 합니다. 지금은 스노우의 힘을 빌려서 이런 모습이 되었지만, 왕도를 섬기는 성기사예요."

록시?!

이 여자가, 그 사람이구나. 이 사람이 록시구나…….

페이트가 홀로 가리아까지 여행을 하게 된 계기.

그렇구나……, 어른스러워서 그가 좋아할 만한 사람 같다.

그건 그렇고, 페이라고 부르는 게 신경 쓰인다.

록시는 정신을 잃은 페이트를 메밀이라는 메이드에게 맡겼다.

"록시 님, 그 모습은?!"

"스노우의 힘을 빌려서 말이죠……."

록시는 내게 했던 설명을 메밀에게도 해주느라 바쁜 것 같다.

그런 와중에 그녀의 몸이 빛나기 시작했다.

눈부신 빛이 사그라들자, 그녀의 날개와 천사의 고리가 사라졌다.

거기에는 사람 모습으로 돌아온 록시, 그리고 붉은 머리카락의 어린 여자애가 있었다.

"휴우~, 나, 열심히 했어!"

"스노우!"

으으음……, 이게 말로만 듣던 스노우. 록시에게 힘을 준 존재.

바라보고 있자니 슬로스가 작은 목소리로 가르쳐 주었다.

"외모가 바뀌긴 했지만, 성수인이야."

"성수인?!"

어디서 본 적이 있는 모습이었다. 록시는 성수인의 힘을 빌렸었구나.

성수인이 이쪽……, 대죄 스킬 보유자에게 협력해 주다니……, 옛날이었다면 상상조차 할 수 없는 일이었을 것이다.

"그들도 예전처럼 한데 뭉치진 않은 것 같아."

"응."

스노우는 말과 행동에 어린 구석이 많아 판단을 내리기가 망설여지기도 했다.

하지만 성수 조디악 아쿠에리어스를 쓰러뜨리기 위해 페이트와 함께 싸운 것은 분명한 진실이다.

스노우는 정신을 잃은 페이트를 걱정스러운 듯이 바라보고 있었다.

그렇다면 나는 페이트가 신뢰하는 그녀를 믿어야겠다.

메밀이 페이트를 데리고 안쪽으로 사라졌다. 스노우는 그녀를 뒤쫓아 달려가 버렸다.

남겨진 사람은 나와 록시.

그녀는 주위를 둘러보면서 내게 물었다.

"에리스 님 못 보셨나요?"

"……몰라."

"그렇다면 아직 지하에 계실지도 모르겠네요."

그녀는 그렇게 말하며 걸어가려 했지만.

"이 마력은……."

나도 록시와 마찬가지로 느끼고 있었다. 이 성으로 다가오는 마력을.

이것은 확실하게 기억하고 있다. 분명히 색욕의 마력이다.

"여기서 기다리는 게 좋겠어. 그리고 누군가 한 명을 데리고 있어."

"당신이 그렇게 말씀하신다면……, 저기, 마인 씨."

"왜?"

"저기……, 페이하고 싸우셨죠? 저는 그때 함께 있지 않았으니까요."

"응, 싸웠어. 그리고 졌어. 하지만 잘 된 거라 생각해. 그리고 페이트는 약속해줬어."

내 말을 듣고 록시는 당황한 듯한 모습을 보이더니 조심조심 물어보았다.

"어, 어떤 약속인데요?"

"그건 비밀."

록시는 실망하고 있었다. 정말 알고 싶었던 모양이다.

말해버리면 별것 아니라고 생각해버릴지도 모른다.

하지만 내게는 소중히 여기고 싶은 것이었다.

그래서 누구에게나 떠들고 다닐 생각은 없다.

"그, 그런가요……. 개인적인 걸 여쭤봐서 죄송해요."

그녀는 어깨를 늘어뜨렸다. 하지만 금방 미소를 보이며 내게 말했다.

"아무튼 쉬도록 하죠. 에리스 님께서도 잠시 후에 여기로 오실 테니까요."

응접실로 안내받은 다음, 잠시 기다리기로 했다.

에리스는 잔소리가 많다. 돌아오면 이러쿵저러쿵 따질 것이다. 너무 시끄럽게 굴면 흑부로 때려줘야지.

잠시 후, 록시가 말한 대로 에리스가 나타났다.

약간 너덜너덜해졌지만 큰 대미지는 입지 않은 것 같았다.

그녀 옆에는 낯선 여자가 서 있었다. 졸린 듯한 표정이고, 백의를 입고 있는 걸 보니 어떤 연구자 같았다.

록시는 그녀의 귀환을 기뻐하고 있었다. 이름은 라이네라고 하고, 페이트의 아버지에게 유괴당했던 모양이었다.

보아하니 신과 페이트의 아버지 사이엔 어떤 접점이 있는 모양이다.

에리스는 내게 그 사실에 대해 캐물었다.

하지만 나는 신의 암약에 관여하지 않았다. 그냥 신을 따라 여기로 왔고, 그 땅으로 통하는 문을 열기 위해 기다리고 있었다.

신은 페이트에게 장애물로 써먹기 위해 나를 마련한 것에 불과하다. 그 사실을 알고 있었지만, 그때 나는 그 땅으로 통하는 문을 열고 싶었다.

그 사실을 에리스에게 말하자 진심으로 실망한 듯한 표정을 지었다. 페이트 곁을 떠난 것에 대해서도 혼나버렸다.

록시가 그 정도만 해두라고 말려주었기에 겨우 풀려났다.

예상은 했지만, 피곤해졌다.

이야기는 그 땅으로 통하는 문이 페이트의 아버지에 의해 열려버렸다는 주제로 넘어갔다.

주로 라이네가 중심이 되어 이야기를 진행했다.

처음에는 듣고 있었다. 하지만 눈꺼풀이 무거워졌고, 졸리기 시작했다. 꾸벅꾸벅 졸고 있자니 록시가 걱정스러운 듯이 말을 걸었다.

"마인 씨는 쉬시는 게 낫겠어요. 방을 준비하라고 할게요. 괜찮겠죠? 에리스 님."

"그래. 마인은 진심으로 페이트하고 싸운 것 같으니까. 오랜만에 네 귀신 모드를 봤다고. 그건 꽤 피곤해지지?"

에리스의 허가가 떨어지자, 메밀이 불려왔다.
그녀는 내게 인사를 한 다음 객실로 안내해주겠다고 했다. 지금부터 진행될 이야기를 듣지 못하는 건 싫었다.
보다못한 슬로스가 내게 말했다.
"내가 들어둘 테니까 안심해."
"고마워."
"괜찮아."
제일 졸린 건 슬로스일 텐데, 나 대신 이야기를 들어준다고 한다. 호의를 받아들이기로 했다.
그 정도로 나는 지친 상태였다. 페이트의 얼굴을 보고 나니 뭔가 팽팽하던 것이 탁, 끊어져 버린 것 같았다.
꾸벅꾸벅 졸면서 메밀에게 손을 잡힌 채 객실로 안내받았다.
그리고 쓰러지듯 침대에 누웠다. 그 이후로 기억이 없다.

아침이 되어 눈을 뜬 나는 스스로도 놀라고 있었다.
푹 잤다고?! 이런 적은 처음이었다.
평소였다면 자는 것 같으면서 깬 상태로 언제라도 싸울 수 있게끔 했을 것이다. 아무리 몸이 피곤하다 하더라도.
"믿기지 않네."
소리 내어 말해버릴 정도였다. 그런 내 목소리에 대답한 사람이 있었다.
"좋은 아침이야, 마인."
침대 옆을 보니 그곳에는 페이트가 있었다.
"오옷?!"

설마 그가 있을 줄은 몰랐기에 이상한 목소리를 내버렸다. 창피해…….

아침부터 미소를 짓고 있는 페이트.

"내가 기척을 느끼지 못하게끔 옆에 서다니, 꽤 하네."

"깨울까 해서 왔다가 푹 자길래 어떻게 해야 하나 생각하던 것뿐인데."

"으, 나는 푹 잠들지 않았어."

"그래?"

페이트는 고개를 갸웃거리며 나를 보고 있었다.

"오늘 마인은 금방 깨서 다행이네. 항상 힘들게 깨워야 하니까. 그래서 마인을 깨우는 역할을 내가 맡게 된 거야."

보아하니 터무니없는 이야기가 오간 모양이다.

이건 정정시켜야 한다. 이런저런 계획을 짜고 있자니.

"어서 일어나지 않으면 아침 식사가 없어질 거야."

"없어져?"

"나는 폭식이니까. 마인 몫까지 먹어버릴지도 모르지."

그는 그렇게 말하고는 기다리고 있겠다고 하며 방에서 나가버렸다.

아침부터 기운이 넘쳐 보였다. 어제 그에게 느꼈던 위화감은 착각이었나?

"일단 먹자."

옷을 갈아입고 있자니 슬로스가 방의 벽에 기댄 채로 있는 걸 눈치챘다.

페이트가 여기까지 옮겨다 준 건지도 모르겠다.

본인에게 물어보면 되는 이야기다.

"슬로스, 좋은 아침이야."

"좋은 아침이야, 마인."

"평소보다 일찍 일어났네."

"그렇지. 페이트가 여기까지 옮겨다 줘서 깨버렸어. 그건 그렇고, 이야기는 제대로 한 모양이네."

"응."

페이트와 싸우게 되어버렸고, 화해하는 형태로 마무리했다.

처음 일을 벌인 것은 나다.

그래서 페이트하고 이야기할 때 어떤 표정을 지어야 할지……, 알 수가 없었다.

결과는 평소대로였다.

그가 그렇게 되게끔 신경 써주었을 것이다. 좀 전에 깨우러 와줬을 때, 어제 벌인 싸움이나 왕도에서 헤어졌던 이야기는 그의 입에서 나오지 않았다.

"마인이 확실하게 이야기를 해야지."

"응."

그러고 싶다. 하지만 마음속을 보여주었다는 것도 떠올라버려서 시간이 조금 필요하다.

결국은, 내가 부끄러울 뿐이다.

한동안 보류 중…….

슬로스가 어제 록시 일행이 나눈 이야기에 대해 요점을 가르쳐주었다.

신의 최후, 페이트의 아버지, 가리아 대륙이 떠오른 것.

모든 것이 신경 쓰이는 내용이었다.
그래도 제일 듣고 싶은 건 역시 이것밖에 없다.
“페이트의 아버지에 대해 자세히 말해줘.”
“그럴 줄 알았어. 좋아.”
나는 아침 식사를 하는 것도 잊어버릴 정도로 정신없이 이야기를 들어버렸다.
페이트의 아버지는 성수인이었다. 내가 몰랐던 사실.
그 아버지가 거의 마무리 되어가기 직전에 그 땅으로 통하는 문을 열어버렸다고 한다.
나는 그 싸움에서 마지막에 루나와 이야기를 하고 구원받았다. 그 이별은 떠올리기만 해도 괴롭다.
하지만 루나 몫까지 지금을 살자고, 격려를 받았다.
“페이트는……, 어떨까?”
그의 목적은 그 땅으로 통하는 문이 열리는 것을 막는 것이었을 텐데.
그러지 못했다.
그래서 페이트가 어제 기운이 없었던 건지도 모르겠다.
“나는 몰라. 본인에게 물어볼 수밖에 없지.”
“음~.”
“뭘 고민하는 거야?”
“어떻게 할지……, 어떻게 물어보면 될지, 모르겠어.”
“어머나, 싸움은 잘하는 주제에 그쪽은 엄청 약하다는 걸 깜빡했네…….”
“으, 이 정도쯤이야…….”

"그 정도쯤이야?"
"슬로스……, 부탁할게."
"처음부터 그렇게 말하지 그랬어."
흑부를 휘두르는 건 잘한다. 그뿐이다.
지금은 슬로스의 소녀력으로 어떻게든 해달라고 해야겠다.
역시 믿음직스러운 파트너다.
"착하다, 착해."
"거기, 거기, 기분 좋아."
쓰다듬어주자 슬로스는 기분 좋다는 듯이 목소리를 냈다.
사실인지 거짓말인지, 무기인데도 사람의 몸처럼 뭉쳐버리는 모양이다. 예전에 별생각 없이 그런 부분이 노인 같다고 했더니 매우 화를 냈다. 한 달 정도 말도 해주지 않았다.
슬로스에게는 금지어다.
든든한 선생님을 손에 넣었으니 페이트를 찾기로 했다.
그는 폭식 스킬을 지니고 있으니 같은 대죄 스킬 보유자인 나는 쉽게 찾을 수 있다.
대죄 스킬은 서로 끌어당기는 힘이 있기 때문에, 그 감각을 익히기만 하면 된다.
저택의 복도를 빙 돌면서 대죄 스킬을 찾기 시작했다.
"이 야한 느낌은 아니야. ……음~. 먹보는 어디 있지?"
오늘은 매우 야한 느낌이 느껴진다. 분명 에리스가 너무 기운이 넘쳐서 그럴 것이다.
느낌만 보면 야한 개념 자체가 걸어다니고 있는 것 같았다.
"야한 게 걸리적거려서 집중할 수가 없어. 기절시키고 올게."

"진정해. 다시 한번 해보고 안 되면 에리스를 기절시키자."
"응, 알겠어."
슬로스의 말을 듣고 폭식 스킬……, 페이트의 기척을 찾아보았다.
"먹보를 발견했어."
"어느 쪽?"
"북쪽."
"저택의 안뜰 근처려나?"
"가볼게."
나는 심호흡을 한 다음, 슬로스를 한 손으로 들고 방을 나섰다.
스쳐 지나가던 메이드들이 나를 보고 인사를 했다. 익숙하지 않은 일이라 어색하게 대답해 버렸다.
나를 손님으로 정중하게 대접하라는 지시를 받은 걸지도 모르겠다.
저택 밖으로 나와 페이트가 있는 곳까지 얼마 안 남았을 때, 야해서 방해되는 것을 발견했다.
"으음!!"
"저건 에리스구나. 그녀가 가고 있는 방향은……."
"목적지가 같은데?!"
"그런 것 같아. 어떻게 할래?"
"오늘은 내가 페이트에게 볼일이 있어. 제거할래."
"결국 그렇게 되는구나. 에리스는 항상 그랬지. 운이 안 좋다고 해야 하나……, 뭐라고 해야 하나……."
페이트는 안뜰의 분수에 앉아 있었다. 에리스는 그 모습을 멀리 풀숲에서 훔쳐보고 있었던 것이다.

그리고 나는 그런 그녀의 뒤에 있었다.

에리스는 페이트를 보는 데 집중해서 그런지 주위까지 신경 쓰지는 않았다.

다시 말해, 빈틈투성이.

이러고도 무인인지……, 의심스럽다.

나는 살며시 다가가 그녀의 목덜미에 살짝 촙을 날렸다.

"아윽……."

괜찮은 느낌으로 들어갔다. 하지만 에리스에게는 이쪽을 돌아볼 여유가 있었다.

"마인?! 시작하기 좋은 기회였는데……."

"살금살금거리면서 수상쩍은 에리스 잘못이야."

"원통하다……."

쓰러진 에리스를 풀숲에 숨겼다.

"뭘 시작한다는 거야?"

"글쎄."

슬로스도 모르는 것 같았다.

일단 페이트를 살펴봐야겠다.

풀숲 틈새로 살며시 들여다보았다.

"이러면 에리스하고 다를 게 없네."

"야한 거하고는 달라. 이건……, 저기……, 으음……, 나는 괜찮아."

"그렇게 나오시겠다."

야한 것과 똑같은 짓을 하고 있다. 그게 매우 부끄러워져서 억지로 밀어붙여 버렸다.
휴우~. 위험했다, 위험했어.
야한 것과 한데 싸잡아서 묶이게 되면 큰일이다.
그건 그렇고, 페이트의 모습이 이상한 것 같긴 했다. 그 모습을 본 슬로스도 페이트를 걱정하고 있었다.
"역시……, 그 일 때문일지도 모르겠네."
"무슨 일? 아버지 때문에 그 땅으로 통하는 문이 열린 거?"
"아니야. 그것도 큰일이긴 하지. ……실은 말이야, 그것 말고도 어제 록시 일행들이 이야기했던 게 있거든."
"처음 듣는데."
"미안해. 이건 페이트에게 듣는 게 나을 것 같아서. 하지만 이렇게 된 이상 말하는 게 낫겠네. 그리드에 대해서……."
슬로스는 그리드가 제5위계를 개방하기 위해 자기 자신을 제물로 바쳤다는 사실을 가르쳐 주었다.
지금까지 함께 싸웠던 파트너를 잃었다고?!
성수 조디악 아쿠에리어스를 쓰러뜨리기 위해 그는 매우 큰 대가를 치렀다.
나도 견딜 수 없는 일이다. 만약에 슬로스를 잃게 된다고 생각하면 정말 무서우니까.
"페이트……."
나는 알고 있다.
그에게 그리드는 무엇과도 바꿀 수 없는 존재다.
지금까지 싸워올 수 있었던 것도 그리드가 지탱해준 덕분이다.
그 정도로 대죄 스킬 보유자에게 대죄무기는 소중하고 둘도 없는 것이다.
"어쩌지."
"왜 그래?"
"뭐라고 말을 걸어야 할지……, 모르겠어."
"어머나……. 그래도 에리스조차 이야기를 꺼내지 못하고 풀숲에 숨어있을 정도였으니까. 마인은 평소처럼 하면 돼."
슬로스가 그렇게 말하니 믿는다.
"응, 해볼게."
"힘내."
나는 기절한 에리스를 꼼꼼하게 풀숲에 숨긴 다음, 일어섰다.
하지만 페이트는 내가 온 것을 눈치채지 못했다.
멍하니 하늘만 바라보고 있다.
그가 있는 곳 근처까지 가서 걸어가며 말을 걸었다.
"페이트!"
"으앗, 마인! 무슨 일이야?"
그는 내가 바로 곁에 와 있었다는 사실을 알고 놀랐다.
그래도 페이트가 기운을 냈으면 좋겠다고 생각하며, 나는 눈물을 머금고 슬로스를 내밀었다.
"슬로스를 줄게."
"어어어어어어?! 뭐야?! 진짜 뭐가 어떻게 된 거야?!"
좀처럼 받지 않는 페이트.
"그리드가 없어졌어. 그래서 쓸쓸할 것 같으니까, 슬로스를 줄게."
"아니, 아니, 마인에게는 소중한 거잖아. 반쯤 울면서 줘도 곤란하기만 한데."

"그래도."
"마음만 고맙게 받도록 할게."
혼신의 일격은 빗나갔다.
다시 떠넘겨진 슬로스가 소리를 지르고 있었다.
"야아! 왜 나를 주겠다는 전개가 되는 건데. 깜짝 놀랐네. 너무 깜짝 놀라서 아무 말도 못 했어!"
슬로스의 목소리를 들은 페이트는 배를 잡고 웃어댔다.
"아무도 그리드를 대신할 순 없어. 그래도 고마워. 그건 그렇고, 슬로스는 독심 스킬을 통하지 않고도 나랑 이야기할 수 있었구나."
"마인 말고는 이야기를 하지 않으려 했거든. 마인이 싫어하니까. 내 소개를 할게. 나는 슬로스야. 마인이 항상 신세를 지고 있어요."
"아니, 아니, 나야말로 항상 마인에게 도움만 받고 있는데."
페이트는 슬로스와 이야기를 할 수 있게 되어서 기쁜 모양이다.
"독심 스킬로 소리를 들었을 때는 쿨쿨 자기만 하던데. 이렇게 제대로 이야기를 나눌 수 있게 된 건 처음이야."
"나는 기본적으로 자고 있는 때가 많으니까. 다들 나태라고 부르잖아."
"그렇지. 쓰는 사람이 말이 없으니까. 그렇게 될 만하네."
페이트는 고개를 끄덕이며 내 쪽을 보았다.
으으으으으……. 뭐야, 그 납득했다는 얼굴은?!
"나만 따돌리고!"
""아아! 화내지 마, 화내지 마!""
페이트와 슬로스가 말려 겨우 진정한 뒤……, 나는 그의 옆에 앉았다.

"그리드……, 흑검은 지금 어딨어?"

"마인은 늘 훅 들어오네. 내 침실에 있어."

"안 들고 온 거야?"

"잠깐 혼자 생각 좀 했어."

페이트는 다시 하늘을 올려다보며 쓴웃음을 짓고 있었다.

"없어지고 나니까……, 내게 소중한 존재라는 건 알고 있었는데, 새삼 그게 뼈저리게 느껴져. 케이로스 씨에게 이어받았는데……."

그는 가슴께에 손을 대고,

"여기에 구멍이 뻥 뚫린 기분이네."

다시금 느긋하게 하늘을 향해 한숨을 쉬었다.

그가 보는 저 너머에 있는 것은, 하늘로 부상한 가리아 대륙.

"아직 싸움은 끝나지 않았는데 이게 무슨 꼴일까. 이런 꼴을 그리드에게 보이면 무슨 소리를 들을까."

나는 그의 손을 잡았다. 그리고 놓치지 않게끔 꼬옥 쥐었다.

"나도 있어."

"마인……."

그는 하늘을 보고 있다가 눈을 돌려서 나를 빤히 바라보았다.

"페이트는 그 세계에서 내게 가르쳐 주었어. 그 세계에 계속 머무르고 있던 나는 무서웠어. 나름대로 이유를 가져다 대면서 과거를 보려 하지 않았어. 루나와 다른 사람들의 마음을 이해하려 하지 않았어. 하지만, 루나……, 여동생을 만나게 해줘서 깨달을 수 있었어. 이제 만날 수 없는데, 어떻게든 내가 다시 한번 만나고 싶었을 뿐이야. 내 고집이었어."

“고집이라니……, 마인은 루나와 다른 사람들을 생각해서.”

“그게 루나를 이 세계에 잡아두고 있게 만들어버렸어. 내 마음이 루나를 이 세계에 얽매고 있었어. 하니엘이 그렇게 불사신이었던 이유는 내게 있었어. 루나는 나를 이 세계에 홀로 두지 않게끔 하니엘로서 남는 것을 선택했어.”

“그런 이유가…….”

“그러니까, 페이트가 그리드를 생각하고 있다면. 그는 아직 어딘가에 머무르고 있을지도 몰라.”

“아직 가능성이 있다는 건가?”

“응.”

루나가 큰 가능성을 남겨주었다.

내게는 이제 없다. 마음속으로 여동생에게 다시 한번 말했다.

(고마워……, 루나.)

페이트는 왠지 안심한 표정이었다.

“고마워, 마인. 기운이 나네.”

“다행이야.”

그는 일어섰다. 그리고 팔을 높이 들어 올렸다.

“좋아, 가리아 대륙을 어떻게든 해야지! 흑검을 가지고 올게. 그래서, 부탁할 게 있는데.”

“뭔데.”

나는 알고 있었다. 그가 얼굴 앞에 두 손을 모아 부탁할 때는 뻔하다.

그래도 일부러 물어보았다. 그게 나와 페이트가 이야기하는 방식이니까.

"대련을 해줬으면 해."
"그럴 줄 알았어."
"제5위계를 해방시켰는데, 그리드가 감각만 가르쳐줬거든. 제대로 쓸 수 있을지 알 수가 없어서."
"그래서 나를 이용해 연습하고 싶다는 거구나."
"그래도 될까?"
나는 잠시 눈을 감았다. 그리고 생각하는 척을 했다.
대답은 이미 정해져 있었다.
"알았어."
"앗싸! 그럼 금방 가지고 올게."
페이트는 어린아이처럼 기뻐했다. 그리고 엄청난 속도로 달려갔다.
보아하니 금방 돌아와 버릴지도 모르겠다.
그를 바라보고 있는데 슬로스가 졸린 듯한 목소리로 말했다.
"아무래도 나는 필요가 없었던 모양이네."
"그래도 아직 자면 안 돼."
"이런, 이런, 페이트와 중요한 대련을 해야 하니까 말이지?"
"으으으……."
"나는 안심했어. 일이 잘 풀렸네."
"뭐, 뭐, 뭐가?"
"아니, 그 세계에서 마인이 직접 말했잖아. 페이트가 정말 좋다고."
"……."
"입을 다문 채로 얼굴을 붉히지 마."

그 말은 분명히 했다.

하지만 페이트는 나를 만나고도 딱히 달라진 모습을 보이지 않았다.

그러니까……, 다시 말해서…….

생각에 잠긴 내게 슬로스가 말했다.

"미리 말해두지만, 그때 한 말……, 페이트는 중간까지밖에 못 들었어. 그러니까 전부 전하지 못했을 가능성이 있지."

"가능성?"

"좀 전에 그의 반응을 보고 확신했어. 전혀 전하지 못했다고!"

"ㅇㅇㅇㅇㅇㅇㅇㅇㅇ……."

나는 풀썩, 무릎을 꿇었다.

뭐지……, 왜 이렇게 피곤하지……. 옛날에 성수인들과 싸웠을 때보다 축 늘어진다.

그런 내 마음을 아는지 모르는지, 페이트가 활짝 웃으며 다가왔다.

"기다렸지? 그럼 잘 부탁드립니다."

"응, 오늘은 엄하게 갈 거야! 각오하도록 해!!"

"어어어어? 왜 갑자기 호전적인 거야?"

"몰라."

나는 흑부를 들어 올린 뒤 페이트에게 덤벼들었다.

그는 재주 좋게 피하면서 흑검을 흑토시로 변형시켰다.

"실력이 늘었어! 질 순 없어!"

"그러니까, 왜 그렇게 힘을 주고 있는 건데."

"인과응보!"

그에게 흑토시를 쓸 시간도 주지 않고 흑부 옆쪽 부분을 힘껏 휘둘렀다.

"어째서?! 으아아아아아아아아아아악."

저 멀리 날아가는 그를 바라보며 나는 중얼거렸다.

"반성 좀 하도록 해."

"불쌍한 페이트. 이래선 앞날이 걱정되네."

슬로스가 동정하는 듯이 말했지만, 상관없다.

그리고 몇 분 뒤……. 정신을 차린 나는 천천히 무릎을 꿇었다.

"으으으으으으으……, 저질러 버렸어."

"뭐 하고 있는 거야? 마인."

올려다보니 방긋방긋 웃고 있는 에리스가 서 있었다.

제일 보여주고 싶지 않은 야한 녀석. 그 녀석에게 보여버린 거야?

그야말로 숨 돌릴 틈이 없다는 말이 딱이다.

"너무하잖아. 나를 기절시키다니! 이래 봬도 왕국에서 제일 높은 사람이거든?"

"지금은 바쁘니까 내버려 둬."

"왜 그렇게 풀 죽은 건데. 혹시 페이트에게 차여버린 거야?"

나는 말없이 일어섰다.

물 흐르듯이 몸을 움직여서……, 에리스를 다시 한번 잠재울 수밖에 없다.

"미안, 미안. 말이 너무 심했지. 잠깐! 잠깐!"

"이미 늦었어."

"그렇게 싸움밖에 모르던 마인의 이런 모습을 보니까 말이야. 조금 놀려주고 싶어져서."

"으으으, 드디어 자백했구나."
"저기……, 판결은?"
조마조마해하고 있는 에리스. 이미 판결은 내려졌다.
"유죄."
"꺄아아아아아아아아악."
말은 필요 없다. 에리스를 꿈의 세계로 인도해 주었다.
"휴우~, 이제야 조용해졌네."
숨을 돌리고 나니 슬로스가 어이없다는 듯이 말했다.
"에리스는 이렇게 될 걸 알면서도 그러는 걸까?"
"그렇다면 더더욱 악질이야."
기절한 에리스를 다시 근처 풀숲에 숨겼다.
"이제 한동안 깨어나지 못할 거야."
일을 하나 마쳤기에 나는 내가 받은 객실로 돌아가기로 했다.

방 앞으로 돌아오자 록시가 기다리고 있었다.
손에는 뭔가 들고 있었다.
물어보니 미처 먹지 못한 아침 식사를 그녀가 대신 마련해주었다고 한다.
"괜찮으시면 드세요."
"……고마워."
"아직 수행 중이라 입에 맞으실지 모르겠네요."
건네받은 바구니 안에 들어있던 것은 샌드위치였다.
함께 방으로 들어왔다.
거의 말해 본 적이 없는 사람. 어떻게 해야 하나 싶었다.

하지만 이야기하기 편한 사람이었다. 외모도 예쁘고, 성기사인데도 잘난 척하지 않았다.

한동안 이야기해보니 잘 알 수 있었다.

페이트가 가리아까지 쫓아간 이유. 그때는 그게 왜 그 정도까지 그를 몰아붙이는 건지……, 알지 못했다.

그걸 왠지 이해할 수 있을 것 같은 기분이 들었다.

그녀의 올곧은 모습을 보고 있자면 나도 기운이 나니까, 받쳐주고 싶어질지도 모르겠다.

"그렇구나……, 그렇구나."

"뭐가요?"

나도 모르게 소리 내어 말해버렸다. 둘러대기 위해 샌드위치에 대해 말해야겠다.

"이건 맛있어. 간도 잘……, 되어……, 으으으으으응?!"

"정말 왜 그러시는 건가요?"

그건 내가 하고 싶은 말이야!

왜냐하면, 음식의 맛을 알 수 있었기 때문이다. 어째서지?

무슨 일이 일어난 거지?

먼 옛날에 잃어버렸는데…….

옆에 기대 두었던 슬로스에게 조용히 말했다.

"어떻게 된 거야?"

"미각을 잃은 이유 중에 정신적인 충격이 큰 비중을 차지하고 있었는지도 몰라. 그게 이번 사건으로 해소되어서 원래대로 돌아갔다는 느낌이려나?"

"그럴 수가……."

그저 영양을 섭취하는 작업. 그것이 내 식사였다.
거기에는 맛있다거나, 맛없다는 개념이 없었다.
들고 있는 샌드위치가 맛있다니…….
나는 너무 감동한 나머지 눈앞에 있던 책상을 내리쳐버렸다.
스테이터스를 제대로 컨트롤하지 못했더니 큰 소리를 내며 부서져 버렸다.
"왜, 왜 그러시나요? 입에 안 맞나요? 억지로 드실 필요는……."
사정을 모르는 록시는 안절부절못하고 있었다.
이대로 가다간 위험하다.
헛기침을 한 다음, 설명했다.
그녀는 매우 순순히 이야기를 들어주었다.
"그런 사정이 있으셨군요. 맞아요, 맞아요, 먹어도 맛을 못 느낀다니, 너무 슬프잖아요. 그래도 원래대로 돌아오셨다니 다행이네요. 앞으로는 함께 식사를 즐기도록 해요."
"응."
즐긴다…….
오랫동안 그런 생각을 해본 적이 없었다.
고개를 갸웃거리는 내게 슬로스가 말했다.
"그렇다면 록시와 함께 요리를 해보는 건 어때? 직접 만들어서 먹는다. 그게 빠르게 익숙해지는 지름길일지도 몰라."
"좋은 말을 하네. 역시 슬로스야."
슬로스의 목소리가 록시에게 들려버린 모양이었다.
"혹시, 그 흑부 씨는 말을 하실 수 있나요?"
"물론."

"초면이지? 록시. 나는 슬로스. 보면 알겠지만, 흑부야."
"저야말로 잘 부탁드립니다."
서로 인사를 마친 다음, 방금 나온 제안에 대해 이야기를 하게 되었다.
"마인 씨도 같이 요리해요."
"응. ……아직 굽는 것밖에 못 해. 그것부터 시작해도 돼?"
"괜찮아요. 사실 저도 마찬가지였거든요."
"응? 그래?"
"네."
나는 통구이 전문이었다. 록시도 마찬가지였다니……, 뜻밖이다.
새롭게 무언가를 시작하고 싶다는 생각을 하고 있었다.
요리를 잘하게 되면, 페이트가 기뻐할지도 몰라.
함께 여행했을 때 그는 가게에서 나오는 요리를 기대하고 있었다.
"나도 요리를 할 거야. 세계 최강의 요리를 만들거야!"
페이트를 흉내 내며 주먹을 높이 들어 올렸다.
"이 아이는 싸움이랑 착각하고 있는 모양이네. 어찌 됐든, 잘 부탁해."
"네. 그럼 함께 점심 식사를 차려보죠."
"그래!"
나는 주방이라는 전장으로 향했다.
물론, 파트너인 슬로스도 데리고 갔다.
"록시, 질문!"
"뭐죠?"

"슬로스로 식재료를 잘라도 돼? 익숙하니까."

"그건 안 돼요. 식칼을 쓰도록 해요."

"아쉬워."

"이건 예상했던 것보다 앞날이 더 걱정되네……, 힘내, 록시."

슬로스에게 응원을 받는 록시.

그 응원은 나한테 해야 하지 않나…….

내 요리의 길은 이제 막 시작되었을 뿐이다. 어떻게든 되겠지.

점심 식사를 멋지게 차려낸 나.

하지만 페이트의 판정은 그리 좋지 않았다.

저택 안에서는 영주 독살 의혹으로까지 번져서 큰 소동이 일어났다.

분명 제대로 했을 텐데……, 세계 최강은 아직 멀었다.

그 결과 저녁 식사는 차리게 해주지 않았다. 그냥 지켜볼 뿐이었다.

아무튼 심심해서 뭔가 하려 하면, 메이드인 메밀이 엄한 눈초리로 노려보았다.

처음부터 끝까지 록시가 곤란한 듯한 표정을 짓고 있었던 게 기억 난다.

한동안은 다른 사람에게 내줄 수 있게 될 때까지 수행을 하게 되었다.

나는 저택 목욕탕을 향해 걸어가면서 다음 요리에 대해 생각하고 있었다.

"마인은 좀 더 기본부터 수행을 쌓는 게 좋겠어."

"기본은 되어 있을 거야. 이제 막 미각이 돌아온 참이라 아직 안정되지 못했을 뿐."

"그건 겉으로 보기에도 엄청나던데."

"너무 욕심을 부려서 그래. 다음에는 추가로 넣는 걸 좀 더 줄일 거야."

"록시가 당황했지. 그야말로 폭주 마인이라는 말이 딱 어울리네."

요리하는 도중에 슬로스는 계속 웃고 있었다.

집중이 안 돼서 곤란했다.

"으으으……, 지금부터 더 잘하게 될 거야."

"그때까지 페이트가 쓰러지지 않기를 기원할 뿐이야."

"페이트는 튼튼하니까 문제없어."

"알 수 없는 자신감. 신뢰의 방향성이 엇나간 것 같은데."

슬로스는 걱정이 너무 많아. 페이트는 괜찮아.

시원하게 씻자. 목욕탕 근처까지 왔을 때, 또 야한 게 있었다.

"으으으……."

"에리스가 있네. 들여다보고 있는 건 남탕 쪽이야."

나는 곧바로 기척을 감지해 보았다.

남탕에서 페이트의 기척이 느껴졌다.

"정신을 못 차렸네."

안으로 들어가려 하던 에리스의 목을 붙잡았다.

그리고 이미 익숙해진 촙을 목덜미에 때려 넣었다.

"아윽……, 또 마인……."

그녀는 내 이름을 불렀지만, 금방 정신을 잃었다.

일단 여탕 쪽에 넣어두어야지. 에리스를 굴리다가 갑자기 생각이 났다.

"아직, 그걸 제대로 전하지 못했어."

"그거라니?"

슬로스는 알면서도 일부러 물어보았다.

"심술궂어."

"미안, 미안. 페이트에게 전해야지."

"응."

페이트는 혼자 있을 때가 별로 없다.

항상 주위에는 여자가 있다. 오늘 본 것만 해도 록시, 메밀, 라이네, 스노우……, 그리고 발치에 굴러다니고 있는 에리스.

"마인, 좋은 생각이 났어."

"뭔데?"

"그건 말이지."

내용을 들은 나는 이렇게 생각했다.

역시 슬로스. 천재다.

지금부터 페이트는 떠오른 가리아 대륙 때문에 바빠질 것이다.

기회는 많지 않다.

다시 한번 페이트의 기척을 탐지했다. 혼자 있다.

"지금밖에 없어."

"응."

"힘내."

"나는 할 거야!"

"훌륭한 마음가짐이야."

심호흡을 한 번 한 다음, 여탕에서 나왔다. 그리고 남탕 입구

앞으로.
"간다!"
그리고 안으로 들어갔다.
많은 사람들이 한 번에 들어갈 수 있을 정도로 넓은 탈의실이었다.
구조는 여탕과 좌우 대칭인 것 같았다.
걸어가 보니 페이트의 옷이 개인 채 놓여 있었다.
"이미 옷을 벗었네. 마인도 벗어야지."
"응? 나도?"
"그래. 여기는 목욕탕이잖아?"
"그렇긴 한데……, 그런데."
예전에 페이트와 여행을 했을 때, 나는 알몸을 보여주었다.
그때는 전혀 부끄럽지 않았다.
하지만……, 지금은 아니다.
"기회를 놓치면 안 돼."
"나도 알아……, 결심했어."
"역시 마인이야."
나는 입고 있던 옷을 벗어 던졌다. 이제 몸을 가리는 건 아무것도 없다.
슬로스를 들쳐메고 호흡을 가라앉혔다.
"자, 간다!!"
다시 선언하고는 탈의실 안쪽에 있는 문을 열었다.
곧바로 뭉게뭉게 피어오른 김이 나를 감쌌다.
그 너머에 흑발 청년이 희미하게 보였다. 그는 콧노래를 흥얼

거리며 넓은 대욕탕을 독점하고 있었다.
매우 늘어져 있는 모양이다. 내가 들어온 것을 눈치채지 못하고 있다.
얼마나 다가가야 페이트가 눈치챌까.
문득 시험해보고 싶어졌다.
천천히, 천천히, 그에게 거리를 좁혀갔다.
그리고 김이 피어오르는 와중에도 서로 얼굴을 알아볼 수 있는 곳까지 왔다.
하지만 그는 내가 온 것을 눈치채지 못했다.
이유가 뭘까 싶어 잘 살펴보았다.
이유는 금방 알 수 있었다. 그는 눈을 감고 있었다.
페이트의 콧노래만이 목욕탕에 울려 퍼지고 있다.
한동안 빤히 바라보았다. 느긋한 페이트.
나는 조용히 심호흡을 한 다음, 그의 이름을 불렀다.
"페이트……."
그는 목소리를 듣고 천천히 눈을 떴다.
그리고 나를 보았다.
"어어어어? 마인!! 어어어어??"
너무 놀란 나머지, 그는 물에 빠지려 했다.
나는 그 모습을 무시하고 슬로스와 함께 탕 안으로 들어갔다.
페이트에게 알몸을 계속 보여주고 있자니 얼굴이 뜨거워져서 견딜 수가 없었다.
"좋은 목욕탕이네. 피로가 가시는 것 같아."
"응. 꽤 괜찮네."

지금까지의 긴장을 풀기로 했다.
하지만 페이트가 그걸 허락해 주지 않았다.
"왜, 왜 남탕에 들어온 건데!"
"문제없어."
"잔뜩 있지!"
"슬로스도 기분 좋대."
"그래? 아니, 아니, 지금은 그런 말을 할 때가 아니지."
페이트는 평소처럼 어쩔 줄 몰라 하고 있었다.
오전에 풀 죽은 모습을 보였던 게 거짓말 같았다.
이 정도가 딱 좋다.
허둥지둥하는 페이트를 바라보며 말했다.
이건 최종 확인이다. 페이트와 싸우다가 마지막에 나눈 말.
"그때 한 말, 믿어도 돼?"
그는 쑥스러운 듯이, 그러면서도 힘차게 대답해 주었다.
"당연하지. 앞으로도 계속 잘 부탁해."
그 말을 다시 듣고, 나는 그의 품속으로 뛰어들었다.
"마인!"
페이트는 놀라고 있었다. 하지만 잠시 후에는 내 머리를 쓰다듬어주었다.
시간이 얼마나 지났는지는 모르겠다.
거기에는 나와 페이트만 있었다.
조용해진 목욕탕에 물방울이 떨어졌다. 그 소리만이 울려 퍼졌다.
나는 고개를 들고 페이트를 보았다.

"페이트에게 하고 싶은 말이 있어."

그는 아무런 말도 하지 않고 내가 말하기를 기다리고 있었다.

그쪽에서 전하지 못했던 말을 지금 하자.

"나는……, 페이트를……."

그때는 할 수 있었는데, 말문이 막혀서 제대로 말을 할 수가 없다.

그저 얼굴이 계속 열이 오르는 것만 느꼈다.

그런 내 모습을 본 페이트는 착각한 나머지,

"열이 오른 거야? 얼른 나가는 게 좋겠어."

그렇게 말하며 내 어깨를 잡고는 탕 밖으로 나가려 했다.

매우 초조한 모양인지 그는 우리가 알몸이라는 사실을 잊고 있었다.

나는 창피해서 재빨리 저항했다. 그 결과, 발이 미끄러져서 탕 안으로 넘어져 버렸다.

물거품이 크게 치솟았다.

"아야야……, 마인……, 괜찮……, 응?!"

"……."

페이트는 말이 없어졌다. 물론 나도 이미 말할 여유가 없었다.

아마 옆에서 보고 있는 슬로스는 웃으며 즐기고 있을 것이다.

내 몸이 페이트의 몸 위에 덮여 억누르고 있었기 때문이다.

한동안 침묵이 이어졌다.

내 앞머리에서 흘러내린 물방울이 그의 볼을 쓰다듬었다.

자연스럽게 말이 나왔다.

"페이트……. 나는 페이트를……, 정말 좋아해……."

"……마인."

그와 내가 마주 보고 있는데 탈의실에서 시끌벅적한 소리가 들렸다.

그리고 힘차게 문을 열고는, 여러 사람이 몰려들었다.

"페이트 님, 무사하신가요?"

"페이!"

"마인……, 잘도 해줬겠다."

"다들 즐거워 보여. 스노우도, 스노우도 할래!"

메밀, 록시, 야한 거, 스노우가 일제히 남탕 안으로 들어왔다.

그리고 나와 페이트를 곧바로 찾아냈다.

"페이!! 이, 이게 어떻게 된 거죠?! 자세히 가르쳐주실 수 있을까요?"

"이럴 수가. 바르바토스 가문의 주인인 오라버니께서 이런 곳에서……. 저도 자세히 들어봐야겠네요."

"페이트……, 내가 있는데도 하필이면 마인을……. 이건 왕국 전체를 움직여서라도 이야기를 들어봐야겠어."

"스노우도 페이트하고 놀래!"

나는 곧바로 눈치챘다. 이건 골치 아파지겠다.

곧바로 페이트 위에서 내려왔다. 그리고 슬로스 옆으로 이동했다.

"좋은 목욕탕이야."

"그런 말 하지 말고, 도와줘!"

"평소에 행동을 잘했어야지. 인과응보."

페이트는 그녀들에게 둘러싸인 채 무릎을 꿇고 있었다.

아마 엄한 심문이 기다리고 있는 것 같았다.

시끄러운 목소리를 듣고 있자니 문득 내가 웃고 있다는 것을 눈치챘다.

슬로스도 알아챈 모양이었다.

"마인, 이제야 웃을 수 있게 되었구나."

"응. 이것도 페이트 덕분."

미각과 함께 희박했던 감정도 옛날처럼 되돌아오기 시작했다.

루나가 가르쳐준 것처럼, 지금을 살아가자.

왜냐하면, 내게는 정말 좋아하는 페이트가 있으니까.

후기

오랜만에 뵙습니다. 잇시키 이치카입니다.

제6권 이후로 8개월 만에 보내드리는 제7권입니다. 오래 기다리게 해드렸네요.

써야 하는데……, 써야 하는데 생각만 하면서 좀처럼 시간을 낼 수 없는 상태였습니다.

새해부터 일이 바빠지게 되었고, 그때 코로나 바이러스 문제가 겹쳤습니다.

그것은 사회가 움직이는 방식이 확 바뀌게 된 사건이었습니다.

비상사태 선언으로 인해 회사는 교대 근무제를 도입했고……, 외출도 자제하게 되었습니다.

집에 있더라도 일을 해야만 하죠.

제게 집은 유일무이한 치유 장소였기에 그곳에 일을 가지고 가는 건 매우 힘들었던 기억이 납니다.

그런 상태에 적응하는 것만으로도 벅찼기에 소설을 쓸 여유가 없었다는 느낌입니다.

비상사태가 해제되더라도 코로나 바이러스가 사라지는 것이 아니기에 출근하게 되었지만, 예전과는 달랐습니다.

마스크는 매너.

손을 알코올로 소독.

회의는 사회적 거리두기를 엄수.

그리고 재택근무 이야기도 자주 듣게 되었습니다.
작년에는 상상도 할 수 없을 정도로 많이 바뀐 겁니다.
그래도 시간이 나면 '폭식의 베르세르크'를 써 나갔습니다.
거북이처럼 느린 속도라서 마감을 제때 맞출 수 있을까?! 그렇게 생각하면서…….
조마조마한 마음으로 썼습니다.
그런 와중에 이야기를 좀 더 덧붙이고 싶어서 담당 편집자분께 기다려주실 수 있는지 부탁드렸습니다.
그때는 정말 감사했습니다.

이번 7권은 마인을 위한 내용입니다.
페이트답게 마인과 어떤 식으로 마주하면 될지 생각을 거듭했습니다.
사실, 작년 말에 어떤 절에서 설법을 듣고 왔습니다.
그것을 참고하였습니다.
저는 설법을 들은 게 손에 꼽을 정도밖에 없습니다. 하지만 이번에는 마음에 울리는 게 있었습니다.
부디 '폭식의 베르세르크'에서도 어떠한 형태로 전해드릴 수 있었으면 좋겠다고 생각했습니다.
만약에 이번 페이트와 마인이 이야기를 주고받는 것에서 무언가를 느끼셨다면 기쁠 것 같습니다.

자, 마인이라는 캐릭터에 대해 이야기를 해보겠습니다.
솔직하게 말씀드리자면, 작가로서 처음에 등장시켰을 때는 그렇게 중요한 캐릭터라는 인식은 없었습니다.
등장한 시점에서는 페이트의 적으로……, 그렇게 생각했습니다.
그래서인지, 머릿속 한구석에는 마인을 한 번 페이트와 싸우게 하고 싶다는 생각이 있었습니다.
겨우 실현되었지만, 아마 최초이자 최후가 될 겁니다.
그리고 마지막에는 페이트에게 호의를 품고……, 너무 흔한가요?
'폭식의 베르세르크'에서 하렘을 묘사할 생각은 없었습니다만, 여러 권을 진행하다 보니 그의 곁에 여자가 늘어나 버렸습니다.
그러니 남자들의 땀내 나는 모습으로 커버하고 싶습니다.
수요가 있을까요?
네, 없겠죠.
저도 알고 있다고요!
이야기를 되돌려서, 마인의 과거도 이번에 선보이게 되었습니다.
계속 수수께끼의 과묵한 캐릭터였던 그녀가 이번에 감정이라는 것을 되찾아가게 됩니다.
다음 권에서는 지금까지와는 조금 다른 마인을 즐겨주시면 기쁠 것 같습니다.
그리고 이번 권 에필로그는 마인 사이드에서 진행되었습니다.
그때는……, 고생했습니다. 몇 번이나 집어치우려 했는지…….
아니, 마인은 과묵한 캐릭터잖아요!
1인칭이 과묵한 캐릭터라니, 힘들 수밖에 없죠.
쓰던 동안, 이걸로 가자고 생각한 자신을 저주했을 정도입니다.
마감 때문에 시간이 없는데도 일부러 고행을 선택한 작가.
하지만 마지막 권을 앞두고 어떻게든 납득이 되는 형태로 만들고 싶었습니다.

다음이 마지막 권!

기합이 들어가네요.

마무리를 잘 지을 수 있을지는 모르겠습니다만, 그럴 수 있게끔 사전 준비는 제대로 해두고 싶었습니다.

왜냐하면 이런 장편은 써본 적이 없으니까요. 그야말로 첫 경험!

멋지게 마무리해낸다면 그야말로 기적!

그렇게 된다면 소설가가 되자에 투고한 '폭식의 베르세르크'의 감상란에도 '잘했다'라는 글을 남겨주시면 작가가 기뻐할 겁니다.

너무 크게 벌리기만 한 이야기를 마무리하는 건 내일의 자신에게 맡기고, 페이트와 아버지 딘의 관계만큼은 제대로 써야겠다는 생각이 있습니다.

그렇게 이야기를 질질 끌었으니까요.

그러고 보니 나는 질질 끄는 걸 좋아하네…….

록시 이야기도 1권부터 3권까지 질질 끌고!

마인 이야기 같은 경우에는 4권부터 7권까지 질질 끌었지!

독자 여러분께서는 얼른 해결하라고! 이런 느낌이셨을지도 모르겠습니다.

안심하세요.

다음에는 마지막 권이니까요. 질질 끌 수도 없습니다!

코미컬라이즈는 여전히 타키노 다이스케 선생님께서 그려주고 계십니다.

매번 매우 재미있게 보고 있습니다.

제5권까지 발매되었고, 스토리는 가리아편에 돌입했습니다.

원작으로 따지면 제3권이죠.

저로서는 추억이 많은 권입니다. 오랜만에 록시와 다시 만나서 얼굴을 가린 채 싸우는 페이트를 열심히 썼습니다. 그게 벌써 2년 전이네요.

시간이 정말 잘 가네!

코믹스 제6권이 벌써부터 기대가 됩니다. 분명 가리아에서 페이트가 마구 날뛰어주겠죠.

꼭 읽어봐 주세요.

마지막으로, '폭식의 베르세르크' 제7권의 서적화에 도움을 주신 담당 편집자분, 이번에도 멋진 일러스트를 그려주신 fame 씨, 힘써주신 관계자 여러분께 감사드립니다.

그럼 마지막 권에서 다시 만나 뵐 수 있기를 기대하겠습니다.

역자 후기

안녕하세요. 천선필입니다.

이번 폭식의 베르세르크 7권, 재미있게 읽으셨는지 모르겠습니다.

작가분께서 후기에서도 말씀하셨듯이, 이번 7권에서는 마인의 이야기가 마무리되었습니다. 제가 자주 하는 게임으로 따지면 임시로 들어왔던 동료(마인)가 스토리 전개에 따라 중간에 이탈하고, 이벤트를 거쳐서 전투를 벌인 다음에 정식으로 다시 동료가 된 느낌이라고 할까요. 보통 이런 동료들은 초반에 강력한 모습을 보여주다가 후반에는 그동안 강해진 동료들의 수준에 맞춰서 약해진 것 같다는 느낌이 들기도 하죠. 독자 여러분께서는 어떻게 보셨는지 궁금합니다.

그리고 메인 히로인(?)인 록시는 그동안 부족한 힘 때문에 한참을 고민하고 전투 쪽에서는 비중이 별로 없다는 느낌이었는데, 이번 7권에서 스노우의 힘을 빌려 파워업한 모습을 보여주었습니다. 그나마 능력 부족으로 다른 히로인들과 밸런스가 맞았던 것 같기도 한데, 이제 E의 영역에 들어섰으니 메인 히로인답게 혼자서 싹쓸이할 것 같은 느낌도 듭니다. 어떻게 될지는 지켜봐야 하겠지만요. 작가분께서 밀어주는 캐릭터라는 생각이 계속 드는 캐릭터죠. 요즘은 그렇게 밀어주는 메인 히로인이 아니라 서

브 히로인이 더 많은 인기를 자랑하는 추세이기도 합니다만, 이 작품에서만큼은 확고한 정처 포지션을 유지하고 있는 것 같아 오히려 신선하기도 한 것 같네요.

그런 와중에 에리스만은 반쯤 개그 캐릭터가 되어가고 있는 것 같습니다. 전투에서도 지원, 보조 역할만 맡게 된 것 같고, 주인공 쟁탈전에서는 마인에게 기절당하고만 있으니까요. 그래도 명색이 여왕님인데, 너무 힘을 발휘하지 못하고 있는 것 같아서 안쓰럽기도 합니다. 의외로 주위 사람들을 신경 써주고, 몰래 숨어서 노력하기도 하고, 겉보기와는 달리 괜찮은 캐릭터인데 이번 7권에서는 안쓰러운 모습만 본 것 같아서 아쉽네요. 이대로 탈락하게 되는 걸까요……. 그건 중간에 치고 들어온 메밀도 마찬가지이긴 합니다만. 다음 권이 마지막 권인데 과연 역전할 가능성은 있을지.

이런 생각을 하면서 이번 폭식의 베르세르크 7권을 번역하였습니다. 매번 그랬듯이 감사의 말씀 드리고 후기를 마치려 합니다.

항상 신경을 많이 써주시는 담당 편집자분, 그리고 책을 내는데 도움을 많이 주신 소미미디어 관계자 여러분, 그리고 가족 여러분. 감사합니다.

그 누구보다 감사드리고 싶은 분은 독자 여러분입니다. 제가 이렇게 무사히 번역을 마치고 후기를 쓸 수 있는 것도 독자 여러분 덕분이라 생각합니다. 진심으로 감사드립니다.

항상 건강하시고 행복한 하루 보내시길 바랍니다.
감사합니다.

천선필

폭식의 베르세르크 7

2022년 8월 15일 1판 1쇄 발행

저 자 잇시키 이치카
일러스트 fame
옮 긴 이 천선필
발 행 인 유재옥
본 부 장 조병권
담당편집자 박치우
편집 1팀 김준균 김혜연 박소연
편집 2팀 정영길 조찬희 박치우 정지원
편집 3팀 오준영 곽혜민 이해빈
미 술 김보라 박민솔
라이츠담당 맹미영 이승희 이윤서
디 지 털 박상섭 최서윤
물 류 허석용 백철기
발 행 처 ㈜소미미디어
등 록 제2015-000008호
제 작 처 코리아피앤피
주 소 서울시 마포구 토정로222, 403호(신수동, 한국출판콘텐츠센터)
판 매 ㈜소미미디어
영 업 박종욱
마 케 팅 한민지 최원석 최정연
전 화 (02)567-3388, Fax (02)322-7665

ISBN 979-11-384-3359-4
979-11-6389-460-5 (세트)